L'Héritier Impitoyable

Rois De La Rue

Tome Quatre

Sienna Snow

L'Héritier Impitoyable

SIENNA SNOW

UN

CHAPITRE UN

T rois semaines plus tôt
Devani

— On ne peut plus faire ça.

Je me taisais, contemplant le plafond aux dessins complexes, avec sa multitude de motifs gris et argentés. Mon cœur tambourinait dans ma poitrine, alors que ma respiration et mon corps s'apaisaient après nos activités de quelques instants plus tôt.

— Est-ce que tu m'écoutes ?

Je ravalai la boule qui se formait dans ma gorge, et la

douleur qui grandissait au creux de mon ventre. J'attendais cette conversation depuis plus d'un mois et demi. Ensuite, à la seconde où mon pied avait franchi le passage caché menant au penthouse, quelque chose m'avait dit que c'était pour ce soir.

Pour commencer, je n'aurais pas dû venir ici. C'était ce que je me répétais chaque fois que je me faufilais dans son immeuble.

Mais il m'attirait comme un papillon vers la lumière.

J'étais la reine des diamants, celle qui ne ressentait aucune émotion, dont le sang était aussi froid que les joyaux des nombreuses mines que je possédais. À la place, je me servais de la logique et du calcul dans tous les aspects de ma vie.

J'étais une virtuose des échecs, j'élaborais des stratégies, j'exploitais et j'utilisais tous les atouts de mon arsenal pour atteindre mon objectif final.

J'avais inventé et j'assumais le nom de «*garce manipulatrice*».

Ma petite taille était l'un de mes plus grands avantages. Personne ne savait quand j'allais frapper, ou si je ressentais quoi que ce soit en tuant.

À l'âge de treize ans, j'avais appris l'une des clés pour survivre au jeu, et je l'appliquais religieusement : ne jamais laisser personne compter.

Jusqu'à lui.

Samir Krishan King.

Pourquoi l'avais-je laissé entrer ? Pourquoi avais-je enfreint toutes mes foutues règles ?

Je le savais, pourtant ! J'étais l'un des directeurs de Solon en Amérique du Nord, une organisation clandestine chargée d'utiliser tous les moyens nécessaires pour mettre un terme à la traite des êtres humains dans le monde entier.

Je n'étais même pas encore sortie du pétrin que représentait le fait de nettoyer les dégâts causés par le départ de l'une de mes meilleurs agents, partie vivre le grand amour. Et maintenant, je devais faire face aux conséquences de mon erreur et en payer le prix.

— Ne m'ignore pas, Devani.

Sam se pencha sur moi, plongeant ses yeux ambrés dans les miens, ravivant l'excitation qu'il attisait par sa seule présence.

La dilatation de ses pupilles jusqu'à ce que ses iris deviennent des anneaux d'or me disait qu'il le sentait aussi. Mais, tout aussi rapidement, il se ressaisit, et un pli se forma entre ses sourcils.

Si seulement il avait su que je le trouvais plus attirant quand il était renfrogné...

Il m'avait coupé le souffle dès notre rencontre nombre d'années plus tôt. Chaque angle de son beau visage semblait avoir été sculpté avec précision par un artiste. Et puis il y avait sa façon de se comporter qui incitait les gens à chercher plus loin. C'était un mélange de confiance pure, d'aura de danger et d'une intensité avec laquelle il étudiait tous ceux qui l'entouraient, amis ou ennemis.

— Je ne pourrais pas t'ignorer, même si je le voulais.

Je résistai à l'envie de passer un doigt sur l'ombre de barbe qui recouvrait sa mâchoire et de le séduire pour qu'il remette cette conversation à plus tard.

— Ce serait bien de réagir à ce que j'ai dit.

Mais, comme toujours, essayer de faire changer Sam d'avis revenait à tenter de déplacer une montagne.

— Que veux-tu que je te dise?

J'enroulai mes jambes autour de sa taille, déplaçai mes hanches, et le fis basculer sur le dos. Il riposta tout aussi vite en attrapant mes bras qu'il coinça dans le creux de mon dos. Nous savions tous les deux que je pouvais me libérer si j'en avais envie.

Sauf que je ne le ferais pas.

La colère irradiait de son regard doré.

— Tu ne cesses de revenir dans mon lit. Pourtant, tu as l'intention d'épouser un autre homme.

Une vague de culpabilité et de honte traversa mon cœur et mon esprit. Cet homme savait qui j'étais, il connaissait le bon, le mauvais, le laid et l'impardonnable en moi.

— Peut-être, admis-je, détournant le regard.

Je détestais cette mascarade que je devais jouer pour atteindre mes objectifs.

C'était la seule solution. Il fallait que tout le monde y croie, que Sam y croie. Il ne comprendrait jamais pourquoi j'avais accepté de le trahir.

Pourquoi la célèbre Devani Patel, la reine des diamants, accepterait-elle de devenir le faire-valoir d'un autre homme? Pourquoi entrerait-elle dans un nid de vipères malades et les laisserait-elle croire qu'elle deviendrait leur planche de salut?

Il ne saurait jamais que j'avais tout sacrifié pour lui offrir la seule chose qu'il n'admettrait jamais vouloir. La seule chose dont il rêvait, la seule chose qui, si elle se concrétisait, détruirait l'empire qu'il avait construit.

Mais la réponse était simple.

La vengeance. Une vengeance pour beaucoup de gens, mais surtout pour lui.

La poigne de Sam se resserra.

— Foutaises.

— Rien... rien n'est gravé dans le marbre, Sam.

— Qu'est-ce que tu caches ?

Je souris.

— Beaucoup de choses. C'est mon travail.

— Serais-tu en train de me dire que tu es venue ce soir pour une dernière partie de jambes en l'air avant de rejoindre le lit d'un autre type ?

— Tu sais pertinemment que ce n'est pas comme ça entre nous. Nous ne faisons pas que nous envoyer en l'air.

Je ne pouvais pas dissimuler mes émotions brutes. Le lien qui nous unissait était bien plus profond qu'une simple connexion physique.

Il le savait. Je le savais. Enfin, je croyais qu'il le savait.

Peut-être était-ce mieux qu'il ressente cela. Je n'avais jamais prononcé les mots, même s'ils me brûlaient la langue.

Les dire changerait tout, et aucun de nous n'était prêt à assumer les conséquences.

Non, ce n'était pas la vérité. Je ne pouvais pas prendre ce risque.

Comment une aventure d'un soir après une partie de poker avait-elle pu se muer en quelque chose que nous ne pouvions étiqueter, mais qui nous laissait à vif et à nu ?

C'était un tabou, au vu de la place que nous occupions dans la société. J'étais un magnat du diamant dans le monde de l'élite raffinée. Il était l'un des célèbres frères King, des milliardaires qui négociaient des faveurs et évoluaient entre le monde légal et le crime organisé. Si seulement nos chemins ne s'étaient pas croisés, je ne l'aurais pas défié au poker, et nous ne serions jamais devenus amants.

L'une de ses mains remonta le long de mon dos, se glissa dans mes cheveux, et attira mon visage vers le sien.

— Non, je ne sais pas. On s'envoie en l'air quand ça nous arrange. On passe un bon moment. Pas d'attaches, pas d'engagement. N'étaient-ce pas là nos règles ?

— Sam...

Mes lèvres tremblèrent une fraction de seconde avant que je maîtrise mes émotions.

— Non. Je ne veux pas entendre ça.

— Je ne veux pas que ce soit comme ça entre nous.

— Tu t'attendais à ce que ça se passe comment ? Nous ne sommes pas dans une situation où on passe de l'amour à l'amitié. Tu mets le pied dans une vie que tu disais mépriser, dans une vie que tu avais juré de ne jamais vivre, dans le monde de cet enfoiré.

L'enfoiré en question était Ashok Shah. Le père biologique de Sam, l'homme qui avait abandonné sa mère enceinte, Veda Kumari, au profit d'un mariage lucratif avec une héritière.

Comment pouvais-je lui dire que cette voie que je suivais avait pour but de les sauver, lui et d'innombrables autres ? Je préférais que Sam me déteste plutôt que de laisser des monstres comme Ashok Shah en liberté.

J'avais l'intention de faire tomber non seulement Shah, mais aussi toute une organisation, dont faisaient partie trois autres hommes, mes oncles. Ils avaient détruit l'enfance d'une petite fille, l'avaient envoyée dans un pensionnat, avant de jouer au Monopoly avec son héritage.

— Je n'ai jamais voulu te faire de mal.

— As-tu oublié que Sam King n'a pas de cœur ? Tu ne peux pas me faire de mal. Ça ira pour moi.

Il me relâcha et me fit rouler sur le côté avant de se lever du lit.

Alors qu'il atteignait les portes menant à sa chambre, il me lança par-dessus son épaule :

— Ne reviens pas, Devani. Ce que nous avions est terminé. Tu passes à autre chose, je vais suivre ton exemple et faire de même.

Je fermai les yeux et hochai la tête.

C'était mieux de mettre un terme à tout cela. Cependant, une chose ne se produirait jamais.

Il était impossible de passer à autre chose après Samir Krishan King.

————

Présent

— Mesdames et messieurs, vous avez vos missions.

J'étudiai mon équipe, mesurant le poids de ce qui allait être ma dernière mission en tant que directrice principale de Solon en Amérique du Nord.

Après plus d'un an de préparation, le projet était sur le

point d'être mis en œuvre. Il n'était plus possible de revenir en arrière.

Quelle qu'en soit l'issue, une chose ne changerait pas.

J'irais jusqu'au bout, ou je mourrais en essayant. Je prévoyais de prendre tous les risques nécessaires pour atteindre mon objectif.

Prendre ma revanche, et achever ma toute dernière mission.

Je n'avais rien à perdre.

Ce n'était pas pour rien que j'avais gagné la réputation d'être une foutue garce manipulatrice.

— À partir de maintenant, poursuivis-je, nous sommes opérationnels. Nous nous rassemblerons dans une semaine en un lieu qui sera indiqué via notre réseau.

— Quand obtiendrons-nous nos habilitations de sécurité ? demanda Jesika Rawal, agente de terrain.

Dans sa vie en dehors de Solon, elle était associée directrice d'un cabinet d'avocats new-yorkais, et la fille d'un investisseur en capital-risque indien-américain.

Nous fréquentions les mêmes cercles sociaux, et elle était mes yeux et mes oreilles extérieurs pour obtenir toutes les informations nécessaires.

Et, à en croire les sites de potins et les rumeurs, elle était la nouvelle maîtresse de Sam. J'avais été moi-même aux premières loges de certains événements auxquels ils avaient participé ensemble. Les décrire comme saisissants lorsqu'ils entraient dans une pièce relevait de l'euphémisme : ils étaient grands, élégants et rebelles dans un monde où les règles et les attentes constituaient la norme. Ensuite, il y avait cette alchimie entre eux. Ils riaient ensemble, appréciaient sincèrement la compagnie de l'autre et personne ne pouvait douter que leur relation allait au-delà du sexe.

Je ne reprochais jamais à mes agents de prendre des amants. Nous en avions tous, mais savoir Jesika avec Sam…

Rien que d'y penser, la bile me montait à la gorge.

— Compte tenu de l'importance de l'affaire et de la nécessité d'une sécurité accrue, répondit Noah Carter, l'un de mes responsables sur le terrain, me tirant de mes pensées, chacun d'entre vous est soumis à un protocole de sécurité différent que nous contrôlerons par l'intermédiaire d'une prestataire externe de confiance. C'est la meilleure des meilleures.

J'avais formé Noah à ses débuts, alors qu'il n'avait que dix-huit ans et qu'il n'arrivait pas à croire que quelqu'un du même âge que lui pouvait être son supérieur hiérarchique et lui botter le train s'il dérapait. Il me comprenait en tant que personne et acceptait toutes mes manies, en tant que boss et en tant qu'amie. De plus, je pouvais lui confier ma vie. Il dirigerait mon équipe au sol et me couvrirait si jamais je me retrouvais dans une situation où j'avais besoin d'être évacuée.

— Et quant à notre équipement? Est-ce qu'il est fiable? s'enquit Tasha Lee, un autre membre de l'équipe.

— Le matériel que nous utilisons nous est fourni par l'un des nôtres, une ancienne agente, aujourd'hui développeuse freelance.

Cette fois, c'était mon associé et futur remplaçant, Neil Joshi, qui avait pris la parole.

— La directrice Patel, l'agent Carter et moi-même la connaissons bien. Nous ne confierions la gestion des appareils pour cette mission à personne d'autre.

Neil posa les yeux sur moi un moment, puis se tourna à nouveau vers Tasha.

— Y a-t-il d'autres questions ?

Je balayai la pièce des yeux, soutenant le regard de chacun des membres de l'équipe pendant une seconde avant de passer au suivant.

Comme tout le mon se taisait, je dis :

— Comme je l'ai dit il y a quelques instants, nous sommes maintenant opérationnels. Poursuivez vos activités quotidiennes normales et votre entraînement en attendant la localisation et vos positions. Merci, mesdames et messieurs.

Lentement, la salle se vida, à l'exception de Neil et de Noah. Les deux hommes restèrent silencieux jusqu'à ce que nous soyons seuls et que la porte se referme.

Je m'y étais attendue : la routine du mauvais flic et du flic pire encore.

S'ils n'avaient pas été ce qui se rapprochait le plus de frères pour moi, je leur aurais collé un coup de poing dans la figure pour avoir outrepassé leurs positions.

— Arrêtez de me regarder et dites ce que vous avez sur le cœur.

— Nous ne sommes pas obligés de faire ça, Devani. Tu n'as pas à jouer les agneaux sacrificiels.

Neil se leva de son siège et s'appuya contre la porte désormais fermée.

C'était sa manière de s'assurer que personne ne puisse revenir dans la pièce et interrompre accidentellement une conversation.

— Bien sûr que si. Je ne laisserai aucun de ces salauds

gagner. Croyez-vous que mes oncles, ton père, Ashok Shah ou leurs amis devraient s'en sortir après ce qu'ils ont fait ?

Neil avait été mon premier partenaire chez Solon plus de quinze ans plus tôt. Depuis, nous avions travaillé ensemble sur un nombre incalculable de missions. Cependant, mes débuts atypiques et à un âge très précoce dans l'organisation m'avaient procuré un peu d'ancienneté par rapport à lui.

Nous avions tous deux gravi les échelons à une vitesse inouïe, avec la même mission en tête : faire tomber nos familles.

Son but était de détruire son père, Arun Joshi, et son frère, Lukesh. Ils s'étaient emparés de l'empire immobilier que son grand-père avait bâti et l'avaient transformé en une organisation destinée à financer diverses activités illégales, dont le trafic d'êtres humains.

La mienne n'était pas aussi vertueuse que celle de Neil.

Tout ce que je voulais, c'était faire tomber les oncles que je savais impliqués dans la mort de mes parents et de mon frère. Des morts dont je ne pouvais pas prouver qu'il s'agissait de meurtres.

Mon grand-père avait proposé à ses quatre fils de recevoir leur héritage plus tôt, en liquidités, ou plus tard, sous la forme de parts égales dans l'entreprise. Mes oncles avaient pris l'argent, et mon père avait hérité de toute l'entreprise.

Lorsqu'il avait découvert des diamants et des pierres précieuses rares sur les terres qu'il avait achetées par l'intermédiaire de la société, mes oncles avaient regretté leur décision et avaient voulu revenir dans l'entreprise. Et le reste appartenait à l'histoire. Mes parents et mon frère avaient perdu la vie, j'étais devenue orpheline, et mes oncles avaient dilapidé mon héritage.

— Arrête tes conneries, m'intima Noah, posant les pieds sur la table. C'est nous. Nous connaissons la vérité, même si tu ne veux pas l'admettre.

Je levai un sourcil.

— Développe, alors.

— Il n'est pas seulement question de détruire le Cercle des dix.

Si seulement ils savaient… En éliminant le Cercle des dix, je pourrais atteindre mon objectif principal.

Le Cercle était un réseau clandestin qui existait depuis plus de trente-cinq ans. Ces hommes s'étaient rencontrés en Angleterre pendant leurs études universitaires, et ils avaient décidé d'unir leurs forces. Ils mettaient à profit leurs relations pour s'entraider de diverses manières afin de réaliser leurs objectifs, du blanchiment d'argent à leur entreprise la plus lucrative, la traite des êtres humains.

Nous étions parvenus à identifier neuf des dix membres. Au sommet de la hiérarchie se trouvaient Joshi et Shah, suivis par trois aristocrates européens issus de vieilles familles. Nous n'avions pas encore précisément défini leurs véritables rôles. Ensuite venaient mes foutus oncles. De mon point de vue, ils ne pouvaient pas être plus que des sous-fifres, mais qui pouvait le dire ?

Le dernier siège avait appartenu au frère de Neil, Lukesh Joshi. L'héritier supposé du Cercle. Nous avions appris que Joshi avait fait de la place à Luke en se débarrassant d'un membre originel qu'il ne trouvait plus utile.

Malheureusement, Luke ne dirigerait jamais le Cercle et n'occuperait jamais plus son siège. Enfin, à moins que quelqu'un ne veuille faire de la plongée dans les eaux internationales au large de la Floride, ramasser les restes que la faune sous-marine n'avait pas dévorés et les empiler sur une chaise lors de la prochaine réunion.

Avec l'élimination de Lukesh Joshi, le compte à rebours de la disparition du Cercle était lancé : un de moins, plus que neuf à descendre.

— Puisque vous en savez tant, dites-moi. De quoi d'autre s'agit-il ?

Neil me répondit d'une voix énervée et dure.

— C'est à propos de Sam King.

— Sam et moi couchions ensemble quand ça nous démangeait. Après ça, il n'y a rien eu de plus, dis-je d'un ton volontairement sans émotion.

J'avais gardé ma relation avec Sam aussi privée que possible. Et les quelques rares personnes qui étaient au courant pour nous pensaient que nous étions sex-friends.

— Je répète, ce sont des conneries, lança Noah.

Il se leva, appuyant ses mains sur la table, oubliant totalement son attitude détendue précédente.

— Tu m'as formé. C'est auprès de toi que j'ai appris tout ce qu'il y a à savoir sur l'art de la manipulation. Ne crois pas que j'ignore ce qui se passe.

— Puisque tu as compris, continue.

— Cette affaire va bien plus loin que nos missions et la destruction de ta famille corrompue. Tu veux venger Sam King de ce qui lui est arrivé.

— Ashok Shah est le principal joueur de ce jeu. S'il tombe,

toutes les cartes s'effondrent. Le détruire ne réparera pas le mal qu'il a fait à son fils.

Cela ne réparera sans doute pas le mal, mais ça lui apportera un semblant de paix.

— Es-tu en train de dire que cette dernière affaire n'a rien à voir avec ta relation personnelle avec Sam King ? me demanda Neil en me regardant, à la manière dure et intransigeante qu'il utilisait lorsqu'il interrogeait des suspects.

Je faillis ricaner. Le numéro du dur à cuire ne fonctionnait pas avec moi.

À Solon, il était surnommé l'Extracteur en raison de son arsenal de méthodes uniques pour obtenir la coopération des suspects.

— Exact, dis-je sans sourciller.

Puis j'ajoute :

— Et, pour information, il n'y a pas de relation avec Sam. Il fut un temps où nous nous envoyions en l'air. Pour la sécurité de tous ceux qui travaillent sur cette mission, ça ne se reproduira plus.

— Tu es tellement douée pour le mensonge que je pense que tu crois presque à tes mensonges, affirma Neil en secouant la tête. Mais je te connais depuis assez longtemps pour voir au-delà de cette façade de reine des diamants.

Ma colère enfla, mais je l'étouffai.

— Qu'est-ce que tu vois ?

— Tu t'es éloignée parce que tu as fait la même chose que Lilly Lennox, aujourd'hui Lilly King, a fait avec le frère aîné des King.

— Tu essaies d'en faire ce que ça n'était pas.

— Vraiment? rétorqua Neil. Quelqu'un d'autre peut te remplacer.

— L'opération ne fonctionnera pas sans moi, et tu le sais. Je suis le trophée sur le piédestal mondain de ton père. Tu rentres à la maison avec la reine des diamants pour femme, et il t'offrira la place de ton frère autour de la table du Cercle des dix.

— C'est réglé, alors, affirma Noah, le ton résigné. Cela ne posera de problème à aucun d'entre vous de vous faire passer pour un couple, voire de vous marier si cela vous permet de mener à bien votre mission.

Je posai une main sur ma hanche.

— Nous l'avons déjà établi.

— Donc, ça ne te dérange pas quand King est dans la même pièce que Jesika?

Je maintins des traits parfaitement impassibles et je bloquai mes émotions.

— Pourquoi cela me dérangerait-il?

— Bon, très bien, répondit Noah en secouant la tête. Rien de ce que nous dirons ne te fera changer d'avis à ce sujet, et tu as tout préparé comme si tu étais sur le point de partir dans un éclat de gloire.

Noah ne savait pas à quel point il avait touché juste.

J'arborai un léger sourire.

— C'est mon protocole opérationnel standard. Donne tout ce que tu as, ou rentre chez toi.

Deux

CHAPITRE DEUX

Sam

— Tu voudrais nous expliquer à nouveau la raison de notre participation commune à cette collecte de fonds? demandai-je en regardant mon frère aîné, Nik, assis en face de moi dans notre limousine.

— Parce que nous voulons faire comprendre à certaines factions de la société que les King ne sont plus dans l'ombre.

Une lente pulsation d'agacement jaillit sur les côtés de ma tête, sachant que j'avais une longue nuit devant moi.

— Tu n'es vraiment qu'un con.

— C'est notre cas à tous. Tu caches simplement ton côté impitoyable sous des costumes à dix mille dollars. Je suis plus franc à ce sujet.

Je ne pouvais pas contredire la remarque de Nik. Nous étions deux des quatre célèbres frères King de New York, Kir et Rey étant les deux autres. L'histoire de notre ascension a toujours suscité l'intérêt des médias : des garçons des rues adoptés par Arin King et qui sont ensuite devenus des magnats de l'immobilier.

Cependant, c'étaient nos vraies affaires, nos activités clandestines, qui faisaient tourner la machine dans une ville où certaines factions de la société ne devaient jamais se rencontrer, mais avaient besoin d'un intermédiaire pour traiter ensemble.

Mes frères et moi faisions office d'intermédiaires. Nous faisions le lien entre l'élite et les gens peu recommandables. Nous faisions les présentations et négociions les accords.

Bien entendu, tout cela avait un coût, réglé sous la forme de faveurs, perçues au moment de notre choix.

Nous occupions une place unique dans le monde, avec la capacité de passer sans heurt d'une société à l'autre. Moi plus que mes frères.

J'étais celui qui avait du savoir-vivre. Le diplômé de Columbia. Le visage de King Holdings, l'aspect légitime de notre entreprise familiale. Enfin, aussi légitime que les autres enfoirés nés dans la haute société qui se comportaient comme s'ils étaient au-dessus du lot.

Je pris mon verre de scotch, en bus une gorgée, puis je dis :

— Parfois, il faut jouer le jeu avant de tuer. Si je ne négociais pas comme je le fais, nous n'aurions pas dans notre porte-feuille cette nouvelle acquisition qui nous rapporte un gros bénéfice.

— En parlant de ça...

Nik leva son verre et fit un geste vers le bâtiment qui apparaissait alors que la voiture s'arrêtait dans l'allée de l'hôtel Carina à Manhattan.

C'était l'un des nombreux hôtels du groupe Argo Hôtellerie et Immobilier, le conglomérat dont j'avais mentionné l'acquisition quelques secondes plus tôt.

— Ça, c'est une belle propriété. Le fait que nous ayons désormais un pied dans l'hôtellerie va en énerver certains, affirma Nik avec un sourire en coin.

— Nous avons toujours eu un pied dans l'hôtellerie. Le Carina et ses succursales ne sont que les premiers à New York. Et si nos entreprises familiales menacent des gens, cela n'a rien à voir avec nous. Les affaires sont les affaires. Je ne prends pas de décisions en me basant sur des sentiments personnels.

Il y a bien longtemps que j'ai appris à reléguer mes émotions au second plan et à faire preuve d'une logique implacable avant d'agir.

— Shah n'y verra rien d'autre qu'une affaire personnelle.

Je contractai la mâchoire. Je détestais à penser à cette ordure qui avait abandonné puis assassiné ma mère.

N'était-ce pas déjà assez de voir une ressemblance avec lui dans le miroir chaque matin?

Étant donné que ma vie était particulièrement exposée, je m'interrogeais toujours sur le fait que personne ne remarquait à quel point nous nous ressemblions.

— L'immobilier à New York, c'est une affaire de qui a les moyens, de la capacité à négocier et à être le premier à agir. Il y a toujours plusieurs joueurs autour d'une table. S'il perd de vue la concurrence, ça le regarde.

— Tu veux me faire croire que tu n'apprécies pas le fait de l'avoir coincé tout en nous rendant plus riches ?

Je souris à mon tour.

— Il y a toujours des avantages à être le véritable bâtard des frères King. Parfois, j'ai de la chance et je peux prendre quelque chose à l'enfoiré qui a fait de moi un bâtard.

— Puis que tu as abordé le sujet... dit Nick, plissant les yeux, nous devons discuter du testament.

Merde. La soirée ne cessait de s'améliorer.

La dernière chose dont j'avais envie de parler, c'était du testament de ma grand-mère biologique, la mère d'Ashok Shah. Sara Shah avait tout légué à ses petits-enfants, précisant que l'aîné était l'héritier de la majorité de la fortune des Shah, qui s'élevait à un milliard de dollars. Une fortune qu'Ashok Shah a volée en rédigeant un faux testament à la mort de Sara.

Pourquoi n'avais-je pas pris ma propre voiture, pour retrouver tout le monde à l'événement ?

Parce que j'aurais probablement passé mon tour, et Nik le savait.

— Je ne veux rien savoir du testament ni de l'argent. Ma valeur nette est supérieure à celle de chacun d'entre vous, bande de crétins.

Une seule personne pouvait nous surpasser. Celle-là même pour laquelle j'aurais préféré passer la soirée à surveiller le cercle de poker clandestin que je possédais avec mes frères, plutôt que d'assister à cette foutue collecte de fonds.

— Il ne s'agit pas seulement de toi. Danika et Jayna méritent leur héritage.

Évidemment, il tapait sur mon point faible. Danika et Jayna.

Non seulement elles faisaient partie de la famille King, mais Danika était aussi la femme de Nik, et Jayna rendait Kir moins pénible. Ces deux femmes étaient tout ce qu'il me restait de ma famille biologique. Enfin, celles que je revendiquais comme telles, et qui me le rendaient.

Danika était la fille de la sœur d'Ashok Shah, Reka. Une sœur qu'il avait reniée parce qu'elle n'avait pas respecté la tradition. Et Jayna était ma demi-sœur, la fille de Monica Shah, l'héritière qu'il avait épousée, abandonnant ma mère enceinte.

Nik savait très bien que je ferais n'importe quoi pour Danika et Jayna, mais ces deux-là n'avaient pas besoin que quiconque intervienne en leur nom. Elles ne verraient aucun inconvénient à me mettre un couteau sous la gorge pour attirer mon attention.

— Pourquoi ne m'en parlent-elles pas? Ni l'une ni l'autre n'apprécierait que tu joues les messagers pour elle. Dis-moi que je me trompe.

Une lueur d'agacement passa sur son visage. Tant mieux. Il le méritait.

— Disons que c'est un avertissement avant qu'elles frappent. Quelque chose se prépare dans le monde de Shah, et les femmes ont décidé qu'il était temps d'agir.

— Tu veux dire que mes sœurs vont me forcer la main?

Même si Danika était ma cousine selon mon arbre généalogique, je ne la voyais pas différemment de Jayna. J'aurais pu affronter le monde entier pour elle, et sans la moindre hésitation. Et je savais qu'elle ferait la même chose pour moi. Danika, Jayna et moi avions un lien indéfectible dont nous ne pouvions que rêver lorsque nous étions enfants.

— Elles sont de ton sang. Qu'en penses-tu ?

— S'attaquer à Shah est dangereux, surtout maintenant que Danika est enceinte. Tu ne peux pas prendre le risque qu'ils la ciblent.

— Tout d'abord, si tu crois qu'il est possible de garder ma femme en cage, tu ne la connais absolument pas, me dit Nik, et l'humour dans sa voix atténua mon agacement à son égard. Ensuite, affronter son histoire personnelle, ça fait partie de la vie. Et le seul moyen pour toi de dépasser ce qui est arrivé à ta mère est de renverser le château de cartes de Shah.

— Je me fous complètement de détruire Shah. Ça ne ramènera pas ma mère. Tout ce que possède Shah est imprégné du sang de Veda Kumari. Bon sang ! Il est imprégné du sang de Kir, de Rey, et de tes parents aussi !

Nik soupira.

— Je comprends ce que tu veux dire. Avant que je laisse tomber le sujet, réponds à cette question.

J'attendis qu'il poursuive.

— Que faudrait-il pour que tu t'en prennes à Shah ?

— Cela n'arrivera pas. Danika et Jayna sont en sécurité.

— Alors, il faudrait qu'il s'en prenne à quelqu'un que tu aimes ?

Je repensai aux histoires que Danika et Jayna m'avaient

racontées au sujet de leur enfance passée sous le toit de Shah. Des violences que Monica Shah et elles avaient subies presque quotidiennement jusqu'à ce qu'elles finissent par s'échapper.

— Tant que Shah reste dans son coin, loin de nous tous, surtout de ceux que je considère comme les miens, je me fiche de ce qu'il fait. Et comme il sait que nous sommes en possession du testament original et qu'il aime sa belle vie, nous n'avons pas à nous inquiéter.

Mes paroles semblaient peut-être un peu désuètes, mais Shah aimait faire du mal aux femmes de ma vie. Il m'avait enlevé ma mère, avait maltraité Jayna et sa mère au point qu'elles auraient vendu leur âme au diable pour lui échapper, et il avait exercé un tel contrôle sur Danika qu'elle s'était laissé aller à devenir une marionnette pour se créer un semblant de vie.

Je le détruirais plutôt que de le laisser en ajouter une autre à sa liste.

— Et s'il franchit la limite ?

Je plissai les yeux vers Nik. Cet enfoiré était en train de me tester.

— Si on en arrive là, sous tout ce vernis et ces apparences de la haute société, j'ai toujours dans mon arsenal toutes les compétences qu'Arin m'a forcé à perfectionner.

En matière de paternité, mon père adoptif avait été tout sauf ordinaire. Chaque frère avait un programme d'études à suivre. Cependant, comme j'étais le plus jeune d'entre eux, c'était Arin qui avait eu le plus d'influence sur mon éducation. Dès le début, il avait décidé de me faire jouer un rôle dans les cercles d'élite et s'attendait à ce que j'apprenne à maîtriser des armes et des compétences que personne ne pourrait détecter. Je doutais que beaucoup de gens puissent dire qu'ils avaient grandi avec des formateurs en armes, en techniques de combat et de défense, ainsi qu'avec des professeurs de physique et de calcul.

Bon sang, ce qu'Arin me manquait ! Cet homme avait cru en moi, même quand je merdais, et il ne m'avait jamais abandonné.

— C'est bien de l'entendre. J'ai eu peur que tu te ramollisses.

— Abruti.

Mais, d'un autre côté, j'étais dans la voiture avec la copie conforme d'Arin. L'homme qui nous avait permis de rester unis alors que nous traînions dans les rues de New York quand nous étions des gamins stupides.

— Rends-moi service. Si je promets de garder l'esprit ouvert quand Dani et Jay me présenteront leur plan, tu veux bien laisser tomber le sujet pour le reste de la soirée ?

— Je vais laisser tomber, mais je ne peux rien promettre pour les dames.

— Je suppose que je n'aurai pas mieux.

— En parlant de femmes... Est-ce que la sécurité vous a donné leur heure d'arrivée estimée ? demandai-je en consultant ma montre.

— Elles sont arrivées il y a dix minutes, répondit Nik, qui se servit un autre verre de scotch.

Il me tendit la bouteille, mais je secouai la tête.

— Elles nous attendent à l'intérieur avec Kir et ton charmant rencard.

Mon esprit bifurqua vers Jesika Rawal, celle que beaucoup

croyaient être ma maîtresse actuelle, mais qui n'était qu'une amie, mon informatrice pour tout ce qui touchait à la haute société. En échange, je l'aidais à placer son héritage sur des comptes intraçables.

Nous nous utilisions mutuellement à des fins personnelles, en gardant pour nous les raisons de ce que nous faisions.

Elle faisait aussi partie de Solon. Elle savait que j'étais au courant, mais nous n'en avions jamais parlé ouvertement. J'avais passé des années à côtoyer les meilleurs : les repérer était désormais un jeu d'enfant. De plus, Kir avait laissé échapper une fois qu'il prévoyait de rencontrer son contact à Solon, Jes, et j'avais fait le lien entre les deux.

— Comme le sujet Shah est clos, je voudrais te poser une question sur un autre sujet.

— Vas-y. Quoi que ce soit, ça ne peut pas être pire que le sujet Shah.

Le sourire de Nik me donnait l'impression que je venais de lui lancer un défi, et qu'il avait bien l'intention de le relever.

— Ça fait un moment que tu ne l'as pas vue... Es-tu prêt à te retrouver dans la même pièce que ta reine des diamants? Surtout si les rumeurs sont vraies et qu'elle est sur le point d'épouser le prince Joshi...

— Tu n'es vraiment qu'un sale con.

TROIS

CHAPITRE TROIS

Devani

— N'oubliez pas que tout ce que nous dirons à partir de maintenant sera enregistré, marmonnai-je en m'approchant de Neil.

Il se tenait à côté de son père, Arun Joshi, et d'Ashok Shah, avec qui il entretenait une conversation animée.

Savoir que Sam était le cavalier de Jesika pour la soirée me pesait sur le cœur. Quand il avait dit qu'il prévoyait de passer à autre chose, je savais que cela arriverait. Je m'étais préparée.

Mais je ne m'étais pas attendue à ce que cela se produise quelques jours après notre dernier moment passé ensemble ni que ce soit avec quelqu'un de mon monde, avec qui je travaillais en étroite collaboration.

Je devais garder en tête que c'était ma faute.

Concentre-toi sur l'objectif.

Tout se résumait à l'objectif.

Sauver Sam. Éliminer le Cercle des dix. Protéger toutes ces femmes et tous ces enfants, puis m'en aller.

Je pouvais le faire, et peu importait que ce soit douloureux.

Je balayai les environs du regard et remarquai que ni la mère de Neil, Smita, ni sa sœur de treize ans, Mia, n'étaient dans le groupe.

C'était tout simplement fantastique. Les deux membres corrects de la famille n'étaient nulle part dans les parages.

J'adorais Smita Joshi. Il y avait quelque chose chez cette femme, ancienne actrice et mannequin de Bollywood, qui me donnait envie de la protéger et de la cacher. Elle dégageait encore une beauté majestueuse malgré son âge, ainsi qu'une aura de fragilité.

Neil m'avait dit que son père avait à peine parlé ou échangé avec sa mère après la naissance de Mia. Ils menaient des vies complètement séparées et ne se montraient en public en tant que couple que lors de réceptions. Joshi s'attendait à ce que tous ses enfants soient des garçons, avoir une fille diminuait sa cote.

En fait, la mère et la sœur de Neil vivaient dans une maison qu'il avait construite pour elles et pas dans l'une des propriétés du portefeuille Joshi.

J'avais espéré que cette soirée me permettrait de passer du temps avec les femmes. Leur présence m'aurait permis de me déplacer plus librement.

Bon, eh bien... J'allais devoir jouer les faire-valoir.

Je me plaçai à côté de Neil et le visage d'Arun Joshi s'éclaira d'une manière calculatrice qui semblait bien trop amicale pour un beau-père potentiel.

Cet enfoiré pensait sincèrement qu'il avait gagné à la loterie avec moi.

Oui, voilà ce que j'étais. Le ticket gagnant pour tout le monde. Je réduirais tout en cendres plutôt que de produire la prochaine génération pour l'un ou l'autre de ces enfoirés.

Bon sang... J'avais l'air d'une vraie garce.

Pauvre petite fille riche. Pas de parents. Personne pour l'aimer, mais des tas de mines de pierres précieuses.

Bon, ça suffit, l'autoapitoiement. Concentre-toi, abrutie !

— *Aah, vous voilà, Devani,* dit Ashok Shah en gujarati, la langue indienne parlée dans nos deux familles.

Ses yeux s'illuminèrent, et il me scruta d'une manière qui me donna envie de le frapper à la gorge. C'était quoi, leur problème, à ces deux-là ?

— *Neil, tu as de la chance d'avoir un tel bijou à ton bras,* affirma Shah, adressant un clin d'œil à Neil.

Oh, bon sang !

— *C'est vrai. Devani est bien plus qu'un simple trophée à exhiber. Elle est à la tête de son entreprise familiale. Depuis qu'elle a pris la direction, les bénéfices ont augmenté de façon exponentielle.*

— Peut-être qu'un jour, vous pourrez aider Neil dans notre entreprise de la même manière.

Shah et Arun Joshi hochèrent la tête.

J'étais presque sur le point de demander de quelle entreprise il parlait, celle que le public connaissait, ou la clandestine, dont ils se servaient pour faciliter l'enlèvement de jeunes filles.

Plutôt que de dire quoi que ce soit, je me contentai de hausser les épaules.

— J'étais en train de parler à tout le monde de l'accord que vous avez passé avec Jayna pour extraire le diamant de notre propriété au Botswana. Grâce à cette initiative, nous avons accru l'intérêt pour nos filiales minières.

J'étais fascinée de voir comment des hommes comme Ashok Shah réécrivaient l'histoire.

Il avait cru pouvoir garder sa fortune cachée en transférant ses biens à travers le monde à Jayna lorsqu'elle avait eu dix-huit ans. Ensuite, il avait tenté de la contraindre à épouser Luke, le fils aîné de Joshi, en contrepartie du financement de l'achat de ces biens.

Le mariage de Jayna avec Kir avait fait échoue l'accord des deux hommes. Jayna était donc désormais la seule propriétaire de la mine de diamants et de tous les bénéfices qui en découlaient.

— Jayna est une habile négociatrice. Mais, au final, nous sommes toutes les deux parvenues à un accord qui bénéficie à nos deux sociétés.

Je jetai un coup d'œil à Jayna, qui se tenait auprès de Kir.

Fidèle à sa réputation de pionnière de la mode, elle portait une robe à une épaule qui semblait être maintenue par des épingles à nourrice géantes sur les côtés jusqu'à sa taille. À côté d'elle, le smoking sur mesure de Kir aurait dû paraître trop formel et terne. Au lieu de cela, son choix de vêtements lui conférait un air sophistiqué et dangereux, surtout avec les tatouages qui pointaient le long de son cou et qui étaient parfaitement visibles sur ses mains.

— *Jayna est intelligente et elle maîtrise son métier*, intervint Arun. *C'est un trait de famille. N'êtes-vous pas d'accord ?*

J'allais laisser Neil gérer ça. Complimenter Shah, c'était au-delà de ma limite. Neil s'empressa de répondre.

— *Tu as parfaitement raison. Tante Monica et toi avez fait du bon travail avec son éducation.*

La mâchoire de Shah se durcit un instant à la mention de son ex-femme, puis se détendit.

— *Oui, ma fille est brillante. Quel dommage que je ne sois pas parvenu à l'influencer pour qu'elle fasse un meilleur mariage !*

Il secoua la tête, comme s'il avait échoué.

— *Je suppose que je ne peux pas gagner tous les combats. Si seulement le destin m'avait donné plus d'enfants... Peut-être un fils ! Ainsi, mon héritage perdurerait.*

Je sentis une vague de chaleur monter en moi, se muant rapidement en une rage bouillonnante.

Il avait un fils. Un fils qu'il avait rejeté.

Arun tapota le dos de Shah.

— *Neil perpétuera notre héritage, mon ami. Il est autant ton fils que le mien. Et une fois que ces deux-là auront officialisé leur union, je suis sûre qu'ils auront bien assez d'enfants que nous pourrons tous les deux gâter.*

Je lançai un regard moqueur à Neil, mais ses yeux prirent une expression dure à laquelle je ne m'attendais pas. J'avais toujours su qu'il détestait son père, mais le fiel dont il faisait montre à l'égard de Shah me surprit.

Je ris et lui donnai un petit coup de poing.

— *Je dois d'abord le convaincre de faire sa demande. Je crois que nous avons encore un peu de temps devant nous.*

— *Sur ce, je pense que nous devrions aller prendre un verre.*

Neil m'entraîna vers un serveur avec un plateau de flûtes à champagne.

— Tu veux m'expliquer ce que c'était que ce regard ? lui demandai-je à voix basse en anglais.

Neil prit deux flûtes et m'en tendit une.

— Rien, vraiment. Ces soirées deviennent banales. C'est toujours la même rengaine tous les jours.

J'avais envie de lui faire remarquer qu'il avait éludé ma question, mais je décidai de laisser tomber.

— Tout ce qui les intéresse, c'est qu'on s'envoie en l'air et qu'on fasse des bébés.

Il sourit.

— J'ai vu ta tête quand Shah a fait son commentaire sur le fils. Les flammes dans ton regard avaient l'air mortelles. Tu veux peut-être garder ça caché.

— Tu ne repères mes tics que parce qu'on s'est entraînés ensemble. Personne d'autre ne trouvera quoi que ce soit sur moi. Je suis froide comme les diamants de mes mines, tu te souviens ?

— Pourquoi tu joues autant sur ce point ? Tu aurais beaucoup plus d'amis si tu te décongelais un peu.

— J'ai des amis. Je suis sélective, c'est tout.

— Oui. Exact. Séparation de l'Église et de l'État. Où est-ce que je me situe par rapport à cela?

— En dehors d'être mon remplaçant?

— Oui.

— Tu fais partie de ma famille. Celle que j'ai choisie. Même si ça craint qu'on doive faire semblant d'être désespérément amoureux l'un de l'autre, lui dis-je avec un sourire séducteur. Sérieusement, c'est à la limite de l'ince...

Mes pensées dérivèrent lorsque mon regard se posa sur des yeux d'un ambre riche. Tout en moi se contracta, et mon rythme cardiaque s'accéléra.

Merde.

L'homme que je ne pouvais pas avoir. L'homme que je ne pouvais pas laisser partir.

La douleur, le manque, le désir de ces dernières semaines se réveillèrent.

Bon sang... Il me coupait le souffle.

Alors que ses frères donnaient l'impression d'être dangereux lorsqu'ils peaufinaient leur apparence, signalant au monde qu'ils étaient des outsiders parmi eux, Samir King était le plus redoutable de tous, le plus impitoyable, celui qui se fondait harmonieusement dans le décor. Son allure soignée et ses vêtements sur mesure lui conféraient une aura d'élégance raffinée. Ensuite, en plongeant plus profondément dans ces yeux envoûtants, on ne pouvait pas se méprendre sur l'intelligence qui percevait les moindres détails de chaque situation.

Un besoin irrépressible de le toucher me tiraillait au plus profond de mon être. La douleur, presque viscérale et inexplicable, brûlait dans ma poitrine. Il en avait été ainsi dès le début entre nous. Peu importait l'endroit où nous nous trouvions dans la pièce, cette attirance nous poussait à chercher l'autre.

Sam continuait à me fixer. Le courant d'énergie entre nous pénétrait au plus profond de mon âme. La raison me poussait à regarder ailleurs. Trop de choses étaient en jeu.

Alors que mon esprit retrouvait enfin un peu de bon sens, je me concentrai à nouveau sur Neil.

— Qu'est-ce que je disais ?

— Tu étais sur le point de qualifier ce que nous faisons d'inceste.

Je respirai profondément, me rendant compte que tout ce qui avait passé entre Sam et moi n'avait pris que quelques secondes.

— Il faut admettre que c'est un peu tordu.

— Oui, eh bien, nous n'aurions pas dû rejoindre le cirque si nous ne voulions pas qu'il nous arrive des trucs bizarres.

Mon téléphone émit un bip, m'évitant de répondre et me donnant le signal de me rendre au salon de l'hôtel pour récupérer des puces électroniques auprès de ma hackeuse préférée.

— Il est temps que j'aille me repoudrer le nez et que je change de rouge à lèvres.

———

J'entrais dans le salon privé qui m'avait été indiqué comme lieu de rendez-vous avec le Petit Lapin, alias Danika King. Qui s'avérait être aussi mon amie la plus proche. Depuis un an et demi, cependant, j'avais adopté une approche plus prudente vis-à-vis de notre amitié, pour notre bien à toutes les deux.

Elle avait épousé un des frères King, et, aux yeux du monde, Danika et moi étions des mondaines ennemies. Une rivalité due à des conneries inventées pendant notre adolescence et qui n'avaient jamais existé, pour autant que l'on s'en souvenait.

Parfois, j'aurais aimé que les choses soient à nouveau simples entre nous. Quand Danika faisait semblant d'être le parent pauvre de Shah le jour et la hacker exceptionnelle freelance la nuit. Et quand moi, j'étais l'agente de Solon ambitieuse qui essayait de gravir les échelons de la direction.

Bien avant que je sache qu'elle était le Petit Lapin, une hackeuse clandestine légendaire recherchée sur six continents pour ses méthodes de justicière. Même si la plupart des gens pensaient que c'était un homme. Parce que, bien sûr, seules les personnes dotées d'un pénis avaient le cerveau nécessaire pour pirater et être des *badass*.

Je reconnaissais volontiers que lorsque j'avais appris qu'elle m'avait caché son identité secrète de Petit Lapin, j'avais eu envie de lui coller un coup de poing dans le nez.

Entre nous, c'était *à la vie à la mort*, c'était moi qui lui avais appris à se protéger, et elle m'avait caché tout ça. Finalement, après m'être calmée, j'avais compris son raisonnement.

Nous avions tous nos démons et nos secrets.

Je n'étais vraiment pas une sainte quand il était question des miens.

Il était vrai aussi qu'elle avait une dette envers moi pour cet incident. Je ne lui avais pas encore demandé de la régler. J'ignorais si je le ferais un jour.

Elle était la meilleure dans son domaine. Dire qu'elle était dangereuse avec un ordinateur portable entre les mains était un euphémisme. Mais elle n'était pas un agent, même si j'avais passé beaucoup de temps à m'assurer qu'elle soit capable de se défendre. De plus, elle était enceinte, et je ne pouvais pas prendre de risques avec sa sécurité.

Elle avait abandonné sa vengeance contre Shah pour la nouvelle vie qu'elle avait aujourd'hui, pour Nik.

Jamais je ne la mêlerais à tout ça.

Je balayai la pièce du regard, observant chaque recoin de l'endroit. Ensuite, en prêtant l'oreille à la circulation de l'air dans la pièce, je m'efforçai de déceler des changements sonores autres que ceux liés au système de climatisation. Un léger sifflement dans le coin m'indiqua d'un panneau ou une porte cachée se trouvait quelque part.

Quelle effrontée !

Elle aurait dû savoir maintenant que j'étais capable de trouver tous les passages secrets d'un endroit. C'était ma spécialité. Les espaces minuscules me permettaient de découvrir tous les secrets que les gros bonnets n'apprendraient jamais.

Les gens aimaient sous-estimer mon mètre cinquante-sept, pensant que ma taille me rendait inférieure ou faible. Tous des imbéciles.

Le plus souvent, ma petite taille me permettait d'entrer et de sortir sans laisser de traces et sans me faire remarquer. C'était primordial dans le domaine de l'espionnage. De plus, je n'avais pas de problèmes de claustrophobie et je ne craignais pas de me déplacer dans des espaces sombres.

J'attendis encore une minute au milieu de la pièce, verrouillai la porte du salon de l'intérieur, puis me dirigeai vers le coin.

Je passai une main le long du mur, et je trouvai une petite rainure qui cachait un levier. Au moment où je descendais la poignée et où le panneau se déplaçait, une main me saisit le poignet, me tirant dans l'obscurité et me clouant au mur.

Mon instinct prit le dessus et je déplaçai mes hanches, me préparant à frapper cet enfoiré à l'aine tout en portant la main sur le pistolet attaché à ma cuisse. Je m'immobilisai tout aussi vite, refoulai mon besoin de lutter, fermai les yeux, et laissai retomber ma tête contre le mur.

— Sam, tu ne devrais pas être ici.

— Oui ou non ? me demanda-t-il de cette voix profonde et rauque qui faisait réagir mon corps instantanément.

Il avait l'intention de me faire exactement ce que je lui avais fait à maintes reprises au cours des dernières années. Il ne savait jamais où j'allais surgir pour faire ce que je voulais de lui. Nous finissions par nous envoyer en l'air dans des cages d'escalier, des placards, des garde-manger, et, ce que je préférais, dans des pièces cachées. Puis nous retournions à l'événement auquel nous participions, comme si rien ne s'était passé entre nous.

Ma respiration devint hésitante, mes mamelons durcirent et l'excitation s'accumula entre mes jambes. Je n'aurais pas dû le désirer comme ça, mourir d'envie de lui à ce point.

Quelques mots, un regard, son odeur, sa simple présence...

— Tu es avec quelqu'un d'autre.

— Ce n'est pas ce que je t'ai demandé.

Il fit glisser sa main sur ma gorge, le long de mon cou, et il effleura mon sein. Puis il descendit jusqu'à saisir mon sexe à travers ma robe.

— Est-ce qu'il te fait jouir, Altesse ?

Il n'y avait que Sam pour m'appeler ainsi. C'était sa façon de me rappeler nos différentes positions dans la vie, et le fait qu'il pensait que je m'abaissais avec lui.

Si seulement il avait su que j'étais celle qui était souillée. Il s'était forgé dans le feu et les difficultés, alors que j'avais bien plus de sang sur les mains que les gens n'auraient pu le croire.

Et j'avais prévu d'en ajouter à la liste sans la moindre culpabilité.

— Tu n'as rien à dire ?

Sam imprima davantage de pression, puis il caressa mon clitoris à deux doigts, faisant croître la douleur dans mon sexe ; j'étais plus affamée et endolorie que jamais.

Sans réfléchir, je me soulevai contre sa paume exigeante, en quête de la friction dont j'avais besoin, et je murmurai :

— Il ne me touche pas du tout.

— Suis-je censé croire que tu m'as quitté pour un homme qui ne te satisfait pas ?

Il se mit à genoux et remonta lentement le tissu soyeux de ma robe jusqu'à ce qu'il s'accumule autour de mes cuisses, juste au-dessus de mon arme dans son holster. La chair de poule m'envahit tandis que l'air frais glissait sur ma peau échauffée.

— Tu ne quittes jamais la maison sans ton arme, n'est-ce pas ?

— On n'est jamais trop prudent.

— Crois-tu être en sécurité maintenant ? demanda-t-il, ses lèvres effleurant la zone juste en dessous de ma culotte. Je n'en serais pas si sûre.

— Tu ne me fais pas peur.

Il remonta ma robe et souffla contre la soie qui recouvrait mon clitoris trempé.

Oh, bon sang, il m'en fallait plus !

Ensuite, sa langue caressa le bourgeon enflé, humidifiant davantage le tissu, faisant grimper mon désir en flèche.

Un gémissement m'échappa et j'agrippai les épaules de Sam, cherchant désespérément à me raccrocher à quelque chose. L'obscurité totale qui régnait dans la pièce rendait toutes les sensations encore plus intenses.

— Je ne t'ai pas donné la permission de me toucher. Remets tes mains sur le mur.

Un mal brûlait en moi, profond et intense. Lui seul connaissait ce côté de moi. Mais je ne pouvais pas me laisser aller, sinon je ne survivrais pas à mes plans. J'avais créé ce vide entre nous, et c'était le prix à payer.

Mes doigts s'accrochèrent à la veste de son smoking.

— Je n'ai pas besoin de permission. Je fais ce que je veux.

— Faux, répliqua-t-il en se levant, saisissant mes poignets pour les plaquer au-dessus de ma tête.

Il approcha sa bouche à un souffle de la mienne.

— Tu as perdu ce droit en choisissant quelqu'un d'autre, affirma-t-il d'une voix où transparaissait sa colère. Lorsque tu as choisi une vie plus facile. Maintenant, tu auras ce que je te donnerai.

Je n'avais rien à dire pour me défendre. J'avais brisé nos cœurs.

— Et qu'as-tu l'intention de me donner ?

— D'abord, tu réponds par oui ou par non.

— Tu sais ce que je vais dire.

— Vraiment, Altesse ?

— Sam, tu me connais mieux que quiconque.

— Je croyais que c'était le cas. J'avais tort. Maintenant, réponds. Oui ou non.

— Oui. *Merde.* Oui !

Il coinça mes poignets avec l'une de ses mains. Puis il posa l'autre sur ma gorge, appliquant assez de pression pour que ce soit délicieusement inconfortable et excitant sans pour autant m'empêcher de respirer.

Je ne pus m'empêcher de gémir, j'aimais le sentir si près de moi. Mes sens s'emballèrent, mon corps en redemandait. Il m'en fallait plus... *tellement* plus.

Comme s'il avait entendu mes pensées, Sam frotta sa barbe contre ma joue une seconde avant de mordre ma lèvre inférieure, me faisant haleter.

— Est-ce que tu souffres, Altesse ? Tu as besoin que je te pousse ? Que je t'oblige à céder le contrôle ?

Mon ventre se serra et mon pouls s'accéléra.

— Je me débrouillais seule avant toi. Je suis capable de le faire maintenant.

— N'essaie même pas de prétendre un seul instant que tu ne veux pas plus de moi, menaça-t-il en mordillant le lobe de mon oreille. Pendant trois ans, je t'ai prise de toutes les manières possibles. J'ai entendu chacun de tes gémissements, chacune de tes supplications. Je sais exactement comment te faire supplier.

Il était bien trop arrogant pour son propre bien.

Et au diable cette culpabilité qui m'accablait. À cet instant, j'allais m'envoyer en l'air comme j'en avais envie. Je tournai la tête et me hissai sur la pointe des pieds, j'attrapai sa lèvre inférieure avec mes dents et je le mordis assez fort pour faire couler son sang avant de le lécher.

Un grognement jaillit de sa gorge une seconde avant qu'il ne relâche mes poignets, saisisse l'arrière de ma tête et prenne possession de ma bouche.

Son goût envahit mes sens, enivrant, dévorant.

J'en voulais plus, tellement plus. Sa langue se battait contre la mienne dans un jeu de domination. Un jeu auquel nous avions joué tant de fois... Mes seins gonflèrent et mes mamelons se tendirent contre les confins de ma robe, attendant désespérément que ses paumes les couvrent, les taquinent et les pincent.

Je fis glisser mes ongles contre sa nuque, sachant qu'il aurait mes marques sur sa peau, puis j'enfonçai mes doigts dans ses cheveux épais.

— Déshabille-toi. Maintenant.

Avec des gestes frénétiques, je repoussai sa veste; il fallait que j'accède à sa peau.

J'aimais passionnément le corps qu'il dissimulait sous ses costumes sur mesure. Non seulement il était beau à regarder avec son corps tatoué et sculpté, mais il se déplaçait comme une arme bien affûtée.

Pour quelqu'un comme moi, un homme qui s'entraînait dans la boue avec ses hommes et qui savait prendre soin de lui-même était bien plus excitant que n'importe quel mannequin ou star de cinéma.

— La prochaine fois, murmura-t-il en me soulevant, m'asseyant sur un rebord dont je n'aurais jamais su qu'il était là à cause de l'obscurité. J'ai besoin d'être en toi. Bon sang, ça fait bien trop longtemps !

— Dépêche-toi.

Je me cramponnai à ses épaules, incapable de masquer le désespoir dans ma voix.

Le bruit du glissement de sa fermeture éclair me fit frissonner. J'en avais tellement envie... Tellement besoin.

Ma robe était suffisamment relevée pour qu'il puisse s'installer entre mes jambes, il empoigna ma hanche d'une main et déplaça mon string sur le côté de l'autre. La chaleur de son membre tendu, épais et dur, taquina mon sexe douloureux.

Je me tortillai, prise d'une envie irrépressible de l'attirer plus près de moi.

Merde. Ce désespoir violent était sur le point de me faire perdre la tête.

Lorsque son extrémité veloutée et saillante effleura mon intimité ruisselante, je dus résister à la tentation de le supplier d'abréger mes souffrances.

Il avait été mon unique amant pendant près de trois ans, et rester sans lui toutes ces semaines m'avait semblé une éternité.

— Bon sang, ça m'a manqué de voir à quel point tu es mouillée pour moi.

Il s'enfonça légèrement, puis ressortit, m'arrachant un gémissement.

C'en était trop. J'allais prendre les choses en main.

Cependant, avant que je puisse faire quoi que ce soit, il plongea en moi jusqu'à la garde.

— Merde, Sam, m'écriai-je, car je ne m'attendais pas à l'exquise morsure de l'inconfort.

Je fermai les yeux et me délectai de l'assaut de sensations qui se déversaient dans mon corps. C'était presque trop, trop écrasant.

Et j'aurais voulu que cela ne s'arrête jamais. Je n'avais jamais ressenti cela qu'avec lui.

Il n'aurait pas dû avoir une telle emprise sur moi. Pas quelqu'un comme moi.

Je commandais et je prenais les décisions. Avec lui, je cédais trop de pouvoir.

Repoussant ces pensées, je passai les bras autour du cou de Sam et je l'attirai vers moi. Le prenant comme un signal, il ajusta sa prise sur mes hanches, se retira, puis s'enfonça à nouveau, établissant le rythme dur et brutal qu'il savait que j'aimais.

Mon sexe réagit, se contractant à chaque coup de reins.

Il me pétrissait et me massait les fesses, me tirant d'avant en arrière à chaque poussée. J'aurais sans doute des bleus sur les hanches et le dos à cause de ses assauts vicieux. Et j'allais prendre tout ce qu'il me donnerait, car tout en moi aimait ça.

— Plus. Il m'en faut plus.

— Je sais.

Il fit rouler ses hanches de cette manière parfaite qui touchait tous les endroits sensibles en moi à chaque coup de reins. Mon corps réagit à ses exigences en vibrant d'abord par de minuscules tremblements, puis en se contractant autour de son membre qui me pilonnait.

La chaleur s'accumulait au creux de mon ventre, s'intensifiant de plus en plus. Ma peau me brûlait, et j'étais couverte de sueur.

Si seulement j'avais pu voir son visage... J'adorais le regarder. Sa force stimulait mon désir.

Cela faisait partie de ma punition pour l'avoir quitté.

Je n'avais aucun doute.

Le sexe dans l'obscurité, là où personne ne pouvait nous voir, pour me rappeler quelle horrible femme j'étais de nous avoir gardés dans l'ombre.

Il empoigna ma mâchoire, me tirant de mes pensées, et approcha ses lèvres des miennes.

— Je suis toujours là.

— Sam, murmurai-je alors qu'une brume de désir et d'émotions envahissait mon esprit. J'ai besoin de toi.

— Je sais. Maintenant, jouis pour moi.

Il relâcha mon visage et glissa son doigt entre nos corps.

Il lui suffit d'effleurer mon clitoris pour que mon corps entre en éruption, fléchisse et se cramponne à lui. Je me laissai porter par les vagues déferlantes d'euphorie et d'exaltation que seul cet homme pouvait faire naître en moi.

— Encore un, m'ordonna-t-il alors que je n'étais pas encore redescendue, me propulsant à nouveau au sommet.

Il devint plus dur et plus épais en moi, enfonçant ses doigts dans ma hanche comme s'il ne voulait plus jamais me laisser partir.

— Devani! cria-t-il en jouissant, un coup de reins après l'autre, se laissant aller à sa libération.

Aucun de nous ne prononça un mot alors que nos respirations s'apaisaient; nous nous cramponnions l'un à l'autre. Le parfum de nos ébats flottait dans l'air, ainsi que le poids de ce que nous venions de faire. J'avais tant besoin de lui, et je le désirais à un niveau que je n'aurais pas dû.

À quoi pensais-je? Les conséquences d'un comportement irrationnel étaient bien trop nombreuses. Cet homme était ma faiblesse, et il ne fallait pas que quiconque l'apprenne. Le problème, c'était qu'il y avait davantage de gens qui étaient au courant pour nous que je ne l'aurais voulu.

Sam appuya ses bras sur le rebord de chaque côté de mes hanches, alors que son sexe à moitié dur continuait à palpiter en moi. Mon envie de lui brûlait encore au plus profond de moi. C'était comme si le désir viscéral entre nous n'avait absolument pas refroidi.

J'attendis qu'il parle, me disant que ses paroles me blesseraient.

— Quand tu retourneras auprès de lui, ma semence sera en toi. Elle s'écoulera entre tes jambes. Est-ce qu'il voudra te toucher en sachant qu'un King t'a détruite, qu'il t'a prise, qu'il t'a fait jouir autour de lui?

Mon ventre se contracta, même en sachant qu'il ne disait cela que pour me blesser.

— Il ne me touche pas. Combien de fois dois-je te le répéter?

— Pourtant, tu l'as choisi. Il se libéra de moi et me reposa au sol, puis il plaça un mouchoir entre mes jambes avant de remettre mon string en place par-dessus.

Cette intimité entre nous me mettait à vif.

Nous rajustâmes nos vêtements en silence, tandis que l'obscurité de la pièce dissimulait parfaitement les émotions qui bouillonnaient entre nous.

Me servant de mes sens, j'avançai vers lui.

— J'ai mes raisons de faire ce que je fais.

— Peut-être qu'un jour, tu voudras bien me les expliquer, me dit Sam en me déplaçant en direction de la porte par laquelle j'étais entrée.

Un déclic se fit entendre et un panneau coulissa sur le côté, m'inondant de lumière, m'obligeant à plisser les yeux. Une fois ma vue ajustée, je me tournai vers Sam et l'observai.

Sa lèvre était gonflée à cause de ma morsure, son visage était rougi à cause de nos ébats contre le mur, et pourtant, il était toujours aussi magnifique. Cependant, si quelqu'un l'apercevait, il saurait qu'il avait fait quelque chose en dehors de la salle de bal.

Il avait l'allure d'un homme qui venait de s'envoyer en l'air. Ses pupilles étaient dilatées; il se lécha les lèvres en me voyant toute froissée. Sa réaction fit s'emballer mon cœur, et mon excitation à peine apaisée se raviva.

— Tu dois soit trouver une autre robe, soit trouver une bonne excuse pour l'état de celle-ci.

Je baissai les yeux. Nous avions ruiné cette robe, et je n'avais plus d'autre choix que de prendre l'ascenseur de service pour aller me changer.

— Je vais gérer.

— Comme toujours, me répondit-il, fouillant dans la poche intérieure de sa veste.

Il en sortit un tube de rouge à lèvres au design complexe qu'il me tendit.

— C'est l'achat que tu as fait auprès de Danika. Elle aurait bien fait la livraison elle-même, mais ses nausées ont eu raison d'elle.

Je pris l'objet qui contenait la micropuce, et nos doigts se frôlèrent quelques secondes à peine. Un courant électrique passa entre nous, comme toujours lorsque nous nous touchions.

— Sam, cela ne se reproduira plus.

— Tu es la dernière personne à te mentir à toi-même. Tu sais aussi bien que moi que si nous sommes seuls dans une pièce, il n'y a aucune chance que ça ne se reproduise pas.

Je relevai le menton.

— Nous sommes avec des personnes différentes

— Et pourtant, nous les avons trompés sans aucune arrière-pensée, répondit-il, me regardant droit dans les yeux. Maintenant, réfléchis à ça. Combien de temps faudra-t-il au prince Joshi pour se rendre compte que la reine des diamants préfère s'encanailler avec un voyou de New York plutôt qu'avec un prince possédant un palais ?

Avant que je puisse répondre, il me repoussa et referma la porte entre nous.

QUATRE

CHAPITRE QUATRE

S^{am}

Je pénétrai dans mon penthouse de l'immeuble de King Holdings un peu après une heure du matin, n'ayant qu'une envie, celle de boire un verre bien fort. Mais j'avais déjà bu ma limite de deux verres dans la soirée. C'était ma règle absolue.

Garder le contrôle à tout moment. Une tête équilibrée permettait de gagner toutes les batailles. L'alcool, les drogues et les substances addictives de toutes sortes entraînaient un manque de jugement.

Alors, qu'étais-je en train de faire avec Devani Patel? Elle m'avait mis le grappin dessus, et j'avais beau essayer de me libérer, je n'arrivais pas à aller de l'avant.

Jetant ma veste sur un fauteuil, j'entrai dans la cuisine, je remplis un grand verre d'eau et le bus. Je desserrai ma cravate et déboutonnai ma chemise, puis m'avançai vers les fenêtres du salon qui s'étiraient du sol au plafond. En bas, les lumières vives bourdonnaient de l'énergie de la vie nocturne à New York. Certains vivaient une aventure, tandis que d'autres stagnaient dans un gouffre de désespoir.

Parfois, je m'étonnais encore de la façon dont j'avais atterri dans cette vie. J'étais passé d'un gamin orphelin qui s'était faufilé à travers les mailles du système de placement en famille d'accueil à l'un des hommes les plus riches de New York.

Je devais tout à Arin King. Ses méthodes directes m'avaient appris tout ce que je devais savoir et donné les outils nécessaires pour jouer dans un monde que ceux qui n'étaient pas nés avec une cuillère en argent ne pouvaient jamais rejoindre.

Posant une main sur la vitre, je me frottai la nuque à l'endroit où je portais les marques des ongles de Devani.

Devani Maya Patel.

La reine des diamants, comme la presse et la société l'avaient surnommée. Elle n'était pas née avec une cuillère en argent dans la bouche. Au lieu de cela, elle mangeait avec des couverts faits de bijoux inestimables, de diamants, de saphirs et de rubis.

Elle jouait le rôle d'une mondaine froide, posée, et garce jusqu'au bout des ongles. Pourtant, la vraie Devani se souciait des autres et elle aimait plus fort que n'importe qui. Mais elle préférerait mourir que de l'admettre.

Je ne pus m'empêcher de secouer la tête. Cette femme était vicieuse quand elle était en colère, surtout quand elle avait une cause à défendre ou une cible à atteindre.

Elle n'avait jamais caché qu'elle voulait détruire la famille qui lui avait pris ses parents, mais je ne m'attendais pas à ce qu'elle se vende à Joshi et, par ricochet, à cet enfoiré de Shah.

Il était de notoriété publique qu'à chaque fois qu'Arun Joshi allait quelque part, Ashok Shah était à ses côtés. Ils avaient forgé une image d'amis parfaits dans leur vie personnelle et professionnelle. Mais je savais que c'était en grande partie des foutaises. Ils jouaient la carte de la *bromance* heureuse aux yeux du public.

Joshi ne s'était jamais remis de la perte de son fils aîné et héritier bien-aimé, Lukesh. Cet enfoiré de Shah avait tenté de forcer Jayna à se marier non pas une, mais deux fois. Aux yeux du monde entier, Luke était bien vivant, et il prenait congé de l'entreprise familiale. Cependant, il était passé dans l'au-delà depuis plus d'un an et occupait, avec un peu de chance, une place spéciale en enfer pour avoir aidé Shah à planifier et à orchestrer l'accident de voiture qui avait failli tuer Kir, puis l'agression qui avait abouti à l'impossibilité pour Jayna de porter ses propres enfants.

L'idée qu'il puisse arriver quoi que ce soit à Devani aux mains de Joshi ou de Shah faisait gronder au fond de mon ventre une rage inouïe.

Tôt ou tard, j'allais devoir accepter qu'elle ait choisi une autre voie.

Je lui avais proposé de lui offrir la revanche qu'elle voulait, et elle avait ri. L'idée de dépendre de quelqu'un d'autre, ou d'accepter de l'aide, lui était étrangère. Toutes ces années passées à diriger des équipes au sein de Solon l'avaient amenée à croire qu'elle était celle qui résolvait tous les problèmes. Parfois, les choses n'étaient pas simplement noires ou blanches.

Bon sang! Elle appartenait à Solon! Tous ces types travaillaient dans des nuances de gris. Ils enfreignaient toutes les règles, les modelant en fonction de la situation pour atteindre leur objectif.

Bon sang. J'avais l'air d'une mauviette au cœur brisé. Je devais me ressaisir.

Ma réputation était en jeu.

J'étais le frère King né sans cœur, dont les veines étaient pleines de glace plutôt que de sang. L'homme qui ne rencontrait jamais un marché qu'il ne pouvait retourner en sa faveur ou une partie de cartes qu'il ne pouvait gagner.

Si seulement j'avais laissé la reine sur son échiquier ce soir-là, il y a bien longtemps, au lieu de relever le défi qu'elle m'avait lancé. Depuis lors, nous avions passé près de trois ans à repousser les limites que nous ne soupçonnions pas.

Mon téléphone portable sonna dans ma poche.

Je le sortis, lus l'écran, et répondis.

— Livraison effectuée avec un minimum d'effusion de sang.

— Dommage. Un bon coup de couteau me met toujours de bonne humeur, répondit Danika, et l'humour dans sa voix me fit sourire. S'est-elle encore plainte de la couleur?

Que penserait Danika si elle savait que sa meilleure amie

fashionista ne jetait même pas un coup d'œil à la couleur du rouge à lèvres dans le tube qui contenait la puce à la base ?

— Je n'ai pas entendu de plainte.

— Je suis sûr qu'elle me les enverra avec sa prochaine commande, répliqua-t-elle avant de se taire, comme pour rassembler ses idées. Sam ?

— Oui.

— Comment était-elle ?

— Elle est magnifique, Dani. Pas un cheveu qui dépasse.

Enfin, jusqu'à ce que je pose les mains sur elle, mais je gardai ça pour moi.

— Tu sais ce que je veux dire. Devani me cache quelque chose.

— Elle cache des choses à tout le monde, même à son propre entourage. Je doute fort qu'elle te dise tout, meilleure amie ou pas.

— Nous sommes les seules personnes qu'elle laisse entrer. En fait, je pense que tu en sais plus sur elle que moi.

— Je ne fais plus partie de l'équation, Dani. Elle a fait son choix.

— Elle ne l'aime pas. Il faut que tu le saches.

— J'ai tourné la page.

— Vraiment ? Disparaître d'un gala pour t'envoyer en l'air avec quelqu'un ne prouve pas vraiment que tu as tourné la page.

La famille avait donc remarqué mon absence.

— Tu n'étais pas censée rentrer chez toi à cause de tes nausées matinales... non, tes nausées d'après-midi... non, tes nausées perpétuelles? Comment pourrais-tu savoir si j'étais là ou non?

— Je suis Danika King. J'ai mes sources.

— Dani, m'as-tu appelé pour parler de la livraison ou d'autre chose?

— Sam, tu es ma famille. Je peux m'inquiéter pour toi si je veux.

Je soupirai.

— Je t'aime aussi, petite sœur.

— Tu vois, c'était si difficile?

— Bonne nuit, Dani.

— Bye.

Je raccrochai.

Elle avait beau être plus jeune que moi, elle jouait à merveille le rôle de la grande sœur. Le fait qu'elle ait appelé pour savoir comment j'allais, sachant que la livraison m'aurait laissé à vif, montrait à quel point elle me comprenait.

J'étais le King qui n'éprouvait pas de sentiments, mais Danika voyait clair dans mes conneries. Elle avait construit le même type de mur pour survivre à cet enfoiré de Shah. Je me souvenais encore de sa manière de garder la tête haute, même lorsque les gens faisaient sans cesse des commentaires sur sa froideur.

Jayna avait un tempérament de feu, elle pouvait exploser et se battre contre tous ceux qui se mettaient en travers de son chemin. Danika penchait du côté opposé, tout en glace, excluant le monde pour que les gens la laissent tranquille pour faire ce qu'elle voulait.

La seule exception était Nik. Il avait vu à travers son enveloppe froide la femme fougueuse qui se cachait en dessous. Leur intense alchimie remontait à l'époque où nous gérions ensemble l'ancien quartier. Une fois réunis, leur amour de jeunesse s'était mué en quelque chose d'explosif.

Kir et Rey avaient les mêmes liens profonds avec leurs épouses, Jayna et Lilly.

Et il y avait moi.

Une seule femme m'avait donné envie de quelque chose de plus, d'un avenir autre que celui qu'Arin avait tracé pour moi. Ensuite, elle avait choisi la voie la plus facile, une vie qu'elle prétendait mépriser de tout son être. Une vie où elle avait l'impression de n'avoir d'autre choix que de dormir avec un couteau sous son oreiller.

Le carillon de l'ascenseur de service retentit, me faisant regretter de ne pas avoir pensé à verrouiller l'accès à mon appartement.

Si c'était l'un de mes frères, il aurait droit à un coup de poing au visage pour m'avoir dérangé si tard. Ces enfoirés avaient pris l'habitude de passer à l'improviste pour voir s'il y avait quelqu'un avec moi. Danika, Jayna et Lilly envoyaient généralement un message avant de venir. *Généralement* étant le mot important. Si quelque chose les contrariait, elles débarqueraient dans cet endroit comme un tsunami.

La seule autre personne à franchir le seuil de cet endroit était une directrice de Solon qui s'était invitée chez moi. Et, à ce jour, elle n'avait jamais utilisé la porte d'entrée pour me rendre visite. Elle avait fait appel à ses vastes ressources pour obtenir les plans de ce bâtiment datant du début des années 1900, puis avait suivi les vides sanitaires cachés jusqu'à la cage d'ascenseur de service.

Rien ne semblait jamais l'effrayer. Pas la possibilité de se retrouver coincée dans un espace restreint, surprise par l'équipe de sécurité de pointe qui protégeait le bâtiment, ou détectée par le système de surveillance dernier cri que Danika avait installé le long du périmètre et à l'étage. Même la menace très réelle que je lui tire dessus avec l'arsenal stratégiquement dissimulé dans chaque pièce de mon appartement ne la dissuadait pas.

Le bruit de la cage d'ascenseur annonça l'arrivée de mon invité, mais comme il n'y avait pas de bruits de pas, il ne pouvait s'agir que d'une seule personne : la femme de Rey, ma belle-sœur, Lilly. Je la considérais comme une femme touche-à-tout : espionne, hacker, princesse de la mafia et, bien sûr, ancien agent de Solon. Toutefois, à bien y réfléchir, je doutais fortement qu'elle ait cessé d'aider et de soutenir son ancienne directrice.

— Toc, toc, dit Lilly avec un accent britannique en arrivant.

Ses cheveux bruns foncés étaient rassemblés en un chignon désordonné, sa marque de fabrique, et elle portait des vêtements décontractés. Ses yeux d'un gris tempête balayèrent la pièce, observant tout, de ma tenue au niveau de l'alcool dans les carafes du bar.

Des yeux de flics, comme j'aimais à les appeler depuis l'époque où j'avais vécu dans la rue.

— Que puis-je faire pour vous, madame Cora Hass ?

Elle me jeta un regard noir, pour avoir utilisé son nom de hackeuse, aujourd'hui tombé en désuétude. C'était un nom si célèbre qu'il l'avait placée sur la liste des personnes les plus recherchées par la CIA et Interpol. Et sans doute sur les listes d'au moins huit autres listes à travers le monde, si j'avais pensé à faire les recherches.

— Tu te crois tellement drôle! N'oublie pas que, si tu m'énerves, je peux faire en sorte qu'il te soit très difficile de quitter ta maison high-tech. Ensuite, comment le prédateur immobilier Samir King fera-t-il pour déplacer tous ses milliards sur son échiquier?

— Il ne me viendrait jamais à l'idée de contrarier l'une des femmes King. Chacune d'entre elles est mortelle.

Ma description de Danika, Jayna et Lilly effleurait à peine la surface. Toutes ces femmes étaient dotées de connaissances et de compétences impressionnantes et, lorsqu'elles unissaient leurs efforts, mieux valait surveiller ses arrières.

Le fait que l'un ou l'autre de mes frères puisse tenir tête à son épouse était déjà un exploit en soi. D'un autre côté, Nik, Kir et Rey avaient besoin de compagnes qui ne supporteraient pas leurs conneries. Des hommes endurcis par la vie dans la rue avaient besoin de partenaires qui les acceptaient, mais qui les poussaient dans leurs retranchements lorsque cela était nécessaire.

Je me rapprochai du bar garni au fond de mon salon, versai le spiritueux préféré de Lilly et le lui tendis avant de m'installer dans le fauteuil en cuir près des fenêtres.

— S'agit-il d'une visite professionnelle tardive ou d'autre chose? Dani a déjà procédé à son contrôle de sœur.

Lilly resta silencieuse un moment, assise sur le canapé en face de moi, puis me demanda :

— Est-ce que ta relation avec Van est terminée ?

Van, le nom de code de la directrice de Solon pour l'Amérique du Nord, Devani Maya Patel.

Aux yeux de Lilly, Devani était la directrice qui risquait sa vie à chaque instant pour protéger ses agents. La leader qui utiliserait toutes les ressources pour s'assurer que les innocents puissent survivre. Devani avait même affronté les directeurs d'un autre continent pour sauver Rey et Lilly, par pure loyauté envers cette dernière.

— Je n'ai jamais eu de relation avec quelqu'un qui s'appelait Van.

— Tu sais ce que je veux dire.

— Que veux-tu savoir en particulier ?

— L'aiderais-tu si elle avait des ennuis ?

Je sentis un picotement dans ma nuque.

— Tu veux bien m'en dire plus ?

— Il me faut simplement un oui ou un non. Est-ce que Devani a coupé les ponts avec toi ?

— La reine est la pièce la plus instable de l'échiquier. L'idée de simplicité ne convient pas quand il est question de décrire Devani Patel.

— Lui porterais-tu secours si elle en avait besoin ?

Je faillis rire à l'idée qu'elle appelle les secours.

— Elle plongerait dans un brasier en emportant tout le monde avec elle plutôt que de demander de l'aide.

Lilly soutint mon regard. Ses yeux gris s'assombrirent tandis qu'elle m'étudiait de la même manière que son mentor aimait m'analyser.

— Tu viendrais à son secours, même si elle refusait de

demander de l'aide, ou si elle voulait que tu participes à l'un de ses projets ?

Je souris.

— Ça, c'était la bonne question.

— Et ?

— Et quoi ?

Lilly leva les mains en l'air.

— Je vous le jure, tous les deux, vous êtes parfaits l'un pour l'autre. J'ai toujours l'impression de tourner en rond avec vous. Peut-être que toutes ces années passées ensemble ont fait déteindre sur toi une partie de son entraînement professionnel. Chacun d'entre nous sait qu'elle t'a brisé le cœur.

Je gardai un visage impassible, ne laissant rien paraître de l'agitation qui bouillait en moi. Lilly lisait à travers les gens comme dans un livre ouvert. Je n'avais pas l'intention de lui offrir de prise.

— Comment peut-on briser quelque chose qui n'existe pas ? Je suis le King qui a un espace vide à la place du cœur, à moins que tu ne lises pas les journaux ?

— Oh, bon sang ! Lilly se leva d'un bond et se mit à faire les cent pas.

— Je pourrais avoir un peu d'émotions, s'il te plaît ?

— Tu préfères que je la traque sur deux continents et que je la fasse chanter comme Rey l'a fait avec toi ? demandai-je d'un ton glacial, sachant que je me comportais comme un con, mais je m'en foutais. Ou peut-être que je devrais la prendre sauvagement dans les vestiaires des femmes, en faisant tellement de bruit que tout le monde dans le gymnase saura que je l'ai revendiquée.

— Eh bien, ce serait un changement radical par rapport à ces conneries, rétorqua Lilly, en posant une main sur sa hanche, sans se laisser impressionner par mes foutaises.

— Dis-moi au moins que tu as échangé plus de deux mots avec Van quand tu as fait la livraison pour Dani au gala.

Je faillis sourire. Danika et Lilly ne sauraient pas quoi penser de ma discussion avec Devani. Je la sentais encore jouir autour de moi. Je n'avais pas prévu de la prendre dans le noir, mais le fait d'entrer dans la salle secrète m'avait rappelé d'innombrables rendez-vous dans l'arrière-salle de *The Library*.

— Nous avons échangé plus que deux mots.

— C'est déjà ça, répondit-elle avant de s'interrompre, le regard rivé sur mon visage. Qu'est-il arrivé à ta lèvre ?

Merde. J'avais oublié.

— Une altercation qui ne te regarde pas.

— Alors, je suppose que les égratignures sur le côté de ton cou ne le sont pas non plus ?

Elle haussa un sourcil, arborant un sourire en coin.

— Y a-t-il un but à tout cela ?

Lilly fit le tour du canapé dans un mouvement souple et silencieux acquis au fil de ses années en tant qu'agent de Solon.

— Bien sûr, qu'il y en a un. Et tu as répondu à chacune de mes questions tout en essayant d'éviter d'y répondre. C'est le cours Solon pour les débutants. J'ai peut-être quitté mon boulot, mais la formation est ancrée dans chacune de mes cellules. Tu es très malin, Sam King. Pourtant, tu n'as pas passé des années sous la tutelle de la reine de la manipulation, alias la reine des diamants.

Une vague d'irritation me traversa. Devani avait ses fidèles, même au sein de ma foutue famille.

— Je répète, quel est le but de cette conversation ?

— Je voulais juste savoir si nous devions mettre en place un plan d'urgence à l'avenir. Devani est têtue et va sans doute se rebeller contre nous jusqu'au bout.

— Et tu penses que je fais partie d'un plan de secours ?

— Non, Sam. Tu es le plan, et je n'aurai même pas besoin de dire quoi que ce soit pour qu'il entre en action.

— Tu es aussi frustrante que ton ancienne boss.

— Merci. Celle que j'ai aujourd'hui est tout aussi fabuleuse.

Elle travaillait pour Danika dans sa galerie d'art en tant qu'évaluatrice et experte en matériel *underground*, le genre illégal.

— Ce n'était pas un compliment.

Je basculai ma tête en arrière sur le canapé.

— Dommage, je l'ai pris comme tel. Mais, Sam, dit Lilly d'une voix soudain plus douce, qui me fit relever la tête, tu ne peux pas ranger les femmes comme nous dans une catégorie. Nous sommes telles que nous sommes à cause de nos expériences. Van plus que le reste d'entre nous. Elle n'a jamais connu que l'organisation.

Merde. D'abord Danika, maintenant Lilly.

— Tu n'as pas à me donner de détails. Je suis certain que j'en sais plus que toi.

La surprise se lut dans ses yeux.

— Je n'aurais jamais pensé que quiconque pourrait connaître l'un de ses secrets.

— Lilly, je suis épuisé. Viens-en au but de cette conversation pour que je puisse aller me coucher.

Lilly soupira.

— Très bien. Van a tout risqué pour moi. Elle m'a fait venir aux États-Unis et m'a protégée, sachant que cela déclencherait une guerre entre elle et le conseil des directeurs européens. Je vais faire la même chose pour elle.

C'était exactement ce qu'avait fait Devani. Elle s'était attaquée au conseil rival au sein de Solon lorsque Lilly avait fait la seule chose qu'un agent européen de sa trempe n'était pas autorisé à faire : tomber amoureuse. Devani avait manipulé et influencé des gens, des missions et des dossiers pour que Lilly soit transférée aux États-Unis. Elle était allée jusqu'à pousser Rey, agent de la CIA à l'époque, à faire chanter Lilly pour qu'elle travaille pour lui.

— Devani n'est pas stupide. Elle ne se lance jamais dans rien sans connaître tous les détails. Je suis certain qu'elle a tout prévu, quoi qu'elle soit en train de faire.

Je ne pouvais m'empêcher de la défendre. Elle avait beau m'énerver, elle calculait toutes les issues pour chaque scénario possible.

— Pas cette fois. Elle est trop obnubilée par la quête de résultats. Elle ne voit pas tous les signes et se met en danger.

Je me figeai instantanément lorsque toutes les pièces de ce que Lilly n'avait pas dit se mirent en place.

— Elle travaille sur une opération, et elle se sert de Joshi pour entrer dans ce cercle.

Je me concentrai sur Lilly, mais son visage restait froid, sans expression.

Devani nous avait brisés pour Solon ? Non, cela n'avait aucun sens. Elle avait travaillé sur des cas un nombre incalculable de fois sans mettre fin à notre relation.

Ensuite, je demandai :

— Depuis quand un directeur de n'importe quel continent joue-t-il un rôle de premier plan dans une opération ? Les directeurs sont trop précieux. Ils ne mettent pas dans la ligne de tir.

— Je suis à la retraite. Cela fait bien longtemps que l'agence a révoqué mon habilitation. Je n'aurai aucune information sur les activités en cours.

Merde, elle n'était pas au courant. Je secouai la tête.

— On dirait que je vais devoir aller à la source pour trouver ma réponse.

— Tu devrais peut-être le faire. Les informations émanant de tiers ont tendance à manquer de détails.

Elle sourit et se déplaça en direction de l'ascenseur de service.

— Mais reste dans l'ombre. La reine attire beaucoup l'attention maintenant, et il y a bien trop de regards braqués sur elle.

— Est-ce que tu nous as déjà vus à la lumière du jour ?

— Non.

— Tu nous as déjà vus ensemble ?

— Pas à ma connaissance.

— Je sais comment gérer mes affaires.

Cinq

CHAPITRE CINQ

Devani

— S'il n'y a plus de questions sur le vote à venir, je propose que nous levions la séance, déclara Alana Tran.

Alana était l'un de mes agents de terrain à Solon et le directeur des opérations de Maya Ratna Holdings, le conglomérat minier que j'avais hérité de mes parents, Rishaan et Darshana.

J'étais assise à côté d'elle, à compter les secondes avant de pouvoir échapper à cette réunion pourrie avec mes oncles, Nishant, Naresh et Hiren.

Toutes les deux semaines, ils insistaient pour que les cadres et le conseil d'administration se réunissent en vue de faire le point sur les opérations, en tant que gardiens de l'héritage que mon père m'avait légué. Alors qu'en réalité, ils n'occupaient que des postes honorifiques, étant donné que je contrôlais tout depuis mes dix-huit ans.

Je possédais quatre-vingt-cinq pour cent de l'entreprise. Cela me permettait de placer à des postes de direction des gens en qui j'avais confiance, et qui veilleraient à la sécurité de mes intérêts. Comme Alana et six autres. En plus de savoir comment gérer une organisation minière internationale, ils possédaient des compétences dont je me servais pour des activités clandestines.

— J'ai une question.

Je levai les yeux de mes documents pour les fixer sur ceux, condescendants, de mon oncle Nishant. Quelle que soit sa question, il voulait saper mon autorité dans cette salle de réunion, comme d'habitude.

Enfoiré. J'avais droit à ces conneries depuis l'âge de dix-huit ans et j'en avais maintenant trente-deux. Quand allait-il se rendre compte que j'avais la capacité de le réduire en poussière sans le moindre effort ?

En m'envoyant au pensionnat, ils avaient cru pouvoir se débarrasser de moi et reprendre l'héritage que mon père avait créé à partir de celui que mon grand-père lui avait légué. Mais c'était cette même institution qui m'avait donné les moyens de devenir la garce rusée assise devant eux ce jour-là.

— Si cela concerne vote, tu peux la poser. Sinon, attendons plus tard.

Je n'allais pas le laisser me distraire.

— Ma question porte sur la situation future de l'entreprise. Par conséquent, le vote sur l'acquisition d'opérations minières peut être remis en question.

Les membres du conseil d'administration, à l'exception de mes oncles, s'agitèrent sur leurs chaises alors que la tension montait dans la pièce.

Cela faisait longtemps qu'il n'y avait pas eu d'explosion au cours de l'une de nos réunions. Cela venait toujours de l'un des trois Stooges. J'avais appris à dissimuler mes sentiments derrière un masque impassible.

— Après ton mariage avec Joshi, quels sont tes projets pour cette entreprise? Attention, Maya Ratna est dans notre famille depuis plus de deux cents ans. Nous ne deviendrons pas une filiale de Joshi sans nous battre.

Oh! Il voulait aller par-là? Très bien. Nous irions.

Ordure. Je n'avais jamais étalé notre linge sale en public. Je protégeais ma vie privée. Cependant, si cela signifiait faire taire ces enfoirés, je les confronterais volontiers à la réalité.

— Ah oui?

— Oui, répondit mon autre oncle, Naresh. Nous nous battrons pour ce qui nous appartient.

— Ce qui vous appartient?

Bon sang, ces hommes avaient perdu la tête.

Je me levai, posai mes mains à plat sur la table, et regardait chacun de mes oncles dans les yeux.

— Mon temps est très limité, je vais donc clarifier cela une fois pour toutes, dis-je d'une voix posée, sans émotion. Et si l'un d'entre vous ose aborder à nouveau ce sujet, je le chasserai de ce conseil. La salle de réunion de Maya Ratna est un lieu où l'on discute affaires, pas de petits drames familiaux.

— Attends une minute, intervint Naresh.

Je l'ignorai et poursuivis :

— Vous trois, vous avez renoncé à vos droits sur Maya Ratna lorsque vous avez opté pour l'héritage en espèces de Dada. Comme l'entreprise était en difficulté, vous avez décidé de vous retirer plutôt que de travailler à résoudre les problèmes. Papa, quant à lui, a pris l'héritage de Dada et en a fait l'empire qu'il est devenu. Vous avez la chance que mon père, par amour pour vous, vous ait pardonné et qu'il vous ait offert une participation de cinq pour cent à chacun d'entre vous, en tant que mes gardiens.

Je lissai ma robe et me dirigeai vers les chaises situées derrière mes oncles.

— Passons maintenant à la question de vous battre contre moi. Je possède la majorité de cette entreprise et vous ne pouvez rien y faire. Le testament de mon père prévoit que tous ses enfants vivants, hommes ou femmes, héritaient de cent pour cent de ses biens. Votre croyance archaïque selon laquelle une femme ne peut pas être à la tête de cette entreprise ne tiendra jamais devant un tribunal.

Je me plaçai à l'avant de la salle, où un écran géant montrait les bénéfices plus élevés que prévu pour le trimestre.

— Ensuite, examinons quelques faits. Pendant les années où mes trois bienfaiteurs ont dirigé cette belle organisation à ma place, où ils m'ont envoyée dans un pensionnat de New York et ont géré les opérations quotidiennes, dis-je en pointant les années sur l'écran, les parts de marché ont diminué et nous avons perdu une grande partie des gains acquis à l'époque où Papa a redynamisé l'organisation. Regardez ce qui s'est passé lorsqu'une jeune fille inexpérimentée de dix-huit ans a exigé de monter à bord et de prendre sa place à la table.

— Oui, tu es brillante. Cela ne répond pas à la question que nous t'avons posée.

Je levai les yeux au ciel.

— Permettez-moi de formuler les choses de la manière suivante. Je n'ai jamais eu, je n'aurai jamais, et je n'ai pas besoin que vous, ou n'importe quel autre homme ou organisation, veniez à mon secours. J'ai mieux géré les choses que vous trois réunis. Croyez-vous que j'aurais besoin de l'aide de Neil ou de son père ? Mariée ou non, je m'occupe de tout.

Lassée du feuilleton quotidien de mon conseil d'administration, je me dirigeai vers la porte.

— Je crois que ce sujet est clos. La prochaine fois que quelqu'un décidera de m'interroger sur ma vie privée, demandez-vous si vous poseriez ces questions à quelqu'un doté d'un pénis.

Repoussant le mal de tête qui me tenaillait les tempes, je sortis de la salle de réunion et me rendis aux ascenseurs. Dès que j'entrai dans la cabine, je laissai retomber ma tête contre la paroi en acier. Il n'était pas encore dix heures, et ma journée était déjà complètement gâchée. Avec un peu de chance, quelque chose viendrait l'améliorer.

Presque au même moment, ma montre connectée émit un bip pour signaler l'arrivée d'un message.

Levant le poignet, je lus l'écran.

NOAH : *Tu es partante pour une fête où l'on joue à cache-cache ?*

Aussitôt, mon humeur s'améliora.

Je sortis mon téléphone crypté de mon sac à main et je répondis.

MOI : *Tant que je peux porter une combinaison sympa et poser des pièges à souris.*

NOAH : *Je ne voudrais pas qu'il en soit autrement.*

MOI : *Quel type de maison dois-je m'attendre à voir ? La reine des diamants a des goûts très pointus.*

NOAH : *Cette souris particulière vit dans une très, très grande, luxueuse et vieille maison avec beaucoup de recoins et d'espaces étroits qui plairont sans aucun doute à la reine.*

Ashok Shah.

MOI : *La liste des invités a-t-elle été établie ? Je ne voudrais pas que tu me dupes et que d'autres souris se présentent. Je n'aime pas particulièrement son cercle d'amis.*

NOAH : *Bon sang, quelle diva exigeante tu fais ! Je te promets que tu seras à l'abri des rongeurs.*

MOI : *Alors, compte sur moi. Envoie-moi l'invitation détaillée.*

NOAH : *Elle est déjà en route. À ce soir.*

L'ascenseur s'ouvrit, et je sortis de la tour Maya Ratna avec un sourire, et le pas léger.

Un beau travail d'effraction avec des gadgets high-tech compenserait sans aucun doute le désastre de ce matin.

J'adorais osciller entre la criminelle et l'héroïne. La zone grise, c'était mon truc.

— Vas-y dans trois, deux, un, me dit la voix de Noah dans mon oreillette à exactement minuit cinq. Tu as exactement quatre-vingt-dix minutes pour faire le tour des passages. Nous avons besoin que tu vérifies que tous les anciens points d'accès sont encore dégagés après les rénovations que Shah a effectuées en guise de cadeau pour sa nouvelle épouse.

Je levai les yeux au ciel.

— Je sais comment faire mon boulot. C'est moi qui t'ai formé. Ne m'oblige pas à te renvoyer dans ta ferme à cochons du Colorado pour insubordination. C'est moi qui dirige cette opération, grommelai-je en activant mon traceur que je plaçai à l'ouverture du vide sanitaire caché sous le manoir Shah.

Je me glissai ensuite à l'intérieur.

La nouvelle épouse de Shah, Amish, que j'avais connue toute ma vie sous le nom de veuve Noor, remplissait toutes les conditions requises pour être le type exact de femme mondaine qu'il recherchait. Elle faisait quinze ans de moins que son âge, et elle savait se tenir en société. Surtout, elle venait avec un portefeuille important.

Oh, et elle était aussi fourbe que Shah. Ils formaient le couple idéal.

— J'élève des chevaux. Je m'attendrais à ce que la reine des diamants soit capable de faire la différence entre les chevaux et les cochons.

— Oui, oui. Dans les deux cas, ces animaux font leurs besoins par terre, répliquai-je en passant entre deux piliers distants d'à peine quarante-cinq centimètres. Quiconque entre ici ne devra pas être beaucoup plus costaud que moi, sinon il deviendra une partie de la structure.

— Je ne comprends toujours pas comment tu peux ne jamais hésiter à faire ce genre de boulot.

J'installai six autres traceurs destinés à scanner la zone et à fournir des mesures du secteur à un ordinateur central.

— Seules quelques personnes naissent à chaque génération avec les ovaires assez bien accrochés pour affronter les situations difficiles.

Je me dirigeai vers le mur intérieur qui, je le savais, se trouvait à proximité de la monstruosité qu'était le bureau de Shah.

— Nous n'avons pas toutes la taille d'un lutin.

Je ricanai.

— Et tout le monde ne supporte pas la vue des insectes. N'oublie pas que ces petits passages effrayants sont habités par des insectes rampants et effrayants.

— D'accord, les enfants, dit la voix de Neil dans mon oreillette. Soyons sages. Je ne voudrais pas prendre le parti de Carter, mais tu n'es pas normale, Van. Tu aimes jouer dans des cavités qui risquent de s'effondrer.

— Comme je l'ai dit, il faut des ovaires pour les boulots difficiles. Ce n'est pas toi qui as passé trois semaines au lit avec des allergies ? Je n'ai jamais pris de congé maladie, sauf quand tu m'y as obligée. Et c'est parce que j'avais trois blessures par balle.

— J'ai eu la malaria, Van. Pas des allergies.

L'agacement dans la voix de Neil rendait ma pique vraiment satisfaisante.

— Je l'ai eue aussi, mais je ne m'en suis pas plainte.

Nous avions été affectés à la même mission au Congo et

avions reçu un lot de vaccins préventifs défectueux. Toute l'équipe avait contracté l'infection, nous obligeant à évacuer par hélicoptère et à nous regrouper. En l'espace de quelques jours, je m'étais complètement rétablie, et j'avais repris le travail.

Neil et Noah trouvaient particulièrement énervant que je sois rarement, voire jamais, malade. Mais d'un autre côté, comme j'étais confrontée à bien d'autres problèmes, je me réjouissais de tout le positif que je recevais.

Tasha s'immisça dans la conversation :

— Navrée d'interrompre ce badinage entre nos supérieurs, mais nous avons un horaire à respecter et, d'après l'infrarouge, il semblerait que tu sois sur le point d'avoir de la compagnie.

— Merci de nous garder dans le droit chemin.

Je ne pus m'empêcher de sourire.

Neil et moi avions la réputation de rester stricts. Noah, pas tellement. Le fait d'avoir présenté ce côté pas si professionnel à notre équipe les avait sans doute choqués.

Juste au moment où je m'accroupissais pour traverser une zone basse, des voix me parvinrent.

— Je me tais, murmurai-je. Le bureau de Shah est occupé.

À pas feutrés, je me postai près de l'endroit où, cent ans plus tôt, les propriétaires avaient aménagé une issue de secours, mais Shah l'avait condamnée. Heureusement, les finitions n'étaient pas parfaites, ce qui me permettait d'avoir une petite vue sur la pièce.

— *Nous ne devrions pas être ici. Si Monsieur découvre que nous fouinons, comprenez-vous les conséquences ?* supplia une voix masculine en gujarati.

Tout le personnel de Shah parlait son dialecte indien maternel. C'était une condition d'embauche, et il n'autorisait aucune autre langue à l'intérieur de la maison, sauf lorsque des invités y séjournaient.

Une femme répondit dans la même langue.

— *Je m'en moque maintenant. Danika nous a proposé de venir vivre chez elle. Même Jayna a dit que nous pourrions aller à Miami et rester avec sa mère. Je ne laisserai plus cet homme nous dominer. Comment peux-tu fermer les yeux sur ce qui se passe ?*

— *Danika est enceinte. Et s'il lui fait ce qu'il a contribué à faire à Jayna ? Nous ne pouvons prendre aucun risque.*

— *Ce sont des femmes adultes. Pas les petites filles effrayées qui vivaient sous ce toit. C'est à cause d'elles que cet enfoiré s'est comporté de cette manière ces dernières années. Il avait besoin de Jayna pour financer son train de vie. Maintenant qu'il a perdu les élections, il cherche désespérément à sauver la face.*

— *Il a ses défauts, mais il ne s'engagerait pas dans la voie que tu crois pour rebâtir sa fortune.*

— *Je n'arrive pas à croire que ces mots soient sortis de ta bouche. Monsieur a provoqué l'accident qui a failli coûter la vie à Kiran King. Il a aidé à orchestrer l'agression au couteau qui a provoqué la fausse couche de Jayna. Cette pauvre enfant ne pourra jamais porter d'enfants à cause de lui ! Et tu étais là quand il a payé le chauffeur du camion qui s'est arrêté devant le bus qui a tué plus de vingt personnes pour empêcher Veda Kumari de rencontrer ses parents.*

Un frisson me parcourut l'échine et une boule se forma au fond de ma gorge. Les aînés Shah avaient toujours su qu'il y avait un enfant. Je comprenais mieux à présent pourquoi Sara

Shah avait rédigé son testament comme elle l'avait fait. L'aîné de ses petits-enfants, qu'il soit légitime ou non, hériterait de la participation majoritaire dans Shah international. Elle n'avait rien laissé à son fils.

— *Ne parle plus jamais de ça !* répliqua l'homme d'une voix empreinte de peur. *La vie de nos enfants et de nos petits-enfants en dépend.*

— *C'est à toi que je parle, imbécile. Et si des fantômes hantent cet endroit maudit, j'espère qu'ils auront pitié de nous en entendant mes paroles. Et j'espère qu'ils étoufferont monsieur, Arun Joshi et les frères Patel, ces magnats corrompus du diamant. Ajoutons-y les autres abrutis. Ils méritent tous de mourir.*

— *Qu'est-ce qui t'arrive ? Est-ce qu'il te reste un peu d'instinct de conservation ?*

— *Non. Je sais que monsieur cache la liste des acheteurs du Cercle. Je vais la transmettre à Dani. Elle saura quoi en faire.*

— *Tu fais des suppositions. Rien ne prouve qu'il en fasse partie.*

— *Je n'arrive pas à croire que je sois restée mariée avec toi si longtemps. Heureusement, c'est de moi que nos enfants tiennent leur intelligence. Comme dirait Jayna, fais-toi pousser une paire d'ovaires, ou dégage de mon chemin.*

— *Ton langage est parfaitement irrespectueux.*

— *Je suis une femme qui a la soixantaine. Il est temps que je dise ce que je pense. Maintenant, dégage de mon chemin pour que je puisse ouvrir ce panneau dont il pense que tout le monde ignore l'existence. Tous les hommes sont-ils aussi stupides ? Il doit bien se rendre compte que les personnes qui gèrent sa maison savent où tout se trouve.*

— Ne me mets pas dans le même sac que lui.

— Oh, donc, maintenant, tu es d'accord pour dire que ce n'est pas un innocent ?

— Femme, arrête de me faire dire ce que je n'ai pas dit. Je n'ai jamais dit qu'il était innocent.

J'aurais ri de cet échange insensé dans le couple si j'avais pu intégrer tout ce qu'ils venaient de révéler.

Un panneau s'ouvrit près de mon visage, et je me figeai aussitôt. Puis j'entendis un bruit de papier qu'on manipulait.

— Bon sang ! Certains de ces dossiers ont plus de trente-cinq ans. Je ne comprends pas ce que cela signifie. C'est ce qu'il a négocié avec Joshi ? Cette pauvre enfant ! Dis-moi qu'il n'est pas mauvais. Tous ces hommes incarnent le mal absolu.

— Kala, nous devons quitter cette pièce maintenant. Remets tout en place.

Je sentais la panique dans sa voix, et je me dis que ce qu'il avait vu était pire que ce à quoi ils s'étaient attendus.

Je savais à présent qui était le couple. Il s'agissait de Kala, la chef cuisinière de la famille Shah. Et son mari était Nimesh, le majordome de Shah depuis vingt ans.

— Je suis si heureuse que Dani et Jayna se soient échappées de cet endroit ! Je n'ai aucun doute : il les aurait forcées à le faire. Il les aurait vendues à l'un de ces criminels. Celui-là, Skylar Anton. Il était ici il y a seulement deux jours. Son fils... c'est tellement horrible !

Nous avions maintenant le nom du dernier membre du Cercle : le milliardaire du pétrole, Skylar Anton.

— Pourquoi ne m'écoutes-tu pas? Quelqu'un va découvrir que nous sommes venus ici.

— Donne-moi ton téléphone. Je dois envoyer ça à Dani. Elle saura qui contacter. Au moins, elle pourra arrêter le prochain.

— Est-ce que tu es folle? Monsieur paie pour cette ligne. Nous ne pouvons pas risquer qu'il découvre que nous savons.

— Alors, qu'allons-nous faire? Je ne pourrai pas vivre en sachant que je l'ai laissé faire ou que j'ai laissé ce groupe continuer à agir de la sorte. Nous étions pris au piège avant. Nous ne le sommes plus.

— Nous reviendrons.

— Ne me mens pas.

— Je te le promets. Cette corruption dépasse tout ce à quoi je m'attendais. Je sais qui contacter.

— Qui?

— D'abord, remets tout en place. Ensuite, quand nous serons dans nos quartiers, je te raconterai.

Elle soupira, et, quelques secondes plus tard, le panneau se referma. Puis la porte se referma et le plancher grinça, m'indiquant que le couple avait quitté cette aile de la maison.

Qui aurait cru qu'un travail de reconnaissance de dernière minute se transformerait en une manne d'informations? Pendant des semaines, j'avais enduré de nombreux dîners avec des conversations interminables sur le fait que Neil et moi allions produire la prochaine génération de Joshi. Et tout ce que j'avais eu à faire, c'était ramper dans un minuscule espace prévu pour un enfant et écouter aux portes.

En moins de trente minutes, j'avais glané davantage d'informations qu'en plus d'un mois, notamment que le gros lot dont nous avions besoin pour faire éclater cette affaire se trouvait bien à l'abri dans le placard de Shah. Et bien sûr, le nom du dernier membre insaisissable du Cercle des dix. Le côté positif, ou peut-être pas si positif, c'était que je n'étais pas la seule à mépriser mes oncles.

J'entendais encore la haine dans la voix de Kala lorsqu'elle avait dit « *les frères Patel, ces magnats corrompus du diamant* ».

Peut-être savait-elle si mes oncles étaient impliqués dans la mort de mes parents et de mon frère.

Non, je ne pouvais pas espérer. Il y avait bien longtemps que j'avais abandonné l'idée d'apprendre la vérité.

J'avais eu le cœur brisé en entendant l'inquiétude et la peur dans les voix de Kala et de Nimesh. Peu importait qui ils voulaient contacter, cette personne avait intérêt à protéger le couple, sinon elle aurait affaire à moi.

— Van, dit la voix de Noah, me tirant de mes pensées. Il faut que tu bouges. Il ne reste plus que quarante-cinq minutes.

— Dites-moi que vous avez capté la conversation à travers mon micro.

— C'est enregistré et déjà envoyé à la traduction.

— C'est du lourd. Envoyez une copie de la conversation à Neil.

— Ce qui veut dire ?

— Cela signifie qu'il y a un jackpot à l'intérieur de ce compartiment. Il faut que je revienne ici sans que personne s'en aperçoive. Mais en attendant, j'ai quelque chose pour vous, un truc qu'il va falloir régler.

— Qu'est-ce que c'est ?

— Skylar Anton.

— J'ai entendu dire que les eaux internationales autour des Maldives sont très imprévisibles et agitées. Son superyacht pourrait avoir des problèmes.

— Tu veux demander de l'aide ?

— Déjà fait.

— Deux en moins ; plus que huit.

SIX

S^{am}

Cinq jours.

Cinq foutus jours depuis ma conversation avec Lilly, depuis que j'avais appris que Devani avait réduit en miettes ce que nous avions pour une maudite mission. Je n'arrivais toujours pas à m'y faire.

Il était temps de me ressaisir.

Je serrai le volant de ma Bugatti Chiron. Chaque fois que j'avais envie de repousser les limites de ma voiture sans me retrouver en prison, je me rendais sur cette piste privée. Elle appartenait à un propriétaire d'écurie de Formule 1 qui devait une ou deux faveurs à la famille King.

J'appelais en avance, le directeur du circuit libérait la piste, et j'avais quelques heures pour faire des tours en me vidant la tête de toutes ces conneries.

Parfois, je venais aussi ici pour m'amuser. Quel était l'intérêt d'avoir un garage rempli de machines ultramodernes et de ne pousser aucune d'entre elles jusqu'à ses limites ?

Mes frères me critiquaient pour mon amour des voitures de sport, disant que j'avais oublié la rue en faisant étalage de notre richesse. Ensuite, je me rendais compte qu'il me manquait un trousseau de clés, parce que l'un de ces enfoirés m'avait emprunté une voiture.

Abrutis.

Jamais je ne pourrais oublier l'existence que j'avais menée dans notre ancien quartier. Je faisais encore des cauchemars dans lesquels j'avais terriblement froid, j'avais faim et je cherchais désespérément un endroit sûr pour vivre, au point que j'avais failli devenir la victime d'un réseau de trafiquants lorsque je m'étais retrouvé sur les marches d'un refuge qui n'en était pas un.

Je ne serais sans doute pas en vie aujourd'hui sans Nik et Kir. Je n'avais que huit ans à l'époque, et Nik m'avait littéralement empoigné pour me balancer sur le vélo de Kir avant que je franchisse les portes du bâtiment.

Ils n'étaient eux-mêmes que des enfants, à peine plus âgés que moi, mais plus intelligents et bien plus aguerris.

Je les voyais de temps en temps dans le quartier, mais je les évitais, car ils étaient plus grands et m'intimidaient. À partir du moment où ils m'avaient sauvé, je leur avais témoigné une loyauté sans faille. Ensuite, moins de trois mois plus tard, Rey avait rejoint notre équipe, et nous étions devenus inséparables, tous les quatre.

Peu importait ce que la vie nous réservait, nous y faisions face ensemble.

Je me demandais souvent comment nous avions fait pour ne jamais finir en prison, vu le nombre de fois où nous avions escroqué et volé de stupides touristes qui voulaient visiter les quartiers authentiques de New York. Même en ce jour décisif où nos vies avaient complètement basculé à cause d'Arin King, nous étions tous ensemble.

Nous nous étions montrés tellement stupides. Et je n'arrivais toujours pas à croire que Nik, Kir et Rey avaient suivi mon plan idiot pour voler l'imbécile qui se baladait comme si le quartier lui appartenait.

Je croyais avoir prévu tous les détails, des distractions aux imprévus en passant par le vol à la tire. Je ne m'étais pas attendu à l'œil exercé et aux compétences du service de sécurité d'Arin, ni à ce que Nik trébuche au moment où il s'apprêtait à prendre son portefeuille.

Dire que nous avions cru être morts ce jour-là était un euphémisme.

Mais au lieu de nous tuer comme nous le méritions pour nous être comportés comme des idiots de haute volée, Arin nous avait surpris et nous avait recueillis. Il nous avait offert un foyer. Il avait fait de nous les hommes que nous étions aujourd'hui.

Et il nous avait copieusement sermonnés lorsque nous jouions les abrutis, comme il aimait à le dire.

Quand Arin nous avait adoptés, il avait enquêté sur notre

passé et avait appris tous les détails nous concernant. Il ne nous avait jamais rien caché, il nous avait donné les faits.

C'était à ce moment-là que j'avais appris que Nik, Kir, Rey et moi nous étions retrouvés à la rue à cause d'un incident particulier. Un incident dont je savais qu'il était la conséquence de mon existence, même si je ne pouvais pas le prouver. Et le fait qu'Arin m'ait pris à part pour me parler de ce qu'il avait découvert m'avait prouvé qu'il pensait la même chose.

Je contractai la mâchoire et appuyai sur l'accélérateur, changeant de vitesse.

Je me souvenais encore de la conversation que j'avais eue avec Arin ce soir-là.

— *Je veux qu'il meure. Nous savons qu'il est derrière tout ça.*

— *Je ne suis pas contre, mais dis-moi une chose. Comment vas-tu le prouver ?*

— *J'ai le même sang que lui. C'est une preuve suffisante.*

— *Sers-toi de ta tête. Ça ne veut rien dire.*

— *Il a caché ce qu'il a fait à ma mère, et il voulait qu'elle meure pour garder son argent.*

— *Encore une fois, en quoi est-ce une preuve ? Tu te comportes comme un gamin idiot.*

— *Je suis un gamin.*

Arin avait soupiré et secoué la tête.

— *D'accord, tu veux te venger. Comment espères-tu te glisser dans sa propriété pour accomplir ta mission ? Sans parler de déjouer sa sécurité...*

— *Je me débrouillerai.*

J'avais fait les cent pas alors que des larmes coulaient sur mon visage.

— *Assieds-toi, mon garçon. Tu n'as même pas quinze ans. Tu as plus d'hormones que de bon sens.*

— *J'ai le droit de venger ma mère.*

— *Tu veux la vengeance ?*

— *Oui.*

— *Alors, sois intelligent. Enrager et te comporter comme un imbécile dépourvu de bon sens ne résoudra rien. Ce n'est pas ainsi que fonctionne ce monde. La cruauté froide et dure est le meilleur moyen de faire payer des salauds comme Shah.*

— *Suis-je censé accepter qu'il ait assassiné toutes nos familles ? Comment pourrais-je regarder Nik, Kir et Rey en face alors que je sais que c'est à cause de moi que leurs parents sont morts ?*

— *Les as-tu tués ?*

— *C'est parce que j'existe.*

— *Je pensais que tu étais le plus intelligent du groupe. Aurais-je commis une erreur ? Tu es le produit de deux adultes qui ont pris des décisions d'adultes.*

— *Comment l'accepter ?*

— *Fais ce que je dis. Fais preuve d'intelligence. Contrôle tes émotions.*

— *Mais comment vais-je faire face aux gars ?*

— *Nous leur disons la vérité sur l'accident. Une défaillance mécanique sur une route mouillée a provoqué la collision du bus. Cependant, comme tu ne peux pas prouver qu'il s'agit d'un acte criminel, cela ne sert à rien d'ajouter à leur douleur.*

— *Tu veux que je leur mente ?*

— *Sur quel sujet mentirais-tu ? C'est ton esprit qui invente de possibles raisons pour cet accident.*

— *Tu connais la vérité tout autant que moi.*

— *Écoute-moi attentivement, me dit Arin, se penchant en avant. La vérité est très subjective. Ces garçons ont besoin de faits. Tes frères n'ont pas besoin qu'on leur ajoute de la douleur sur les épaules à cause d'une vérité que tu ressens. Je ne nierai jamais que Shah est ton ennemi. Il t'a abandonné, il a volé ton héritage.*

— *Donc, tu es en train de me dire que s'il meurt, je ne pourrai pas récupérer tout ce qu'il m'a volé ?*

— *Exactement. Les hommes comme lui doivent souffrir. Lentement, douloureusement, publiquement.*

— *Comment ?*

Un sourire s'était dessiné sur les lèvres d'Arin.

— *Apprends comment fonctionne le monde dans lequel évolue ton ennemi. Intègre-le. Joue le jeu au point que tout le monde oubliera que tu n'es pas né dans ce milieu ou l'ignorera. Ensuite, lorsque tu prendras lentement le pouvoir, personne ne comprendra ce qui s'est passé.*

— *Pourquoi ne dis-tu pas aux autres de le faire ?*

— *Chacun d'entre vous a des talents uniques, et je compte les utiliser tous. Sois honnête. Nous aurons beau éduquer Nik et Kir, ils ne perdront jamais le côté rude de la rue. Et, pour ce que j'attends de leur part, je ne veux pas qu'ils s'en séparent.*

— *Et Rey ? C'est lui qui a un QI de génie.*

— *Oh, je l'ai déjà mis à l'entraînement. Il aura un programme d'études similaire au tien, mais son tempérament instable le rend plus apte à évoluer dans d'autres domaines. C'est toi qui représenteras la famille. Tu seras tellement élégant que l'élite new-yorkaise se jettera à corps perdu sur toi pour avoir un peu de ton temps.*

— *Je jure que je tuerai Shah à la première occasion.*

— Mon garçon, tu ne vas tuer personne. Assieds-toi, m'avait ordonné Arin en riant. *Il va falloir que tu attendes d'avoir un peu de poil au menton et plus de courage. Mais quand tu seras prêt, tu auras fréquenté les bonnes écoles, tu emploieras les bons mots, tu connaîtras les bonnes personnes et tu magouilleras avec les meilleurs d'entre eux.*

— Il doit y avoir plus que ma vengeance.

Dès qu'Arin nous avait recueillis, j'avais compris qu'il avait toujours une raison pour tout. Il avait perdu sa femme et ses enfants dans une guerre de territoire, et nous avions été surpris qu'il nous accueille. De temps en temps, nous ne parvenions même pas à comprendre pourquoi nous.

— J'ai trois raisons. D'abord, avait dit Arin en levant un doigt, *je veux que le nom de King devienne synonyme de pouvoir à New York, voire dans le monde entier. D'ici quinze ans, ou plus tôt, si possible, tout le monde vous connaîtra tous les quatre d'une manière ou d'une autre. Et deux...*

Il avait levé un deuxième doigt.

— La meilleure des vengeances, c'est de vivre une belle vie à la barbe de son ennemi. Qu'Ashok Shah voie le fils qu'il a abandonné assis comme un roi sur un trône pendant qu'il croupit en bas.

— Et si je veux toujours le tuer après avoir réalisé ta vision ?

— Je te remettrai l'arme pour le faire. Mais je pense qu'une fois que tu auras maîtrisé ces émotions, tu prendras plus de plaisir à déjouer les perspectives commerciales de Shah. La mort est trop facile. Il faut les blesser là où ça compte. Sur le compte en banque.

— Quelle est la troisième raison ?

— *Tu es mon fils maintenant. La famille, ce n'est pas toujours le sang. Tu es mon héritage. Je ne t'abandonnerai jamais. Tu es mon enfant jusqu'à mon dernier souffle. Et même au-delà.*

Ses paroles avaient eu plus d'importance pour moi qu'il ne le saurait jamais. Arin n'était pas un père très affectueux, mais ses mots avaient un impact sur nous.

Les frères King étaient son héritage.

— Et j'avais gardé sa phrase, *il faut les blesser là où ça compte, sur le compte en banque*, comme mon mantra.

Cela faisait de moi un enfoiré au cœur froid, avec de la glace dans les veines à la place du sang. Mais, d'un autre côté, c'était un fait.

J'étais un salaud.

La seule personne qui avait réussi à m'adoucir avait la même réputation que moi. Alors que je contrôlais mes émotions pour ne pas tuer quelqu'un, elle ressentait tellement de choses qu'elle les enfouissait sous une avalanche de glace pour ne pas se briser.

Nous nous étions montré des parties de nous que personne d'autre ne connaissait.

Ensuite, elle était partie.

Le rugissement du moteur me parvint à travers ma rage, me faisant constater que j'avais atteint une vitesse dangereusement proche de ce que même moi je considérerais comme imprudent. La dernière chose qu'il me fallait, c'était de faire un tête-à-queue et de me crasher. Relâchant l'accélérateur, je ramenai ma voiture de sport à un rythme plus raisonnable.

Il fallait que je maintienne la façade du frère King qui se

maîtrisait totalement. Parfois, j'aurais aimé laisser libre cours à mes émotions, comme Rey et Kir se le permettaient. Il n'y avait que deux endroits où j'avais pu laisser sortir l'animal qui était en moi.

La première fois, c'était dans la cage du club de combat clandestin que Jayna et Kir dirigeaient. Mettre une raclée à quelqu'un tout en évitant que la même chose ne m'arrive me permettait de concentrer l'agressivité que je gardais enfermée.

D'habitude, Rey et Kir me servaient de partenaires d'entraînement. Ils comprenaient ce besoin que j'avais de relâcher mon agressivité, et ils ne retenaient pas leurs coups. En outre, nous étions de corpulence similaire et nous combattions en MMA. Quant à Nik, il était plutôt boxe poids lourds, et il pouvait me casser la figure.

Je voulais libérer ma rage, mais je n'avais pas envie de mourir.

L'autre endroit où j'avais eu la liberté de laisser échapper l'animal qui sommeillait en moi ne se reproduirait peut-être plus jamais.

Je respirai profondément.

Tout me ramenait à elle.

Mais, d'un autre côté, ce que nous avions n'était pas courant. Une relation secrète et sérieuse qui avait duré près de trois ans et qui avait repoussé toutes les foutues limites possibles.

Maintenant, elle attendait de moi que je la regarde parader au bras d'un autre homme pour je ne savais quelle raison. Parce que je savais que ce n'était pas simplement pour une opération. Devani Patel avait toujours un motif caché pour tout.

Qu'y avait-il de si crucial pour qu'elle se place au milieu d'une partie d'échecs avec les deux plus grosses ordures du secteur financier indo-américain? N'importe qui doté d'un cerveau savait que la *bromance* entre Joshi et Shah n'était qu'une comédie. Ils se servaient l'un de l'autre pour obtenir des avantages monétaires, généralement au détriment de Shah.

Celui-ci avait vendu Jayna au fils aîné de Joshi, Lukesh, pour rembourser les dettes qu'il avait contractées pour construire cet empire.

Quel dommage pour Lukesh qu'il n'ait pas tenu compte de la règle d'or des King.

Ne jamais menacer l'un d'entre nous, faute de quoi nous n'hésiterions pas à faire appel à la bonne personne ou à nous salir les mains. Dans le cas de cette ordure, les deux s'étaient produits. Il était devenu de la nourriture pour poissons au large de l'Atlantique lorsqu'il avait décidé de concrétiser l'accord conclu avec Shah.

Désormais, Joshi tenait ce dernier en laisse, puisque, à ses yeux, la dette avait décuplé. À sa place, j'aurais arrêté les frais, et je passerais à autre chose.

Mais, d'un autre côté, les crétins se serraient les coudes.

Et Devani se retrouvait au milieu de tout ça avec l'autre fils de Joshi, Neil.

Il y avait toujours eu quelque chose qui me déplaisait chez lui. Il me rappelait quelqu'un, mais je n'arrivais pas à mettre le doigt dessus. Et il y avait sa façon de regarder les choses, un peu comme un flic. Mais si Neil en était un, comment avait-il pu laisser son père et son frère commettre de tels actes? À moins qu'il ne soit dans le coup.

Non. Il y avait quelque chose chez Rey qui me rappelait le comportement de Rey. Le rôle de mon frère au sein de la CIA avait aidé la famille, et vice-versa.

Je doutais fort qu'un autre type du genre de Rey ait terminé à l'agence. Les gens respectueux des règles acceptaient rarement dans leurs rangs des personnes issues de milieux douteux comme le nôtre, et encore moins deux personnes issues de la même région.

Comme si Arin me mettait une tape à l'arrière de la tête, je compris soudain, et contractai la mâchoire.

Les paroles de Devani le soir où elle avait mis un terme à sa relation avec moi me revinrent en mémoire.

— *Pour que mes plans fonctionnent, il faut qu'il y ait une compatibilité potentielle avec Joshi.*

Neil appartenait aussi à Solon. Elle ne m'avait pas quitté pour lui. Ils travaillaient ensemble sur l'opération.

— Oh, madame Patel. Bientôt, vous et moi allons avoir une longue conversation.

———

— Je suis contente que tu n'aies pas l'intention de venir seul. Qu'est-ce qui t'a fait changer d'avis ? s'enquit Jesika Rawal en sortant de sa limousine à l'arrivée à l'Altus House, l'un des espaces événementiels appartenant à son père.

Je lui offris mon bras.

— Disons que j'ai quelques personnes à agacer.

— Oh, bien ! Nous avons la même mission.

— Tu veux me donner les noms qui figurent sur ta liste ?

— Absolument pas. C'est une info réservée aux personnes concernées, me dit-elle avec un sourire. D'ailleurs, tu es tout aussi discret sur les personnes que tu aimerais pousser à bout.

— Je suis plutôt ouvert sur les personnes que je n'aime pas.

— Les membres de l'élite new-yorkaise ne comptent pas. Et tu dois te rappeler que tu es l'un d'entre eux.

— Je suis un intrus qui a appris à parler et à se comporter correctement.

Lorsque nous franchîmes la sécurité, je leur tendis mon invitation, mais dès qu'ils aperçurent Jesika, ils me rendirent l'enveloppe et s'écartèrent du chemin.

Cependant, quelques autres membres de l'équipe commencèrent à s'agiter, et d'autres à parler dans des micros au poignet.

— Tu es plus à l'aise que moi, et je suis née dans ce milieu.

— J'en déduis que tu as oublié de prévenir ta famille que tu serais présente, et que tu amènerais un invité.

— Ma sœur le savait, et maintenant, mes parents aussi.

— L'herbe n'est donc pas plus verte du côté élitiste?

Nous entrâmes dans la salle de bal, et l'attention se porta aussitôt sur nous.

Jesika esquissa un sourire calme que j'avais très souvent vu Devani arborer quand elle voulait masquer ses émotions.

— Jayna et Danika ne t'ont pas mis au courant? Tout n'est que soleil et jolies fleurs. Et si tu ne suis pas l'ordre établi, les femmes et les filles qui détiennent tous les pouvoirs te rendent la vie très facile. Elles parlent de toi à qui veut bien l'entendre et soulignent chacun de tes défauts. Ensuite, tes parents te prépareront méticuleusement et te forceront à assister à toutes les fêtes pour prouver que tu es l'exemple parfait d'un mondain de la haute société.

Le sarcasme dans la description de sa jeunesse me fit rire. Elle pouvait certainement en donner pour son argent à Jayna dans le domaine de l'authenticité.

— Qu'est-ce que l'une des avocates les plus réputées de New York a pu faire pour tomber en disgrâce aux yeux de sa famille ?

— Tu veux dire, en plus de me montrer à un dîner de charité prestigieux avec Samir King ?

— Exactement.

— Oh, tant de choses, ronronna-t-elle. La cause principale, c'est que je me suis placée de l'autre côté de la limite qu'ils ont établie.

— Ainsi, sous tes apparences de *Miss parfaite qui respecte toujours les règles* se cache une rebelle ?

— Pfff. Tu es au courant de mon amour pour les sports de plein air.

— En parlant de ces sports, est-ce que tu vas bientôt jouer ?

— Je suis toujours en train de jouer. Tout le reste n'est qu'une activité secondaire.

— Quand as-tu commencé à jouer ?

— C'est de la curiosité, ou tu veux rejoindre une équipe ?

— D'après ce que j'ai entendu, il faut commencer jeune. Je ne crois pas être dans les critères.

— Nous commençons jeunes, entre dix-sept et dix-huit ans en général. Je ne connais qu'une seule exception, beaucoup plus jeune, mais je suis sûr qu'il y en a d'autres.

Non. Il n'y avait jamais eu qu'une seule exception : Devani.

Selon Devani, lorsque les directeurs nord-américains avaient appris que son éducation commençait le jour de ses treize ans, l'enfer s'était déchaîné. Ils avaient vu les actions de son formateur comme un moyen de préparer un enfant à devenir un assassin avant qu'il n'ait pu faire un choix conscient. Cependant, Devani estimait que son éducateur lui avait donné une raison d'être et l'avait aidée à survivre à son enfance.

Son mentor lui avait également donné les compétences nécessaires pour jouer sur l'échiquier infesté de requins qu'elle allait devoir parcourir en tant qu'héritière de Maya Ratna Holdings.

— Je crois que la présidente de ta ligue sportive est unique à tous points de vue.

Juste à ce moment-là, Devani apparut, franchissant le seuil de la salle de bal au bras de Neil Joshi. Depuis la première fois que je l'avais vue, elle avait toujours eu cette aura. C'était comme si elle se fichait éperdument que les gens l'aiment ou la détestent.

Mais les gens étaient plus nombreux à pencher du second côté.

Des jaloux, tous autant qu'ils étaient.

En grandissant, je m'étais demandé ce que cela ferait d'être la personne la plus riche de la pièce, puis j'avais appris à connaître Devani. Elle faisait rarement, voire pas du tout confiance à qui que ce soit, et regardait le monde avec méfiance.

— Oh, bon sang! Elle ne ressemble pas du tout à une présidente de ligue ce soir, constata Jesika avec un soupir admiratif. Elle sait comment faire son entrée.

— Les reines le font toujours.

Je n'avais aucun doute sur le fait qu'elle avait tout prévu pour attirer l'attention, pour s'approprier la salle, depuis la façon dont elle appliquait avec précision son maquillage pour le coordonner avec le *lehenga choli* bleu vif moderne qui épousait sa silhouette, jusqu'à la façon dont les diamants et saphirs inestimables qui couvraient ses cheveux, son cou et ses bras reflétaient la lumière pour donner l'effet voulu.

Elle ignorait tout le monde autour d'elle, à l'exception de Joshi, qui semblait entretenir une sorte de conversation à laquelle elle répondait sans changer d'attitude.

Le fait qu'ils forment un couple éblouissant fit resurgir tous les instincts que j'avais mis des années à domestiquer.

Je n'aurais pas dû m'attendre à ce que ce soit plus facile au prétexte que c'était une comédie. Tant qu'elle serait au bras d'un autre homme, marchant avec lui en public à la lumière du jour, je ressentirais cela.

Bon sang! J'aurais peut-être dû descendre dans la cage pour m'entraîner avec Kir ou Rey. Leur balancer des coups de pied me calmerait sans doute suffisamment pour me ramener à un niveau de colère gérable.

Tout à coup, le regard sombre de Devani se posa sur le mien. L'énergie familière que je lui associais crépitait entre nous.

Ses yeux s'échauffèrent et ses lèvres s'écartèrent, laissant échapper un petit souffle, puis elle passa sa langue sur ses lèvres, me rappelant cette première fois où elle était entrée dans le club de poker, et qu'elle m'avait défié.

Cette nuit où nous étions passés de l'un des frères King qui échangeait des faveurs avec la directrice de Solon pour l'Amérique du Nord à nous, Sam et Devani.

Mon corps réagit comme il le faisait toujours face à sa faim et sa luxure. Heureusement que ma veste de smoking couvrait le gros renflement sur le devant de mon pantalon. Aucune femme ne m'attirait comme elle pouvait le faire d'un simple regard.

Je voulais la prendre, la posséder, me l'approprier.

Son expression posée vacilla, et l'excitation qui obscurcissait ses yeux s'estompa pour laisser place à une colère glaciale lorsque son attention se porta sur Jesika, qui se trouvait à mes côtés. Cependant, en l'espace d'un millième de seconde, elle reprit le contrôle de ses émotions et remit son masque solidement en place.

En dehors de la crispation de sa mâchoire, seul quelqu'un qui connaissait parfaitement son corps l'aurait remarqué.

C'était bon de savoir que la jalousie n'était pas que de mon côté. Cela faciliterait grandement les choses lors de notre discussion.

— C'était intéressant.

— Tu veux développer ?

— Au sein de la ligue, j'ai un poste d'observatrice. Je remarque tout, même quand je préférerais que ce ne soit pas le cas.

— Où veux-tu en venir ?

— Quoi qu'il se soit passé entre vous deux, laisse-moi te prévenir.

— Je t'écoute.

— On ne l'appelle pas la reine des diamants pour rien. Il

faudra plus que de la chance, ou un prince avec un milliard sur
son compte en banque pour briser cette carapace dure comme
la pierre.

— Heureusement que je ne suis pas un prince, mais un
King.

SEPT

CHAPITRE SEPT

Devani

Ma voiture s'arrêta devant l'immeuble de verre et d'acier où je vivais.

Les semaines passées à jouer ce rôle à la perfection, à être la reine des diamants avec tous ses artifices, commençaient à me peser. Mon corps tout entier me faisait mal à cause du manque de sommeil et de l'épuisement.

J'étais soulagée de savoir que je n'aurais pas à surveiller constamment mes arrières dans la sécurité de mon propre appartement. Pour l'instant, je n'avais qu'une envie, prendre une douche, manger un morceau et faire le vide dans mon esprit avec une longue séance de méditation avant de dormir.

Cette soirée aurait dû être facile. Je devais écouter, recueillir des informations, et faire part de mes trouvailles.

Mais l'apparition de Sam à la collecte de fonds m'avait complètement déconcentrée.

Pourquoi s'était-il pointé? Il n'était même pas sur la liste des invités.

Non. Je refusais de me mentir. C'était ma réaction irrationnelle envers Jesika qui m'avait empêchée de me concentrer.

Je pris une grande inspiration, repoussai ces pensées, et levai les yeux vers la tour devant moi. Je possédais chaque centimètre carré du bâtiment. Techniquement, Danika et moi étions copropriétaires de cet endroit dans le cadre d'une société. Toutefois, comme le monde nous croyait ennemies, nous gardions cette information pour nous, verrouillée par une multitude de trusts et de filiales.

Danika comprenait mon besoin d'avoir un endroit auquel mes oncles et leur progéniture n'avaient pas accès, où je me sentais à l'abri du monde.

Avec son aide, nous avions donc équipé cet endroit de tous les gadgets high-tech. J'occupais les deux derniers étages. Danika et moi utilisions le reste pour les sièges des différentes entreprises que nous possédions, à l'exception de Maya Ratna Holdings.

Je gardais le plus de distance possible avec ce monstre.

Cela me surprenait toujours de constater à quel point

Danika et moi nous entendions bien. Nous étions pourtant si différentes, issus de milieux et d'éducations opposés.

Elle avait passé le début de sa vie dans l'un des quartiers les plus pauvres de New York. C'était là qu'elle avait rencontré Nik, Kir, Rey et Sam. Ils avaient été sa famille lorsqu'elle avait perdu sa mère et que son père travaillait comme un fou pour subvenir à leurs besoins.

J'ignorais ce que cela voulait dire d'avoir envie de quelque chose. J'avais grandi avec tout ce qu'il y avait de mieux : de la nourriture, des vêtements, des jouets, et, bien sûr, des bijoux.

Ce qui nous rapprochait était peut-être ce désir profond de connexion entre deux orphelines qui avaient vécu le même chagrin.

Nous nous étions rencontrées au cours de sa première année à Columbia, quand je l'avais contactée pour un travail clandestin pour Solon.

Je me souvenais encore de la tête qu'elle avait faite lorsque je l'avais coincée entre les rangées de la bibliothèque.

Nous avions toutes les deux dix-huit ans, mais nous étions très différentes. Danika rayonnait d'innocence et elle était animée d'un profond désir d'évasion, apprenant les ficelles de sa première année à l'université. Quant à moi, ayant rejoint l'organisation à l'âge de treize ans, je me considérais comme aguerrie, tout sauf pure. Je ne comprenais pas comment on pouvait passer autant de temps dans une bibliothèque. L'idée d'aller à l'université comme n'importe quel gamin normal ne m'avait jamais traversé l'esprit.

Aujourd'hui encore, les gens s'étonnaient que je n'aie jamais cherché à obtenir un diplôme après le lycée. D'aucuns considéreraient ce que j'avais appris à Solon comme un doctorat en assassinat, mais c'était tout sauf conventionnel.

De qui me moquais-je? Techniquement, j'avais rejoint une secte lorsque j'étais enfant, par l'intermédiaire d'une enseignante de mon internat. Elle m'avait formée pour que je devienne une tueuse à gages ambulante, avec un accès illimité à de l'argent et des armes. Ensuite, lorsque je n'étais pas en mission, je consacrais des heures et des heures à apprendre comment gérer des entreprises internationales auprès d'autres agents qui dirigeaient des firmes dans le monde entier.

Mais je n'avais aucun regret.

Collette m'avait sauvée. Si elle ne s'était pas montrée aussi inflexible ou si elle ne m'avait pas soutenue, je n'aurais pas survécu à la solitude ou au fait que je ne me serais jamais intégrée dans cette école élitiste où j'avais passé presque tous les moments de mon enfance après la mort de mes parents.

— L'équipe de sécurité vous attend à l'extérieur. Aurez-vous encore besoin de moi ce soir? me demanda Monti, mon chauffeur et garde du corps.

— Je prévois de rester à la maison. Cela fait bien longtemps que je n'ai pas passé une soirée chez moi. Faites passer l'ordre permanent que personne n'est autorisé à monter. Je me fiche qu'une explosion nucléaire soit imminente.

Il me sourit dans le rétroviseur et hocha la tête avant de faire signe à l'équipe de sécurité devant ma porte de m'escorter à l'intérieur.

Dix minutes plus tard, je franchis le seuil de mon appartement en duplex. Au moment où je déposai ma pochette sur la table de l'entrée et me penchai pour retirer mes chaussures, mon regard se posa sur la seule photo que j'avais de mes parents et de mon frère avec moi.

Un sentiment de solitude m'envahit. J'étais passée d'une période extrêmement joyeuse, pleine de rires et de liberté à une situation où l'on me manipulait et où je devais faire attention à chacun de mes pas.

Quel genre de personne aurais-je été s'ils avaient vécu ?

Les gens me considéreraient-ils toujours comme un être froid et calculateur ?

Aurais-je eu une famille et des enfants ? Ou bien, me serais-je rebellée et serais-je restée célibataire comme je l'étais aujourd'hui à trente-deux ans ?

Cela ne servait à rien d'y penser. Ce n'étaient pas les cartes que l'on m'avait distribuées.

En fonction de celles que j'avais eues, j'avais fait des choix pour mon avenir bien longtemps auparavant. Et les bébés et les lendemains heureux ne faisaient même pas partie de l'équation.

Maya Ratna Holdings et tous mes biens seraient placés dans un fonds fiduciaire pour les trois filles issues de la nouvelle génération de ma famille. Les femmes y étaient rares, et les filles appartenaient à la progéniture de mes cons d'oncles. Je savais qu'ils ne leur lègueraient rien du tout, vu la façon dont ils les traitaient. Toutes étaient brillantes, et elles méritaient une chance de transmettre l'héritage familial.

Au moins, tant que j'étais aux commandes, je pouvais embaucher les filles dès qu'elles sortiraient de l'école et les placer à des postes plus que symboliques. Elles auraient alors des fonctions plus élevées que leurs pères et leurs grands-pères.

Tous des salauds.

Merde. Mon manque de sommeil me rendait terriblement grincheuse.

D'abord, une douche, puis une méditation pour me libérer l'esprit, suivies d'au moins huit heures de sommeil ininterrompu. Et si quelqu'un osait me déranger, je l'assommerais.

Dans le couloir menant à ma chambre, je m'arrêtai devant une peinture fantaisiste représentant un éléphant et une petite fille au bord d'un ruisseau. Je tapai du pied sur un petit point de pression entre le mur et le sol. Un faisceau lumineux jaillit de l'œil de l'animal, scanna ma rétine et vérifia mon identité. Puis une porte en métal renforcée de quarante centimètres d'épaisseur s'ouvrit et glissa sur le côté.

J'attendis la dépressurisation de la pièce et entrai dans mon coffre-fort. Les quelques personnes que j'avais autorisées à pénétrer dans cet espace secouaient toujours la tête. Il s'agissait d'une armurerie et d'une boîte à trésors de presque cinq mètres sur cinq. Tout avait sa place et ses critères d'accès. Ce qui impliquait que la pièce se scellerait et qu'elle se remplirait de gaz, assommant l'abruti qui déciderait de toucher mes affaires sans permission.

C'était exagéré et excessif.

Mais, d'un autre côté, pourquoi pas ?

Lentement, je retirai les cinq kilos de diamants et de saphirs que j'avais portés sur mon corps ce soir. Je laissai échapper un profond soupir alors que le poids de Devani Patel, reine des diamants, s'envolait de mes épaules.

Même le fardeau de Van, agent et directrice de Solon pour l'Amérique du Nord, n'existait plus.

J'étais de nouveau moi, Devani, une femme avec beaucoup

de bagages qui avait besoin de chocolat et d'une bonne nuit de sommeil.

Après avoir tapé un code, je me dirigeai vers le présentoir des armes à feu, retirai mon pistolet du holster que j'avais à la cuisse, puis je quittai le coffre-fort et le refermai.

Vingt minutes plus tard, après une douche et une collation rapide de fromage, de noix et de chocolat, je gravis les escaliers jusqu'au dernier étage du penthouse.

Dès que je posai les pieds sur le palier, je me dirigeai vers le canapé circulaire surdimensionné qui se trouvait dans l'espace vide, je rampai jusqu'au centre et je m'y assis. Puis, à l'aide de la télécommande posée sur le coussin à côté de moi, j'éteignis les plafonniers, plongeant la pièce dans l'obscurité la plus totale, et j'ouvris les stores en appuyant sur un autre bouton.

Aussitôt, je me trouvai entourée d'une vue à trois-cent-soixante degrés de l'époustouflante ville de New York la nuit.

Inspirant profondément, j'observai tout. J'adorais cet espace. C'était mon refuge contre le monde. Là où je pouvais me recentrer et recharger mes batteries.

Je me concentrai sur le mouvement de ma poitrine, tout en profitant de l'énergie de la ville en contrebas. La tension s'évanouit lentement de mes muscles et de mon esprit, à chaque expiration.

Je m'ouvris aux pensées des derniers jours, des dernières semaines, des derniers mois. Il me faudrait plus de temps pour en comprendre certaines, tandis que d'autres s'éclaircissaient rapidement.

Tout d'abord, je travaillai sur les problèmes quotidiens que j'avais à traiter.

Je devais maintenir le cap, même si les tâches devenaient fastidieuses. Il fallait que je garde en tête que chaque dîner, chaque gala et événement inutile me rapprochaient de mon objectif. Et chaque fois que j'écoutais l'une des interminables discussions de Joshi, il me donnait davantage d'informations sur les personnes du Cercle.

Arun Joshi n'était plus le chef du groupe, plus maintenant. Quelque part en cours de route, le pouvoir avait changé de mains. Et mon instinct me disait que tout pointait vers Shah.

Il n'y avait aucune raison pour que Joshi entretienne la mascarade de cette *bromance* avec Shah autrement, surtout en sachant que ce dernier était responsable de la perte de son fils préféré, Luke, et du maintien du contrôle du Cercle des dix dans la génération suivante.

Le fait que Joshi se soit servi de ses relations pour éliminer un membre du cercle afin de faire de la place à Luke, sans que les autres membres réagissent, témoignait du pouvoir important qu'il exerçait encore. Et le fait que Shah soit toujours en vie signifiait qu'il tenait quelque chose de substantiel au-dessus de sa tête.

Il fallait que je trouve un moyen de retourner au manoir Shah, et à ce compartiment secret. Je devais en faire une priorité.

Le point suivant sur ma liste était une tâche difficile : travailler à libérer ma colère et mon amertume à l'égard de mes oncles. Mes pertes étaient toujours les mêmes. Ils ne pouvaient plus rien me prendre. Ma position dans la vie ne changerait pas.

Mieux valait que je canalise mon énergie sur les projets en cours.

Finalement, je devais faire face à cette vérité.

J'étais responsable de la douleur que j'avais éprouvée en voyant Sam avec Jesika.

J'étais partie. Sam croyait que c'était avec un autre homme. C'était son droit de passer à autre chose, quelle que soit l'attirance que nous éprouvions l'un pour l'autre.

Je ne pouvais plus coucher avec lui. C'était mal. Je ne pouvais pas compromettre ma mission, mes plans, tout ce que j'avais sacrifié.

Je ne ferais pas de mal à Jesika de cette façon.

Je continuai à respirer profondément, essayant, sans y parvenir, d'évacuer le tourbillon d'émotions qui s'agitait dans mon âme.

Contrôlant mes inspirations, je ramenai mes sens à l'environnement qui m'entourait. Depuis le ronronnement de la climatisation et le contact avec mes vêtements jusqu'aux larmes que je versais sans m'en être rendu compte.

Au moins, j'avais résolu deux des trois grands problèmes.

J'ouvris les yeux et me concentrai sur un bâtiment lointain.

Évidemment, c'était celui de la King Holdings.

J'avais beau essayer de m'en débarrasser, l'emprise de Sam sur moi restait, mais je ne pouvais pas refaire ce que j'avais fait l'autre soir. Il fallait que je reste loin de lui.

C'était déjà assez terrible qu'il ait trompé Jesika avec moi une fois. Je refusais de recommencer. Notre attirance était trop forte, et, comme il l'avait dit, tout scénario dans lequel nous serions seuls dans une pièce aboutirait à ce que nous nous envoyions en l'air jusqu'à en perdre la raison.

Me trouver dans la salle de bal et au dîner ce soir-là m'avait fait l'effet d'une torture, surtout qu'il était placé à seulement trois tables de moi, directement dans ma ligne de mire.

Ce que j'avais de mieux à faire, c'était de l'éviter à tout prix, de supprimer toute possibilité d'interaction, de faire comme si je ne ressentais rien.

Le lendemain, je chargerais quelqu'un d'apprendre les détails de son emploi du temps quotidien afin de pouvoir mettre en œuvre mon plan d'autopréservation.

Maintenant que j'avais pris ma décision, il était temps de débrancher. Je fis rouler mes épaules pour détendre mes muscles, puis je me déplaçai jusqu'au bord du canapé.

Soudain, je me figeai en sentant une présence familière derrière moi.

— J'adore te regarder méditer, surtout pour ta capacité à te concentrer et à faire le tri dans tous tes soucis. Celui-ci t'a pris un sacré bout de temps. Serait-ce parce que tu te débats avec le fait que tu nous as brisés pour une maudite opération ?

Huit

Sam

Je m'adossai à l'une des parois vitrées derrière Devani et souris d'avoir réussi à la surprendre.

Vu comme cela arrivait rarement, je ne pouvais que me féliciter.

Son dos se raidit et elle se redressa. Nul doute qu'un flot d'injures traversait son esprit, la plupart d'entre elles étant dirigées contre moi.

Ce n'était pas un mensonge quand j'avais dit que j'aimais la regarder méditer. Elle était capable de se concentrer totalement, de faire abstraction du monde.

Mais c'était une chose qu'elle ne faisait que dans un endroit où elle se sentait en sécurité.

Et aucun autre endroit n'était plus sûr que sa maison.

Non, ce n'était pas vrai.

Elle baissait sa garde lorsqu'elle savait que j'étais là pour la protéger. C'est-à-dire chez moi ou dans les rares occasions où j'avais réussi à la faire venir quelque part en dehors du réseau.

Et elle aurait beau ne jamais l'admettre, la raison pour laquelle elle n'avait pas du tout senti mon approche tenait au fait qu'elle savait que je ne représentais aucun danger pour elle. Son âme le savait, même si son esprit s'opposait à cette idée.

— Comment as-tu fait pour passer la sécurité installée par Dani sans te faire griller ?

— Tu n'es pas la seule à avoir des compétences, ou la capacité de naviguer dans des passages cachés.

J'étais avec elle depuis assez longtemps pour m'attendre à ce qu'elle dispose de plusieurs voies d'accès à son appartement sans passer par la porte d'entrée ou la sortie du hall. Au fil des ans, je les avais tous trouvés. De plus, je l'avais vue taper son code à dix-huit chiffres pour l'ascenseur de sécurité assez souvent pour le mémoriser.

Qui avait un code d'accès à dix-huit chiffres ?

Devani, voilà qui.

— Menteur. Tu as pris l'ascenseur de sécurité.

Elle me jeta un coup d'œil par-dessus son épaule. Son regard était meurtrier.

— Tu n'es qu'un con.

— Et toi, une garce manipulatrice. Je ne me suis jamais plaint de tes bizarreries. Tu ne devrais donc pas te plaindre des miennes.

Je m'approchai d'elle, ce qui la poussa à se relever d'un bond pour prendre une posture de combat défensive.

Même si je la dépassais de plus de trente centimètres et de trente-six kilos, je savais que sa petite carrure pouvait être dangereuse. Elle connaissait tous les trucs pour désarmer et mettre hors d'état de nuire un adversaire.

— Sam, je ne suis pas d'humeur pour tes conneries à cet instant. Je suis épuisée, et j'ai une journée chargée demain, y compris un événement dans l'après-midi. Va voir ta copine si tu veux te disputer.

— Altesse, tu n'es pas la seule à être épuisée. Et je me fiche éperdument de ton événement. Ton emploi du temps mondain est le cadet de mes soucis. Et, pour mémoire, Jesika est une amie, pas ma petite amie. Ça fait une grande différence.

Ses yeux s'assombrirent tandis qu'elle assimilait la dernière partie de ma phrase, et un bourdonnement d'énergie s'éleva entre nous.

Je n'aurais jamais cru voir le jour où quelque chose pourrait provoquer chez Devani une émotion humaine telle que la jalousie. Si je survivais à cette soirée, je pourrais le raconter.

— Je vais me coucher. Je n'ai pas les idées claires, et tu es la dernière personne à qui je veux avoir affaire.

— Tu n'iras nulle part. Pas avant d'avoir eu une discussion approfondie.

Je la vis plisser le front.

— C'est hors de question. Essaie de m'en empêcher.

— Est-ce un défi ? demandai-je en ajustant ma posture, prêt à lui bloquer l'accès aux escaliers.

— Je n'ai pas besoin de te défier. Tu es entré chez moi. Dégage de là.

Elle se dirigea vers les escaliers, et au moment où elle s'apprêtait à me dépasser, je tentai de lui saisir le poignet. Elle esquiva et me balança un coup de poing dans les côtes, me coupant le souffle.

— *Merde*, ça fait mal !

— Tant mieux, c'était le but.

Avant qu'elle puisse me donner un coup de pied, je l'attrapai, la tirai au sol et roulai sur elle.

— Lâche-moi, espèce de gigantesque crétin.

Elle poussa sur mes épaules, sans parvenir à me faire bouger.

Alors qu'elle se débattait, je réussis à coincer ses deux jambes sous les miennes. Il était hors de question qu'elle me frappe à l'aine. Vu l'état dans lequel elle était, elle était prête à me mutiler.

— Non.

J'empoignai ses deux mains et les plaquai au-dessus de sa tête.

— Écoute, King. Je vais te faire mal si tu ne bouges pas.

J'observai son visage rougi et enragé.

Bon sang ! Elle était tellement belle ! Qu'elle soit en colère ou excitée, la tempête dans ses iris marron foncé me donnait envie de la prendre à en perdre la raison.

— Nous savons tous les deux que si tu voulais vraiment me faire mal, tu aurais pris l'une des armes que tu caches sous ce canapé, ou bien tu te serais servie d'une de ces attaques aux points de pression *Dim Mak* que tu as enseignées à Danika.

Je lus la résignation sur son visage.

— Qu'est-ce que tu veux de moi, Sam ? Rien ne changera.

— Bien sûr que si !

— Tu crois que je vais changer d'objectif.

— Je ne ferais jamais une telle erreur. Tu es déterminée quand il est question de mener tes missions à bien. La directrice n'égarerait jamais son équipe.

— Alors, pourquoi es-tu ici ?

— Pour qu'il soit bien clair que plus jamais tu ne referas ce genre de conneries.

— Tu crois avoir un quelconque pouvoir sur moi ?

— Oh, je sais que j'en ai un.

— Continue à rêver, King.

— Tu veux que je te prouve que tu as tort, Patel ?

Un pli se forma sur son front, et ses yeux se réchauffèrent, pleins de défi et de désir, juste avant qu'elle ne hausse un sourcil. Aussitôt, mon besoin de la dominer explosa. Seule cette femme avait le pouvoir de faire ressortir l'homme des cavernes en moi.

— Tu es trop arrogant pour ton propre bien.

Je bougeai les pieds, veillant à ce que ses jambes ne puissent pas m'échapper, et que ses bras soient plaqués au-dessus de sa tête.

Me penchant sur elle, je dis :

— Tu cèdes ?

— Je ne me rends jamais.

Elle releva le menton, comme si c'était elle qui était en position d'avantage.

— Bien sûr que non. Une reine n'admet jamais la défaite, même lorsqu'elle est coincée sous son roi.

— Ne fais pas ça, Sam.

Elle se redressa soudain, avec une force inattendue. Elle libéra ses mains, puis posa les doigts sur mes lèvres.

— Je t'en prie, ne dis pas des choses comme ça.

Nous nous regardâmes droit dans les yeux.

Repoussant ses doigts, je lui demandai :

— Qu'est-ce que tu ne veux pas que je te dise ? La vérité ? Que crois-tu que nous ayons fait ces dernières années ? Les sentiments ne disparaissent pas en un claquement de doigts.

Elle déglutit et, avant que je ne comprenne ce qu'elle faisait, elle agrippa le devant de ma chemise et colla sa bouche contre la mienne.

Empoignant ses cheveux, je pris le contrôle et approfondis le baiser. Un gémissement lui échappa alors qu'elle serrait le tissu entre ses doigts ; elle fit glisser sa main le long de mon épaule et autour de mon cou.

Elle avait toujours ce goût sucré des bonbons au sureau qu'elle adorait, mélangé à sa délicieuse essence naturelle. Jamais je n'avais rencontré quelqu'un comme elle : obsédante, fascinante, addictive.

— Le sexe ne me fera pas oublier la raison de ma venue ici, murmurai-je en mordillant sa mâchoire pour descendre le long de la peau sensible de son cou.

— Je ne ferais jamais cette erreur, affirma-t-elle en se cambrant, m'offrant un meilleur accès. Tu aimes avoir des réponses. C'est peut-être moi qui veux oublier. Ou plutôt, qui ai besoin d'oublier.

Que voulait-elle dire par là ?

Avant que je puisse réfléchir davantage à ses paroles, elle me fit basculer sur le dos, mes bras capturés par les cuisses de Devani et elle assise à califourchon sur ma taille.

— Qui est sous qui maintenant ? N'oublie jamais que j'ai assommé des abrutis plus costauds que toi.

Bon sang. Cette femme me faisait un effet dingue. Elle était mortelle et magnifique.

Ses cheveux retombaient autour de son visage rougi et elle me fixait de ses yeux presque noirs, luisants de désir. C'est alors que je remarquai l'humidité de ses larmes sur son t-shirt, et la tristesse persistante sur son visage.

Ce n'était peut-être pas le bon moment pour obtenir des réponses.

Restant détendu sous elle, je dis :

— Eh bien, Altesse. Tu me mets dans une position très compromettante. Que comptes-tu faire à ce sujet ?

— Laisse-moi réfléchir.

Elle se lécha les lèvres et m'adressa un sourire calculateur. Lentement, elle tira son débardeur par-dessus sa tête, révélant ses seins nus, et simultanément, elle se déhancha d'avant en arrière, pour frotter son sexe sur mon érection.

Mes yeux faillirent rouler dans leurs orbites, et je luttai de toutes mes forces pour ne pas me cambrer contre elle.

Ce n'était qu'une allumeuse.

Elle savait que son minuscule short cachait à peine la chaleur et l'humidité de son excitation.

Posant les mains sur mon torse, elle se baissa et passa sa langue sur ma bouche.

— Je veux coucher avec toi, et te renvoyer ensuite.

Hors de question. Je plissai les yeux.

— Ah oui ?

— Est-ce que j'ai bégayé ? demanda-t-elle, haussant un sourcil parfaitement dessiné.

Sans lui révéler mon prochain mouvement, je me redressai, attrapai ses poignets et les bloquai au bas de son dos.

— Mettons les choses au clair, dis-je, approchant mon visage à un cheveu du sien. Je ne suis pas, et je n'ai jamais été quelqu'un que l'on peut renvoyer.

— Qu'est-ce que tu es, alors ?

— Un idiot pour t'avoir laissé fixer trop de règles pendant trop longtemps, lui répondis-je, glissant les doigts de ma main libre dans ses cheveux pour tirer sa tête en arrière. C'est terminé. Je fixe mes conditions pour cette partie de cartes. Et tu veux savoir quelque chose ?

— Quoi ? grogna-t-elle.

Des ondes d'indignation pure émanaient d'elle.

— La maison gagne toujours.

Je me penchai en avant, lui mordant la lèvre inférieure, lui offrant la pointe de douleur qu'elle appréciait.

Sa respiration devint saccadée.

— Tu oublies une chose. Je ne respecte pas les règles. Ma spécialité, c'est de les briser. J'en ai fait un art.

— Je vais prendre ça comme un défi.

Je frottai ma mâchoire sur son mamelon nu et sur le renfle-ment de son sein.

— Prends ça comme tu veux. Maintenant, soit tu me prends, soit tu t'en vas comme tu es venu.

Je ne pus me retenir de lever les yeux vers elle, secouant la tête. Cette femme ne cessait jamais de donner des ordres.

— Est-ce que ce sont mes choix, directrice Patel ?

Je nous fis rouler sur le côté, déplaçant mes pieds sous moi, puis je la soulevai et la portai jusqu'au canapé de méditation surdimensionné qui se trouvait au centre de la pièce. Une fois là, je la lâchai sans cérémonie en plein milieu.

— Non, mais ça va pas ? Espèce d'abruti ! s'exclama-t-elle en se mettant à genoux.

Je déboutonnai ma chemise et la jetai par terre, puis retirai mes chaussures.

— Un gamin des rues sans raffinement issu du quartier ouvrier de la ville, tu te souviens, Altesse ? Malheureusement, je ne connais pas le protocole à suivre pour traiter une reine.

Elle serra les dents.

— Sans raffinement, mon œil. Je vais te montrer ce que c'est.

J'aurais dû savoir qu'elle n'allait pas se jeter directement sur moi. Au lieu de cela, elle s'élança d'un angle différent, enroulant ses jambes autour de ma taille et enfonçant ses ongles dans mes épaules. Puis, d'un coup de hanches, elle me déséquilibra et nous atterrîmes sur le canapé plat.

Je haletai, essayant de reprendre mon souffle.

— *Merde !*

Il n'y avait qu'elle pour transformer le sexe en entraînement.

— Tu croyais quoi ? répondit-elle, haletant elle aussi. Ce

que je veux, c'est ce que tu m'as dit il y a trois semaines. Ne m'oblige pas à te supplier, Sam.

Comme si ses mots avaient libéré l'animal indompté qui sommeillait en moi, je me redressai et emprisonnai sa tête entre mes bras.

— Et si tu as des bleus quand tu iras à ta soirée chic demain ? Comment la reine des diamants l'expliquera-t-elle ?

— Il est de notoriété publique que je suis cinquième dan de taekwondo et que je m'entraîne régulièrement. J'ai des bleus tout le temps.

Je glissai la main sur sa gorge et je serrai. Aussitôt, ses pupilles se dilatèrent et sa respiration devint superficielle.

— Je doute qu'après une séance avec tes maîtres ceintures noires, ta gorge porte des marques de doigts parce que tu as supplié qu'on te serre plus fort alors que tu étais sur le point d'atteindre l'orgasme.

— V... vrai.

Elle se tortilla, et ses mains agrippèrent les boucles de ceinture de mon jean. Me déplaçant plus bas, je fis glisser mes dents sur son épaule, ce qui lui donna la chair de poule.

— Je suis sûr que tu n'es jamais ressortie d'un combat avec des marques de morsure sur une partie de ton corps.

Je glissai plus bas, mordillant le renflement de son sein parfait, la faisant crier.

— Oh, mon Dieu ! Non. Ça n'est jamais arrivé.

Je passai la main sous le coussin du canapé et en sortis un jeu de menottes en cuir doux, avec une fine chaîne ancrée sous le canapé. Lorsqu'elle vit l'entrave dans ma main, la respiration de Devani se fit encore plus irrégulière. Elle s'assit et me tendit les bras pour que j'attache les menottes à ses poignets.

Après m'être assuré qu'il y avait suffisamment d'espace dans ses liens pour lui permettre de bouger tout en l'empêchant de s'échapper, je posai la main sur sa mâchoire et sa gorge.

— Et je suis absolument convaincu qu'aucun d'entre eux n'a osé t'enchaîner à une surface quelconque pour ensuite te donner tant de plaisir que tu en perds la tête, à tel point que ton ravisseur doive s'assurer que tu ne te mettes pas les poignets à vif.

— Non, personne d'autre que toi n'a jamais fait aucune de ces choses.

— Pourquoi cela, Altesse ?

— Tu es la seule personne qui me donne la liberté de me laisser aller. Tu es le seul en qui j'ai confiance.

Mes doigts se crispèrent l'espace d'une seconde.

— Pourtant, tu as rompu. Pour quoi ? Une mission ? Je sais que c'est plus que ça. Dis-moi que j'ai tort.

Elle garda le silence, mais soutint mon regard. Nous nous étions promis depuis longtemps de ne jamais nous mentir, même si la vérité était brutale. Elle avait rompu avec moi en affirmant qu'elle me quittait pour Joshi parce qu'il correspondait à ses plans spécifiques.

Maintenant, je savais que cela faisait partie de sa foutue mission, et qu'elle avait d'autres motivations.

— C'est bien ce que je pensais.

Relâchant mon emprise sur son visage, je laissai glisser ma paume le long de son cou et m'arrêtai dans la vallée de ses seins luxuriants.

J'y appliquai une pression infime; elle comprit et se détendit en arrière, tendant les bras au-dessus de sa tête. Debout, je passai les doigts sur son ventre, jusqu'à la ceinture de son short. Lentement, je le tirai sur ses cuisses, le long de ses jambes toniques. Une fois ses vêtements retirés, je saisis ses chevilles et posai ses pieds à plat sur mes genoux.

Je ne pouvais m'empêcher d'admirer la beauté de cette femme magnifique, étendue comme un sacrifice devant moi.

Une légère rougeur teintait sa peau douce et dorée tandis que ses mamelons tendus montaient et descendaient à chaque respiration. Le désir assombrissait ses yeux, les rendant presque noirs. Ses lèvres intimes gonflées luisaient de son excitation et m'appelaient pour que je les goûte.

— Sam, arrête de me regarder et fais quelque chose.

— Tu n'es pas en position de donner des ordres, Altesse.

— Tu es en train de me punir.

— Te faire attendre, c'est une punition ?

— Tu es tellement en colère.

— Est-ce une question ? Je fis glisser ses pieds sur le coussin recouvert de tissu.

— C'est un fait.

— Dis-moi, Altesse. Pourquoi ne le serais-je pas ? Tu me donnes toujours juste assez d'informations pour que ce ne soit pas un mensonge. Mais ce que tu dis, ce n'est jamais la vérité pleine et entière.

— Nous avons promis de ne jamais mentir.

J'abaissai mon visage jusqu'à ce que mon nez effleure le sien.

— Tu m'as laissé croire que tu m'avais quitté pour un autre homme.

— Non. J'ai dit que je ne pouvais plus te voir. Et que mes projets exigeaient un rapprochement avec Joshi. Je ne t'ai jamais donné de raison pour ces deux choses.

Je mordis sa lèvre inférieure, ce qui la fit crier, puis je me reculai juste au moment où elle voulut réduire la distance entre nos bouches.

— Tu es vraiment l'agent parfait, Altesse. Tu manipules et tu déformes les mots, pour ne jamais ni mentir ni révéler quoi que ce soit.

Elle haussa les épaules.

— C'est qui je suis, ce que je suis. Nous avons tous les deux commencé notre formation à l'âge de treize ans, mais tu avais un père en la personne d'Arin. J'ai eu Solon. Nous sommes des répliques de nos instructeurs, surtout moi. Je suis un agent, une création des meilleurs dans le domaine.

— Il y a une vie en dehors de l'organisation.

— Les règles sont toujours les mêmes. Sauf que, dans la réalité, on joue en solo, et je ne peux compter que sur moi-même.

— Tu m'as, moi.

Elle secoua la tête, et les larmes embuèrent ses yeux pendant un bref instant.

— Je ne veux plus en parler. Rien ne changera.

— Tu ne peux pas croire ça.

— Je t'en prie, Sam. J'ai besoin que tu me fasses oublier. Rien que pour ce soir.

Je l'étudiai.

Cette femme magnifique n'avait plus aucune défense. Si je

la poussai trop fort, elle se briserait, et la dernière chose que je voulais, c'était la blesser.

Je soupirai et tendis la main au-dessus de sa tête pour défaire ses menottes.

— Qu'est-ce que tu fais ?

— Ce n'est pas ce dont tu as besoin en ce moment.

— Je sais ce que je veux.

— Mais ce n'est pas ce dont tu as besoin.

Je frottai ses poignets, puis je passai un bras sous ses genoux et l'autre sous son dos, la soulevant contre moi.

— Où m'emmènes-tu ? demanda-t-elle, laissant retomber sa tête contre mon torse nu.

— Au lit.

Je descendis les escaliers, gardant Devani serrée contre moi pendant que nous marchions vers sa chambre.

— Tu as besoin de dormir.

— Merde, Sam ! Je ne suis pas une enfant.

— Crois-moi, je le sais. Je t'ai prise de toutes les manières possibles, affirmai-je, et j'ignorai le regard noir qu'elle me lança. À quand remonte ta dernière bonne nuit de sommeil ?

— Hier soir. J'ai dormi quatre heures dans un hôtel cinq étoiles.

Sur quelle planète quatre heures constituaient-elles une bonne nuit de sommeil ? Je la reposai sur ses pieds, ouvris son lit, ajustai tout comme elle l'aimait, et l'aidai à s'y glisser.

— Je veux dire, plus de quatre heures d'affilée sans se réveiller pour aller s'entraîner ou travailler ?

— Est-ce vraiment important ? Je suis à la maison. Je dormirai cette nuit.

Nous nous regardâmes et je compris le sens de ses paroles.

Elle avait passé les dernières semaines dans les différentes propriétés de Joshi à travers le pays. Elle ne pouvait pas dormir si elle était sur la défensive, si elle travaillait et qu'elle devait rester sur ses gardes.

Elle me tendit la main.

Mon cerveau m'intimait de la mettre au lit et de m'en aller. Ce côté vulnérable d'elle ne durerait pas longtemps. Le lendemain, elle redeviendrait cette femme en armure derrière une muraille impénétrable. J'étais venu la voir pour obtenir des réponses, et j'avais prévu ensuite de la faire venir à moi. J'avais décidé de ne plus lui courir après.

Et maintenant, elle était là, elle avait besoin de moi, elle me faisait ressentir des choses. Cette femme me retournait tellement que je ne savais plus distinguer le haut du bas.

Avec un soupir, je me débarrassai de mes vêtements et m'installai à côté d'elle. Presque aussitôt, elle enroula son corps autour du mien, comme si c'était la chose la plus naturelle au monde.

Repoussant les cheveux qui collaient à son front, je lui dis :

— Tu n'as pas besoin d'être forte ce soir. Tu peux baisser la garde. Je vais veiller sur toi.

Elle se blottit contre moi et murmura :

— Ne me pousse pas à t'aimer, Sam.

— Trop tard. Tu m'aimes déjà.

NEUF

CHAPITRE NEUF

D^{evani}

Avec un profond soupir, j'essuyai la sueur de mon front et je sortis de la ruelle à côté de la maison de ma cible. Explorer les recoins de ce bâtiment bicentenaire avait pris plus de temps que prévu, ce qui signifiait que j'allais me faire tancer par Bonnet blanc et Blanc bonnet. Au moins, la mise en place du matériel s'était déroulée sans encombre.

Appuyant sur le bouton de ma montre, je dis :

— Transfert de données en cours. Je suis épuisée. Pourquoi

ai-je accepté ça alors que quelqu'un que je ne nommerai pas m'a laissé tomber aujourd'hui? J'ai eu du mal à supporter le déjeuner avec les deux maîtres de l'univers qui se congratulaient mutuellement pour les nombreuses choses qu'ils avaient accomplies dans leur vie.

— Pour être juste, Neil t'a acheté un velvet cake entier dans cette pâtisserie que tu aimes pour compenser la douleur que tu as endurée, dit Noah dans mon oreille.

— Ce qui n'aide pas lorsqu'une femme doit porter une combinaison moulante et ramper dans le vide sanitaire de bâtiments anciens. J'ai eu l'impression d'être une sardine dans une boîte.

— Personne ne t'a obligé à manger autant, répondit Neil. Tu aurais pu attendre de rentrer chez toi.

— Comme si je pouvais compter sur les vautours de l'équipe pour m'en laisser un morceau à ramener chez moi.

J'empruntai un escalier menant à un parc, tournai au coin de la rue, m'arrêtai près d'un groupe de buissons broussailleux, passai la main derrière et en sortis une longue veste.

Après l'avoir enfilée et m'être recoiffée de manière plus décontractée et plus en phase avec les passants présents dans le quartier, je me dirigeai vers mon équipe de sécurité qui m'attendait.

Alors que je m'approchai de ma voiture, j'aperçus l'immeuble de King Holdings et je marquai un temps d'arrêt.

Une boule se forma dans ma gorge, ravivant toutes les émotions que j'avais tâché d'ignorer pendant la majeure partie de la journée. L'impact me fit l'effet d'un coup de poing dans le ventre.

Comme s'il avait perçu mes pensées, Neil me dit :

— Ne le prends pas mal.

— Mais?

— Tu as mis plus de temps que lorsque tu n'avais pas les plans d'un bâtiment et que tu y allais à l'aveuglette.

Évidemment, quelqu'un avait quelque chose à redire.

— S'agissait-il d'une tâche chronométrée? demandai-je en regardant la tour rénovée, songeant à un homme en particulier qui y vivait.

La raison de mon manque de concentration.

— C'est plus une observation qu'autre chose.

— Puisque mes performances sont en baisse et que je suis également sur le point de prendre ma retraite, la prochaine fois, c'est toi qui entreras. Il me semble normal que mon remplaçant connaisse mieux que moi tous les coins et recoins des vieux bâtiments. Ou pourquoi ne pas laisser notre opérateur de surveillance s'en charger? Je sais à quel point il aime les petits espaces.

— Mais qu'est-ce qui t'arrive, ce soir? marmonna Noah. Tu devrais appeler King et t'envoyer en l'air. Tu es tellement plus sympa quand il est dans les parages!

L'ignorant, je me glissai au volant de ma voiture et fermai aussitôt les yeux.

Appeler Sam n'était sans doute pas la meilleure idée, compte tenu de ce qu'il avait dit juste avant de s'échapper de mon lit au petit matin.

Nouveau jeu, nouvelles règles. C'est tout ou rien, Altesse.

Il m'avait posé un ultimatum. Ultimatum auquel je m'attendais depuis longtemps.

Si seulement j'avais pu lui offrir la réponse qu'il voulait... Cela signifiait que c'était bel et bien terminé entre nous. C'était là la raison de mes pensées agitées tout au long de la journée.

— Tu nous fais le coup du silence radio ? s'enquit Neil.

— Non, je suis juste en train de réfléchir.

Mon regard se posa sur les fenêtres de l'étage où se trouvait le penthouse de Sam.

— Je plaisantais à propos de King, me dit Noah, dont la voix reflétait son inquiétude.

— Vraiment ?

— Je préférerais que tu t'envoies en l'air avec un type au hasard plutôt que ça.

— Mon dernier type au hasard, c'était Sam. Tu es sûr que c'est ce que tu veux que je fasse ?

— Peu importe. Ignore ce que j'ai dit. Continue d'être la version garce de toi-même.

Je ne pus m'empêcher de rire.

— Noah, tu ferais un piètre thérapeute.

— C'est pour ça que j'élève des chevaux.

— Entre autres choses, ajouta Neil, puis il poursuivit. Va te reposer, Van. Et use de tous les moyens nécessaires pour régler ce qui te préoccupe. Les choses sont sur le point de devenir sérieuses. Nous avons besoin de votre lucidité et de votre concentration, directrice.

Je retirai mon oreillette lorsqu'il coupa la communication.

Prenant une grande inspiration, j'inclinai la tête vers Monti dans le rétroviseur de la voiture, j'ouvris la portière et je sortis à nouveau dans la nuit.

Moins de vingt minutes plus tard, je me faufilais dans les

passages menant au penthouse de Sam. Me baissant sous une poutre en angle dans un coin exigu, j'approchai du point d'accès.

Un sentiment d'appréhension m'envahit, et je me demandai s'il était à la maison. Ensuite, je soufflai en entendant le rythme doux d'un artiste R&B populaire qui fredonnait à travers le mur.

Faisant glisser le panneau mural sur le côté, je pénétrai lentement dans la chaleur du couloir et dans le salon. Sam se tenait dos à moi. Son regard était posé sur quelque chose à l'extérieur des fenêtres allant du sol au plafond et offrant une vue sur la *skyline* de New York.

Je l'avais trouvé exactement comme ça la première fois que je m'étais introduite dans cet endroit. Perdu dans ses pensées, un soupçon de solitude et l'aura d'une bête en cage qui se dissimulait sous la surface.

Mon pouls s'emballa comme il l'avait fait à l'époque. Mais aujourd'hui, cela allait plus loin que la luxure.

Alors que je me rapprochai, une vague d'énergie se répandit entre nous, et il inclina légèrement la tête sur le côté.

— Je m'attendais à une visite.

— C'est vrai ?

— Ce que je t'ai dit a dû te ronger toute la journée.

— Tu en es sûr ?

— Tu n'aimes pas les affaires inachevées, Altesse.

— Et ?

— Ça devra attendre. Mais d'abord, j'ai deux mots pour toi.

Je déglutis et ma peau se mit à fourmiller, tandis que mon sang bouillonnait de chaleur et d'excitation.

— Qui sont?

— Déshabille-toi.

Je contemplai son dos.

— Sam...

— Je t'ai donné un ordre.

J'en eus le souffle coupé, et mon ventre se contracta. Ce n'était pas pour cela que j'étais venue. Il le savait. Il l'avait dit.

Au lieu de me rebiffer contre sa requête, je me débarrassai de mon manteau et le laissai tomber sur le sol. Ensuite, je me penchai, délaçai mes bottes et les retirai l'une après l'autre. Ensuite, j'attrapai le curseur de la fermeture éclair de ma combinaison sous ma gorge. Lentement, je tirai le morceau de métal vers le bas, laissant le tissu moulant tomber et former une flaque à mes pieds. Enfin, j'ôtai mon soutien-gorge et ma culotte.

Lorsque je me retrouvai totalement nue, j'attendis.

Il jeta un coup d'œil par-dessus son épaule.

— Tu n'es plus aux commandes, Altesse.

Il se retourna, s'approcha d'un canapé où il s'assit, puis prit un verre d'un liquide ambré foncé de la même teinte que ses yeux.

Il fit tournoyer le whisky avant d'en prendre une grande gorgée.

— Maintenant, je veux que tu rampes jusqu'ici.

Je contractai la mâchoire. Ce n'était pas le genre de Sam d'être si froid, si distant.

— C'est une punition.

— En quoi est-ce une punition? Tu as déjà rampé pour moi. Et, si je me souviens bien, tu as adoré, répondit-il, soutenant mon regard. La seule différence, c'est que tu me veux, mais que tu as l'intention de parader en ville avec un autre homme.

— Tu connais la vérité. Je ne suis pas avec Neil.

— Tu n'es pas avec moi non plus.

— Je suis plus avec toi qu'avec n'importe qui d'autre.

— Ce n'est pas suffisant. Plus maintenant. Je n'attendrai plus, Altesse. Je veux tout. Mais c'est une chose que tu ne me donneras pas.

Je le regardai fixement, sans rien dire. Il avait tout de moi, mais pas comme il le voulait.

— C'est ce que je pensais. Maintenant, tu rampes, ou tu t'en vas.

Je me retins de tressaillir face à la colère qui émanait de lui.

Alors, à la place, je relevai le menton et demandai :

— Est-ce qu'il est question de s'envoyer une dernière fois avant de partir chacun de son côté, monsieur King ?

— Pourquoi pas ? S'envoyer en l'air ne demande pas de lien émotionnel. Considère ça comme un entraînement pour l'avenir.

— Tu crois que je coucherai avec toi à l'avenir ?

— Il suffira qu'on soit seuls, et ça arrivera forcément. Tu ne peux pas te passer de mon membre, et j'adore m'enfouir en toi.

— Coucher sans sentiments. Tu crois que c'est ce que nous avons ?

— C'est ce que nous aurons.

C'étaient des conneries. Il le savait autant que moi.

Il avait suffi d'une nuit pour que ce lien entre nous se forme. Dire que nous n'avions rien ne l'effacerait pas.

Cependant, s'il voulait la jouer de cette façon, je me prêterais à son jeu dépourvu de sentiments.

Je me laissai glisser sur le parquet en bois massif et avançai vers lui à quatre pattes. Les yeux rivés aux siens d'un ambre brûlant, j'exagérai le balancement et le mouvement de mes hanches, l'incitant à détourner le regard.

Il se lécha les lèvres, posa son verre sur la table à côté de lui et ajusta sa position.

Lorsque j'arrivai près de lui, je posai mes paumes sur ses cuisses. Puis je remontai les mains ; ses muscles se contractaient et fléchissaient sous mes doigts.

Ses lèvres s'entrouvrirent pour laisser échapper sa respiration irrégulière, et un sentiment de satisfaction me gagna. Il avait beau essayer, il ne pouvait pas rester indifférent à moi.

— Tu me veux.

— Mon membre devrait te le confirmer, dit-il, me prenant la main pour la poser sur son érection dure comme l'acier. Je suis déjà à moitié prêt à te prendre dès que je sens ta présence près de moi.

Je soutins son regard plein de convoitise, et la pulsation au creux de mon ventre devint douloureuse. Me léchant les lèvres à mon tour, je le saisis et le caressai à travers son pantalon, veillant à m'attarder sur sa large extrémité.

— Sors-moi.

Sans détourner mon regard du sien, j'ouvris son bouton et sa fermeture éclair, puis je passai la main à l'intérieur de son boxer et saisis son sexe gonflé et velouté.

Oh, comme j'aimais le sentir !

Je me mis à genoux, me penchai en avant et m'arrêtai

lorsque mes lèvres furent à un souffle de sa tête moite. Je le regardai à travers mes cils. J'éprouvais une envie irrésistible de le lécher, de le goûter, mais la froideur qu'il affichait ne me convenait pas du tout. Comme s'il tranchait un morceau de mon cœur.

Ce n'était pas mon Sam. Mon amant qui me faisait perdre le contrôle quand personne ne savait que j'en mourais d'envie. Le seul homme à voir au-delà du visage que j'affichais face au monde.

— Tu sais quoi faire. Plus j'attends, plus tu attendras.

Très bien. Nous allions voir combien de temps il pourrait tenir sans montrer la moindre émotion. Ma bouche l'engloutit, le prenant assez profondément pour qu'il touche le fond de ma gorge.

— *P-putain !* Devani ! haleta-t-il, glissant ses doigts dans mes cheveux.

Je sentis la vibration de mon nom qui grondait le long de son corps, me procurant ainsi un plaisir intense. C'était bien ce que je pensais. Sam ne pouvait pas rester impassible pendant que je lui faisais une gorge profonde.

L'empoignant à la base, je le caressai avec mes lèvres, ma langue et mes doigts, de haut en bas. Mes joues se creusaient et se contractaient en rythme.

Son visage ne présentait plus un masque dénué de sentiments, mais un mélange de désir et de rage. Lorsque sa respiration devint irrégulière et que sa poigne sur ma tête se resserra à un niveau presque insupportable, je sus qu'il était sur le point de perdre le contrôle.

Et, étrangement, la douleur faisait monter mon excitation

en flèche. Comme si, faute d'être soulagée, je pouvais brûler vive.

Il n'y avait que lui pour me faire ressentir de telles choses. Hélas, le destin et les circonstances refusaient qu'il m'appartienne.

J'avais envie de glisser mes doigts entre mes jambes pour soulager la douleur qui enflait au creux de mon ventre. Mais, avant que je puisse assouvir mon besoin, son sexe a gonflé, devenant plus épais et plus long, et les premiers spasmes couvrirent ma langue de sa moiteur.

Soudain, Sam m'attrapa par la taille, me souleva, positionna son sexe et me fit descendre brutalement.

— Oh, mon Dieu! m'exclamai-je, cambrant le dos, et des étoiles explosèrent derrière mes paupières.

La délicieuse brûlure de son invasion transperça chacune de mes cellules, se mêlant à mon désir irrésistible. Ce plaisir mêlé de douleur, il était le seul à le comprendre. Mon sexe se contracta autour de son érection palpitante, la baignant d'un flot de ma passion.

C'était trop et pas assez.

— Respire, mon amour.

Il appuya une main sur ma poitrine tandis que l'autre tenait ma taille.

J'obéis à son ordre, emplissant lentement mes poumons d'air, et j'ouvris les paupières.

Le visage rougi de Sam apparut, toute trace de l'amant en colère évanouie pour un instant. Il n'y avait que mon homme dominant, que j'avais blessé. Une foule d'émotions et une douleur écrasante me fixaient, me brûlant la gorge.

Tout aussi rapidement, il verrouilla tout, revenant à son état précédent, froid, furieux et excité.

Il me saisit à la gorge et m'attira en avant.

— Maintenant, chevauche-moi et prends ton plaisir.

Plantant mes genoux dans le coussin moelleux du canapé, je me soulevai de quelques centimètres, grimaçant à cause de l'inconfort persistant de son invasion, puis je m'abaissai.

— Va doucement, m'ordonna-t-il, fléchissant les doigts autour de ma gorge.

L'intensité de son regard doré envoya un frisson au creux de mon ventre.

Il avait beau vouloir rester distant, ce n'était pas possible avec moi. Cette chose qu'il y avait entre nous était trop profonde.

Posant mes mains sur ses épaules, j'imprimai un rythme régulier, balançant et faisant onduler mes hanches.

Le fait qu'il soit resté habillé alors que j'étais assise à califourchon sur lui, complètement nue, aurait dû me mettre hors de moi. Mais cela ne faisait que renforcer mon désir.

Il savait que j'aimais ça. Ce n'était pas très civilisé, et carrément pas raffiné.

À chaque glissement de son érection dure comme l'acier, mon désir s'accumulait au creux de moi, prêt à déborder.

Mes mamelons et mes seins me faisaient mal, et mon clitoris palpitait.

Les doigts de Sam frôlèrent ma gorge en une caresse aguicheuse. Bon sang. J'avais besoin de cette pression, cette toute petite pression, pour me faire basculer.

— Demande-le-moi.

— Je t'en prie, Sam. Je suis désespérée.

— Tu es en train de me supplier. Je ne t'ai pas dit de supplier. Je t'ai dit de demander.

— Oh, mon Dieu ! J'y suis presque.

Il saisit ma hanche, faisant rouler et frotter son bassin contre mon clitoris, me frôlant à peine, mais pas assez pour que je puisse terminer.

— Demande.

— Sam, tu veux bien m'aider ?

— Comment veux-tu que je t'aide ?

— Prends mon contrôle.

— Et quand je laisse des marques sur toi ?

— Je les veux.

— Demande-moi d'en laisser.

— Tu veux bien laisser tes marques sur moi ?

Son emprise se resserra sur mon cou, et mon sexe se contracta aussitôt.

— J'ai déjà laissé ma marque sur toi. Tu t'en rendras compte bien assez tôt. Mais, en attendant, ajoutons-en d'autres.

Sa bouche s'écrasa contre la mienne dans un baiser brutal et dévorant. Il me revendiqua avec passion, me faisant comprendre que je n'avais plus mon mot à dire sur ce qui se passerait pour le reste de la nuit.

Il s'enfonça en moi, implacable, dur, impitoyable. C'était exaltant, et exactement ce dont j'avais besoin.

C'était sauvage, sale, tout ce qu'une fille de la bonne société ne devrait jamais désirer.

— Sam, j'y suis. Je suis là. Plus fort. J'en ai besoin. Je pourrai le supporter. Fais-le.

Il resserra son emprise sur mon cou, et mon corps et mon esprit basculèrent dans le précipice de la félicité. Mon sexe se resserra et se contracta autour de l'érection de Sam alors qu'il me pénétrait encore et encore.

Seul cet homme pouvait me faire ça. Me donner ça. De me donner ce dont j'avais envie, ce dont j'avais besoin. Des larmes coulèrent sur mon visage tandis que mon orgasme se déversait sur moi par vagues.

Comment pouvais-je continuer à vivre en sachant que cela existait, et ne plus jamais l'avoir ?

— Magnifique, dit-il, et son pouce effleura une larme sur ma joue. Maintenant, c'est mon tour.

Un frisson parcourut tout mon corps quand je découvris la faim brute dans les yeux de Sam. Il s'était retenu pour me donner ce dont j'avais besoin. À présent, il allait prendre ce qu'il voulait.

Mon orgasme à peine apaisé se réveilla, répondant à sa convoitise féroce.

Il se libéra de mon corps et se leva, son sexe en érection et fortement engorgé imposant sa présence entre nous. Il nous retourna, puis m'installa sur le canapé et ramena mes jambes autour de ses épaules.

— Sam, haletai-je alors qu'il léchait mes lèvres intimes engorgées.

— C'est pour moi. Si je pouvais, je me gaverais de toi, jour et nuit.

Sa langue pénétra en moi, séparant mes replis, taquinant les chairs sensibles.

Mes hanches se soulevèrent, mon corps réclamant davantage tandis qu'il tournait autour de mon clitoris palpitant, l'effleurait et le mordillait. Ensuite, il plongea deux doigts en moi, faisant des mouvements de ciseaux et me pénétrant, me caressant sans relâche à un rythme frénétique.

— Sam. Je n'arrive pas à respirer. Je n'y arrive pas...

Mon orgasme me submergea en vagues violentes, mes membres se mirent à trembler, mon corps se tordit.

— C'est le but. Tu dois savoir qui maîtrise ton plaisir. Qui le contrôle.

Il poursuivit son assaut sauvage, faisant durer ma jouissance par des caresses mesurées de sa langue et de ses doigts.

Il se leva lentement, posa la main sur l'arrière de ma tête et m'embrassa. Le goût de nous engloutit mes sens, une chose à laquelle j'étais devenue accro au cours des dernières années.

Lorsqu'il se recula, ses yeux brillaient d'une détermination qui me serra le cœur.

Il me tira en avant puis me repositionna de sorte que je sois face au dossier du canapé. Puis, grimpant derrière moi, il me poussa, emprisonna mes poignets d'une main, et s'enfonça en moi d'un seul coup de reins.

— *Merde!* s'écria-t-il. Je te jure, il n'y a rien de tel que s'enfouir en toi.

Je fus incapable de répondre alors qu'il entreprenait de pilonner mon corps avec des coups durs et inflexibles de son superbe membre.

Je n'avais aucun moyen de pression, aucun contrôle. Sam me prenait, poussé par son instinct charnel, en quête de sa jouissance, se servant de mes bras pour me tirer vers l'arrière à chaque fois qu'il s'enfonçait profondément en moi.

L'un de ses coups de reins atteignit ce point sensible parfait, et je criai :

— Oh, mon Dieu ! Refais-le.

— Même quand tu es à ma merci, tu donnes des ordres.

L'humour qui se dégageait de sa réponse fit resurgir la douleur présente quelques instants plus tôt. Il répéta les mouvements dont j'avais envie tout en déplaçant la main qui tenait ma hanche entre mes replis intimes, puis il caressa mon clitoris à un rythme endiablé.

Mon sexe frémit et se contracta. La respiration de Sam se fit haletante, sa poigne devint presque douloureuse, signes révélateurs qu'il était sur le point de se libérer.

— Jouis maintenant, m'ordonna-t-il, pinçant les nerfs sensibles qu'il taquinait entre ses doigts.

J'explosai sous l'assaut du plaisir et de la douleur mélangés, puis je ne ressentis plus rien d'autre qu'une délicieuse extase. Je haletai et me cambrai, perdue dans l'euphorie alors que des tremblements secouaient tout mon être.

Moins d'une seconde plus tard, Sam cria mon nom alors que son orgasme le transperçait.

————

— Bois ça. Tu sais que ça fonctionne. Alors, ne te plains pas comme tu le fais toujours, me dit Sam.

Il me tendit un verre contenant un mélange d'herbes au goût affreux qui avait la capacité miraculeuse de m'apaiser après l'une de nos séances de sexe intense.

J'en avalai le contenu, grimaçai, puis bus le verre d'eau qu'il avait posé à côté du breuvage dégoûtant.

— Merci.

Il me souleva le menton et scruta la peau de mon cou.

Nous avions passé la dernière heure et demie dans une sorte de mode d'attente tranquille, gardant le silence la plupart du temps. Puis, après une douche rapide, nous avions repris notre routine consistant à faire trempette dans sa baignoire surdimensionnée, tandis qu'il soignait les zones où il s'attendait à voir apparaître des ecchymoses.

À présent, nous étions dans la partie « repas » de notre soirée.

À partir de là, tout allait se dégrader. C'était inévitable.

Je décidai d'entamer la conversation et demandai :

— Veux-tu les réponses que tu n'as pas eues l'autre soir ?

— Non.

— Comment ça, non ? Tu t'es introduit dans mon penthouse pour les obtenir.

— Je te l'ai dit. Je veux tout ou rien. J'ai finalement accepté ce que nous avons. Alors, peu importe ce que tu fais. Tant que tu couches avec moi, tu ne couches avec personne d'autre. Je ne partage pas mes maîtresses.

— Ce que nous avons n'est pas froid comme ça.

— C'est exactement comme ça. Si je me souviens bien, c'est toi qui as fixé les règles. On ne se prend pas la tête. On s'envoie en l'air quand le besoin s'en fait sentir, ensuite nous vaquons à nos occupations quotidiennes.

— Ça n'a jamais été comme ça entre nous.

— Tu as fixé les règles cette première nuit, Devani. J'ai décidé qu'il était temps de les mettre en application.

— Je vois.

Il secoua la tête.

— Tu ne vois absolument rien. Quand tu auras compris, viens me trouver. D'ici là, nous répondrons aux besoins sexuels de l'autre en fonction de notre emploi du temps.

— Sam, pourquoi fais-tu ça ?

— Parce que nous jouons avec mon jeu maintenant, Altesse. Tu veux mon temps, tu vas ramper pour l'obtenir. C'est toi qui me supplieras pour ça, pas l'inverse. Tu es tellement habituée à ce que tout le monde se plie à tes ordres... Il est temps que tu voies ce que c'est que d'être à la disposition d'un King.

— Pourquoi te comportes-tu comme un salaud ?

Il me lança un rire cruel.

— Tu as oublié ? J'en suis un.

— Tu n'as jamais été cruel.

— C'est faux. Je n'ai jamais été cruel *avec toi*. Je t'ai donné le meilleur de moi-même et j'ai fini par être le dindon de la farce. Cette époque est révolue.

— Sam, ce n'est pas de cette manière que je veux que ça se passe entre nous.

— Maintenant, tu vas voir ce que cela fait de voir le précédent que tu as établi utilisé contre toi.

Je relevai le menton, et me verrouillai totalement pour ne pas craquer devant lui.

— Si c'est ce que tu veux, très bien. Mais il n'y aura pas de sexe. Je ne te supplierai ni pour ton temps ni pour me satisfaire.

— Tu me supplieras. Je te le garantis.

— Je suis la reine des diamants. Je ne supplierai aucun homme.

— Je ne suis pas un homme, répliqua-t-il en souriant. Je suis un *King*.

Il jeta un coup d'œil à sa montre.

— J'ai une réunion très tôt, et je sais que tu m'as bien fait comprendre que dormir ensemble et tout ça ne faisait pas partie de l'équation. Je suis certain que tu pourras repartir comme tu es arrivée.

Sans un regard dans ma direction, il emprunta le couloir menant à sa chambre, me laissant avec la certitude qu'il n'y aurait pas de retour possible.

Je me levai du tabouret, inspirai profondément et me dirigeai vers la cage de l'ascenseur de service. J'ouvris le panneau de la passerelle menant aux passages dérobés, fis un pas à l'intérieur, puis progressai sur environ six mètres avant de m'arrêter, en me calant le dos contre l'un des murs de briques.

Je basculai la tête en arrière et fermai les yeux.

Au final, il faudrait que je garde en tête que j'avais fait tout cela par amour.

Une boule se forma dans ma gorge. Pas une seule fois je n'avais dit à Sam que je l'aimais.

Et maintenant, cela n'arriverait jamais.

Me laissant glisser sur le sol, j'entourai mes jambes de mes bras et, pour la première fois depuis longtemps, je sanglotai, libérant toute la douleur que j'avais refoulée.

DIX

S^{am}

Je posai mes bras sur le plan de travail en granit de ma salle de bains, résistant à l'envie d'aller voir Devani et de m'excuser de m'être comporté comme un enfoiré sans cœur. Son regard brisé à chaque mot que j'avais prononcé resterait à jamais gravé dans mon esprit.

Elle s'y était préparée, s'y attendait.

Une partie de moi voulait qu'elle ait mal, qu'elle ressente la douleur. Si seulement elle ne m'avait pas transmis cette capacité à ressentir tellement de choses qu'il me fallait bien plus d'énergie que je ne l'aurais voulu pour prétendre le contraire.

Je m'empoignai la nuque.

La vie était tellement plus facile avant que je ne me laisse aller à des sentiments.

Imbécile !

Je me concentrai sur mon visage dans le miroir. J'avais peut-être les traits de cet enfoiré, mais je ressemblais énormément à Veda Kumari. Si seulement elle ne m'avait pas transmis cette capacité à ressentir tellement de choses qu'il me fallait bien plus d'énergie que je ne l'aurais voulu pour prétendre le contraire.

Me penchant en avant, j'entendis l'écho de pleurs.

C'était impossible.

Non. C'était là.

Devani ?

Elle ne pleurait *jamais*. Elle versait une ou deux larmes, peut-être. Mais jamais elle ne sanglotait.

Je me précipitai hors de ma chambre et entrai dans la cuisine, qui était vide. Puis, me dirigeant vers le passage près de l'ascenseur de service, j'ouvris le panneau dont elle se servait pour s'introduire chez moi. C'est alors que j'entendis un hoquet, suivi d'un léger bruit de pas.

— Devani, reviens.

Je ne fis pas plus de quelques mètres avant que l'espace se réduise au point que quelqu'un de ma taille ne puisse pas passer.

Bon sang ! Il était à peine assez large pour qu'une personne de la taille de Devani s'y glisse.

Je ne comprenais pas pourquoi elle aimait ramper dans ce genre d'espace. J'allumai la torche de mon téléphone portable et l'orientai dans la direction qu'elle avait prise. Dans la poussière, il y avait des empreintes de ce que je supposais être les pieds et le corps de Devani lorsqu'elle s'était assise par terre. Et le mur auquel elle s'était adossée était celui de ma salle de bains.

Si je n'en avais pas été sûr auparavant, cela confirmait ce que j'avais commencé à soupçonner l'autre soir chez elle. J'avais laissé ma marque sur la reine des diamants à plus d'un titre.

Une bouffée d'angoisse, de jubilation, de nausée, ainsi qu'une vague d'émotions que je n'aurais su décrire m'envahirent.

Comment pourrions-nous nous y retrouver? Cela dépendait sûrement d'elle.

Je revins dans le penthouse, je sortis mon téléphone et j'envoyai un message au groupe de discussion avec Danika et Jayna.

Il était temps de consulter mes sœurs. Mes frères avaient leur utilité, mais ce n'était pas leur domaine d'expertise.

MOI : *Hé, les EEC, je sais que je vous fais faux bond tout le temps. Ça vous dit qu'on se voie pour discuter?*

Presque aussitôt, Danika répondit.

EEC1 : *Je doute que ça ait un rapport avec ce que nous voulons, alors crache le morceau.*

À peine une seconde plus tard, un nouveau message arrivait.

EEC2 : *Sam, tu te rends compte de l'heure qu'il est? Danika et moi regardions un film. C'est le premier week-end depuis trois mois où je ne suis pas au club et où je peux passer une soirée entre filles.*

Merde. Si Lilly était là, elle le dirait à Rey. Ils avaient établi cette foutue règle du « pas de secrets entre nous » depuis qu'ils avaient quitté leurs agences respectives. Je ne voulais surtout pas que mes frères le sachent, d'autant que les choses allaient mal. Dans les situations délicates, ils étaient comme des éléphants dans un magasin de porcelaine.

MOI : *Est-ce que Lilly est avec vous ?*

EEC2 : *Pourquoi ?*

MOI : *Et tu te demandes pourquoi je t'appelle EEC. Réponds à la question, Jay.*

EEC2 : *Non, elle est sortie avec Rey.*

Dieu merci !

MOI : *Auriez-vous le temps, dans le planning de votre séance de cinéma, de m'inviter à une discussion demain ? Sinon, je peux passer pour le petit déjeuner, puisque vous faites une soirée pyjama.*

EEC1 : *Tout d'abord, je voudrais savoir si j'apparais toujours en tant que EEC1 sur ton téléphone. À ce moment-là je pourrai décider si je suis disponible. Et qu'est-ce qui te fait croire que tu as une invitation pour le petit déjeuner ?*

EEC2 : *Même question, mais avec EEC2.*

MOI : *J'ai changé mon répertoire. Je le jure.*

Presque immédiatement, des messages simultanés firent vibrer mon téléphone.

EEC1/EEC2 : *MENTEUR !*

MOI : *Et si je vous promets de vous laisser le changer pour mettre ce que vous voulez ? On peut même imaginer mettre La Grande Danika ou l'Incroyable Jayna.*

EEC1 : *Je préférerais que Lilly vous enferme dans ton penthouse avec Devani et vous force à vous battre. Il se peut que tu survives à l'altercation avec quelques doigts et orteils en moins. J'ignore si tu le sais, mais c'est elle qui m'a appris à manier le couteau.*

Bien sûr que je le savais. Cette habileté à manier la lame avait conduit Danika à quasiment étriper un enfoiré qui avait décidé de la tripoter lors d'une soirée poker à *The Library*, ce qui avait entraîné une fermeture et un nettoyage de grande ampleur.

J'inspirai un grand coup. Autant piquer leur curiosité.

MOI : *Puisque tu as parlé de doigts et d'orteils... c'est le sujet dont il faut qu'on parle.*

J'attendis qu'une vague de messages s'abatte sur mon téléphone.

En l'absence de réponse, je tapai.

MOI : *Hello ! Mais où êtes-vous ? Je m'attendais à ce que Jay perde un peu les pédales, qu'elle m'appelle, ou je ne sais quoi.*

L'ascenseur principal menant à mon penthouse s'ouvrit, et Danika et Jayna entrèrent. Toutes deux avaient les bras croisés et leurs visages affichaient la même mine renfrognée. Elles portaient des pyjamas et avaient les cheveux attachés en désordre sur la tête. Leur différence de taille aurait dû leur donner un côté dépareillé, mais elles allaient bien ensemble.

Elles étaient plus sœurs que cousines, et belles-sœurs également.

Je plissai les yeux en observant les motifs du haut de Jayna.

— Est-ce qu'il y a des pénis sur ton pyjama ?

— Oui, répondit Jayna en souriant, tournant comme si elle était un mannequin. Tous de couleurs différentes. Un arc-en-ciel de pénis !

— Toi et ton étrange sens de la mode.

C'est à ce moment-là que j'observai plus attentivement l'ensemble de Danika. Il y avait quelque chose qui ressemblait à des fleurs sur le sien, mais aussi des lèvres intimes, ou peut-être des langues. Je fronçai les sourcils.

— Il a l'air confus. Explique-lui ce que c'est, Danika, lui demanda Jayna.

— Oui, explique à l'idiot.

— Ce sont des fleurs artistiques qui représentent les organes sexuels féminins. C'était un cadeau de Lilly. Elle en a un aussi.

Danika entra dans ma cuisine, ouvrit le réfrigérateur, prit un bol de fruits et s'en alla dans mon salon.

— Allez! C'est l'heure de la réunion de famille.

— Il est une heure du matin. Je ne m'attendais pas à ce qu'on fasse ça maintenant.

Jayna prit place à côté de Danika.

— Tu ne peux pas balancer un truc comme « des doigts et des orteils » et t'attendre à ce qu'on reste dans nos lits.

— Je suis encore en train d'encaisser. Mettons donc cela sur le compte d'une folie passagère. Maintenant, vous pouvez retourner à votre soirée pyjama.

Aucune d'elles ne bougea : elles se contentèrent de me fixer d'un regard noir.

— Dani, tu veux t'occuper de ça, ou je dois le faire?

— Vas-y, répondit Danika en mettant une fraise dans sa bouche. C'est toi la combattante MMA de notre duo. Balance-lui quelques coups pour moi.

Dans la seconde qui suivit, Jayna bondit de sa place et m'empoigna par le t-shirt.

— Si tu as mis enceinte une fille que tu ne te tapes que pour oublier Devani, je le jure devant Dieu, je vais te massacrer.

Bordel de merde. Elle était sérieuse, elle voulait vraiment me casser la figure.

— Calme-toi. Il ne s'agit pas de ça. Accorde-moi un peu de crédit.

Je tirai sur ses poings serrés, essayant de l'empêcher de déchirer mon t-shirt préféré.

— Ne me dis pas de me calmer. Tu te souviens quand tu as décidé de jouer au grand frère et que tu as menacé de tuer Kir s'il n'arrangeait pas les choses avec moi? J'ai le droit de m'inquiéter pour toi.

— Oh, bon sang, Jay! Les situations sont complètement différentes.

Kir avait laissé croire à Jayna qu'il avait succombé à son accident de voiture presque fatal orchestré par Shah. Puis, quand il avait décidé de se ressaisir, il avait voulu avoir une seconde chance avec Jayna. Je m'étais assuré qu'il sache que je lui casserais la figure s'il lui brisait à nouveau le cœur.

Kir était mon frère dans tous les sens du terme, sauf par le sang, et nous avions tout affronté ensemble. Mais Jayna était mon sang et une sœur que je n'avais jamais eu la chance de protéger.

— D'abord, dis-moi qui est enceinte, dit-elle, me secouant en me tenant par le t-shirt.

— C'est Devani, répondit Danika en attrapant le bras de Jayna pour la forcer à me lâcher.

Elle la tira vers le canapé et essaya d'empêcher son pot de fruits de tomber, tout cela en même temps.

Jayna la regarda d'un air renfrogné.

— Tu savais?

— Je m'en doutais.

C'est cela, oui.

— Qu'est-ce qui t'a amenée à cette conclusion ? lui demandai-je, lui jetant un regard du genre « tu racontes n'importe quoi ».

Elle haussa un sourcil et me rendit mon air renfrogné.

— Je suis sa meilleure amie. Je sais des choses.

— Ça ne veut rien dire, affirma Jayna, prenant un raisin dans le bol que tenait Danika pour le mettre dans sa bouche.

— Je suis presque sûre d'avoir relevé les mêmes indices que notre grand frère.

— J'en doute fortement. Je vois Devani nue. Pas toi.

— Et tu m'appelles EEC...

— Non, je t'appelle EEC1.

— Attendez. Attendez! s'exclama Jayna, dont l'agitation me fit sourire. Il faut que quelqu'un me mette au parfum, maintenant.

— Devani est enceinte, déclarai-je comme un fait.

Au plus profond de mes tripes, je savais que c'était vrai. Trop de choses m'avaient amené à cette conclusion au cours des dernières semaines, et, après ce soir, je n'avais plus aucun doute.

J'avais remarqué les changements subtils de son corps, surtout ses seins plus volumineux. D'abord de loin dans ses robes, puis de près au cours des deux dernières nuits.

Mais c'étaient ses larmes qui avaient éveillé mes soupçons.

En près de trois ans passés ensemble, je ne l'avais vue pleurer qu'une seule fois, lorsqu'elle m'avait raconté la mort de ses parents et de son frère. Et elle n'avait laissé couler que quelques larmes avant de ranger la douleur et le chagrin dans sa boîte.

Ensuite, ces derniers jours, je l'avais vu perdre sa capacité à se retenir. D'abord quand je l'avais vue après sa méditation, puis ce soir pendant l'amour, et, pour finir, quand j'avais entendu ses sanglots déchirants dans le passage.

Elle n'était pas femme à se laisser bousculer par ses émotions.

Jamais.

Alors que je feignais de ne rien ressentir, elle freinait tellement sa capacité à traiter les émotions que rien ne pouvait pénétrer ses boucliers.

— Elle te l'a dit, ou c'est une supposition ? Jayna posa la question à la ronde, mais je savais qu'elle s'adressait à moi.

— Elle ne s'en est même pas encore rendu compte.

— Alors, comment peux-tu en être sûr ?

— Disons qu'il est très observateur quand il est question de la directrice. Ils partagent un penchant particulier qui l'exige, affirma Danika en haussant un sourcil.

Je lui jetai un regard noir.

— Tu es vraiment une *Emmerdeuse En Chef.*

— Cela ne prouve rien, insista Jayna.

— Peut-être, répondis-je avec un haussement d'épaules. Cependant, dans le courant de la semaine à venir, elle va s'apercevoir que sa fidèle injection lui a fait faux bond.

Je la voyais presque accuser son cycle de lui jouer des tours ou de la rendre malade, alors qu'elle ne l'était jamais. Mais elle comprendrait ce qui s'était vraiment passé.

— Pour un homme déterminé à ne jamais se reproduire et à ne jamais transmettre les gènes souillés de Shah, tu encaisses l'idée d'une paternité imminente comme un champion, affirma

Jayna avant de se redresser puis se pencher en avant. Sauf si tu n'es pas le père.

Je plissai les yeux.

— Le bébé est de moi.

Ce que nous ressentions l'un pour l'autre, la connexion que nous partagions, ne nous autorisait pas à nous tourner vers quelqu'un d'autre.

— Et ?

— Et quoi ?

— Tu nous as fait venir ici pour une raison, Sam. Tu dois être honnête. Devani va peut-être avoir un enfant que tu n'as jamais voulu.

— Ce n'est pas ma décision.

— Ce sont des conneries, et tu le sais, lança Danika, abattant la main sur l'accoudoir du canapé. Veux-tu cet enfant, ou non ?

Je n'avais pas réalisé à quel point je voulais une famille, un avenir avec Devani, jusqu'à ce qu'il la tienne dans ses bras la nuit précédente.

— Je ne la forcerai pas à me donner quelque chose dont elle ne veut pas.

La dureté des traits de Danika disparut, remplacée par quelque chose qui ressemblait à de la pitié.

— Tu dois lui dire ce que tu ressens.

— Qu'est-ce qui t'a fait changer d'avis ? Tu étais tellement déterminé à ne jamais avoir d'enfants, me dit Jayna en se levant.

Elle alla vers mon bar, versa quelques doigts de scotch dans un verre et me l'apporta.

— Bois. Je connais ta règle au sujet de la lucidité, mais tu dois te détendre et nous raconter toute l'histoire.

En soupirant, j'obéis à son ordre. Alors que le puissant liquide brûlait dans ma gorge et produisait l'effet escompté sur mes sens, je réfléchis aux mots que j'allais prononcer.

— Vous savez toutes les deux comment ça a commencé entre nous, ou, du moins, ce que nous vous avons laissé croire.

Danika et Jayna hochèrent la tête à l'unisson.

— Nous avons menti. Ce n'était pas un arrangement du genre « on s'envoie en l'air quand l'envie nous prend ». Même si ce n'était pas conventionnel, nous étions exclusifs.

Jayna posa la main sur la mienne.

— Sam, tu n'as jamais su cacher ce que tu ressentais pour elle. Tu t'es dégelé pour elle.

— Si ça peut te rassurer, ajouta Danika, tous ceux qui la connaissent ont vu à quel point tu l'as affectée. Elle est garce et sarcastique dans les bons jours, mais c'est passé à un autre niveau dès qu'il était question de toi. Je la connais depuis des années, mais jamais je ne l'ai vue protéger une relation comme elle l'a fait avec la vôtre. Tu es l'unique sujet que même moi je ne peux pas aborder.

Je soutins le regard de Danika, sachant que je n'avais pas réussi à cacher l'impact que ses mots avaient eu sur moi.

Soufflant pour apaiser mes émotions, je poursuivis mon récit.

— À un moment donné, entre le moment où Nik et toi vous êtes mariés, et celui où Rey et Lilly ont réglé leurs problèmes, j'ai commencé à me dire qu'il y avait une petite possibilité d'avenir avec Devani.

Je secouai la tête et passai une main sur mon visage.

Les doigts de Jayna se resserrèrent sur les miens.

— Devani est devenue une priorité, et tu as repoussé ta haine pour notre père au second plan.

— Je déteste toujours cette ordure, mais je refuse désormais l'idée de lui donner du pouvoir sur mon avenir.

— L'avenir, c'est une famille en dehors de notre équipe, dit Danika, frottant sans son rendre compte le léger gonflement de son ventre.

J'acquiesçai.

— Tu voudras toujours de ce bébé, même si vous ne vous remettez pas ensemble ?

— Oui, répondis-je sans hésiter. Comme Arin me l'a dit il y a des années, je suis le résultat de décisions d'adultes prises par des adultes. C'est la même chose pour mon enfant. Il est mon héritage, celui d'Arin.

— Lui laisseras-tu la décision finale, quelle que soit l'issue ?

— Oui.

— Et si elle décide de garder le bébé ?

— Alors, l'un de nos problèmes est réglé.

— Et l'autre ?

— Je ne peux pas répéter continuellement les mêmes choses et m'attendre à un résultat différent.

— Tu l'aimes.

Je contemplai Danika.

— C'était une question ?

— Je suppose que ça signifie que tu ne pourchasses plus la reine des diamants ? ronronna Jayna.

— J'ai abattu mes cartes. C'est à Devani de décider maintenant.

— Bien. Il est temps que mon amie goûte à son propre remède, dit Danika, reposant le bol de fruits sur la table basse. Elle a tellement l'habitude de refouler ses sentiments qu'elle pense que tout le monde doit suivre ses règles.

— Pourquoi ai-je l'impression que vous vous amusez toutes les deux du tumulte de ma vie amoureuse comme si vous regardiez une émission sur votre service de streaming préféré ?

— Parce que nous étions à ta place il n'y a pas si longtemps. C'est bien fait pour toi.

— Je m'en tiens à mon paramètre EEC dans mon téléphone, marmonnai-je tout en plissant les yeux.

Les deux femmes échangèrent un regard, comme si elles partageaient un message tacite.

— Dites-le.

— Puisque tu as ouvert la voie à la discussion... dit Jayna en souriant.

— J'ai le sentiment que je vais le regretter.

Danika replia ses pieds sur le canapé, comme si elle s'installait pour un débat.

— Discutons du testament.

Je m'adossai à mon fauteuil, sachant que je n'allais pas dormir avant un bon moment, et je me préparai à ce que deux des femmes les plus intelligentes que je connaissais me donnent les raisons pour lesquelles elles avaient tout pris à Shah.

— Je vais écouter, mais je ne promets rien.

— C'est plus que ce que tu nous accordes depuis des années.

Jayna se leva comme si elle était sur le point de présenter un dossier au tribunal. Cependant, son pyjama orné de pénis m'empêchait de la prendre au sérieux.

— Eh bien, commençons par l'héritage, vu que tu as mis le sujet sur le tapis, dit-elle, me jetant un regard noir alors qu'elle posait une main sur sa hanche. Et arrête de te moquer de mes vêtements. J'ai des points importants à soulever.

— Eh bien, Jay. Nous avons effectivement l'air un peu ridicules avec des pénis et des vagins sur nos pyjamas. Peut-être qu'on devrait l'emmener chez toi et tu prépareras le petit déjeuner. Comme ça, la nourriture le distraira de cet arc-en-ciel de pénis.

Bon sang, comme j'aimais ces femmes ! Le monde pouvait bien s'écrouler, elles trouvaient toujours un moyen d'améliorer les situations les plus délicates grâce à leur sens de la dérision.

Onze

CHAPITRE ONZE

D^{evani}

Deux semaines après la nuit avec Sam, je me rendis dans la cuisine du manoir Joshi. Il était un peu avant six heures et demie du matin, et j'espérais éviter tout le monde, à l'exception du personnel de maison qui préparait le petit déjeuner pour la multitude d'invités présents dans la maison.

Ces dîners et ces fêtes me tapaient sur les nerfs. Au moins, Mia, la sœur de Neil, âgée de treize ans, était là ce week-end. Sa présence m'avait permis d'avoir quelqu'un d'intéressant avec qui bavarder pendant le dîner ennuyeux de la veille.

Un minimum de trois tasses de café était nécessaire pour m'empêcher de bâiller toute la journée. Quatre heures de sommeil ne suffisaient plus à me donner de l'énergie. Mon corps semblait déterminé à faire des ravages ces derniers temps.

Techniquement, j'aurais dû en vouloir à Neil pour mon manque de repos. De minuit à deux heures, j'avais placé des puces de surveillance dans tous les petits coins et recoins de l'immense demeure des Joshi. Heureusement pour moi, la chambre que Neil m'avait attribuée pour mon séjour avait une ouverture cachée menant aux passages secrets de la maison.

Cet abruti aurait pu s'occuper de cette tâche depuis long-temps s'il n'était pas à ce point parano à propos des insectes et autres.

Maintenant, j'étais épuisée, j'avais mal au dos à force de me tourner dans tous les sens et j'étais prise de nausées pour une raison inconnue.

Peut-être que j'avais juste besoin de manger.

Bon sang, même à mes propres oreilles, j'avais l'air d'une garce.

Oui, c'était la priorité.

Du café.

— Bonjour, dit Mia d'une voix bien trop excitée pour cette heure matinale, quelques secondes avant de me prendre dans ses bras. Je suis tellement heureuse que tu sois debout !

— Comment se fait-il que toi, tu sois debout ?

— Je n'arrivais pas à dormir. Je déteste cette maison. Elle

me donne la chair de poule, dit-elle, balayant la pièce du regard. J'ai toujours l'impression que les gens me regardent.

Je ne m'attendais pas à ce que quelqu'un me dise cela dès le matin. Surtout pas la sœur de Neil. Ce qui signifiait qu'elle devait soupçonner, voire connaître certaines des choses dans lesquelles son père était impliqué.

Neil cachait son jeu quand il était question de sa mère et de sa sœur. Il se montrait si extrême à ce sujet que j'avais compris qu'il ne fallait pas poser de questions. Il ne m'aurait pas fallu longtemps pour obtenir ces informations si j'avais voulu creuser, mais je respectais trop Neil pour m'immiscer dans sa vie privée. Il était mon frère, au même titre que Danika était ma sœur, dans tous les sens du terme, sauf par le sang.

Il me laissait garder mes secrets, et je faisais la même chose pour lui. S'il voulait que je sache, il me le dirait. Quoi qu'il arrive, nous nous soutenions mutuellement.

J'attendis que l'un des employés de maison qui s'agitait dans la cuisine intervienne :

— Mademoiselle Joshi, ce n'est que votre imagination débordante. Personne ne vous observe.

Mais tous gardaient le silence et se jetaient discrètement des coups d'œil.

Comme le personnel de toute famille aisée, ils étaient au courant des moindres détails sordides relatifs à leurs employeurs et savaient parfaitement se taire. Certains par loyauté envers la famille qu'ils servaient, d'autre par peur, comme dans le cas du personnel de Shah. J'avais l'impression que la maison Joshi fonctionnait de la même manière.

— Tu pourras peut-être me faire visiter les lieux plus tard, et me montrer d'où tu penses qu'on t'observe, suggérai-je, me libérant de son étreinte. Mais d'abord, j'ai besoin d'un café.

Je n'avais eu que quelques échanges avec Mia, et à chaque fois, j'avais remarqué qu'elle ne témoignait de l'affection que lorsqu'elle se sentait en sécurité. Elle me prenait rarement dans ses bras, et seulement si son père ou ses amis n'étaient pas là.

Le fait qu'elle ne se sente pas protégée sous le toit de son propre père était le signe qu'Arun Joshi méritait tout ce que nous avions prévu pour lui.

— Ils ne sont pas encore prêts à apporter le petit déjeuner. En général, je prends quelque chose dans le garde-manger.

Mia montra son bol de céréales posé sur la longue table de ferme au fond de la cuisine.

— Je gère. Tout le monde est habitué à mes descentes du matin pour prendre un café.

Mia prit place sur le banc devant son repas et me regarda comme si elle s'attendait à ce que je demande au personnel de me servir.

Si seulement elle savait. J'avais grandi dans un internat où mes professeurs m'avaient enseigné toutes les règles de la bonne société, mais qui ne nous avaient jamais servi quoi que ce soit.

Ensuite, j'étais entrée directement chez Solon. Tout le monde se fichait de savoir si j'étais pauvre, ou la célèbre reine des diamants de New York. La seule chose qui comptait, c'était de savoir si j'avais terminé ma mission et si j'avais atteint mes objectifs.

Je pouvais passer d'un jour de randonnée au milieu de la jungle à un jour de banquet européen avec un prince, où la nourriture était très probablement empoisonnée. Si je voulais manger en toute sécurité, je devais m'approvisionner moi-même.

Je me dirigeai vers le coin repas du personnel, remplis une tasse de café, la bus d'une traite, rechargeai mon mug, puis m'installai à la table, à côté de Mia.

Elle resta assise en silence pendant quelques instants, remuant le contenu de son bol avec sa cuillère, puis elle murmura :

— Quand tu épouseras Neil, ne viens pas vivre ici. Il y a de bonnes raisons pour lesquelles maman et moi restons à l'écart.

Mes cheveux se hérissèrent sur ma nuque.

Je me rapprochai d'elle et répondis sur le même ton feutré.

— Qu'est-ce que tu veux dire ?

— Il se passe des choses ici.

Son regard se déplaça et elle redressa le dos lorsqu'un bruit se fit entendre dans le couloir à l'extérieur de la cuisine ; puis elle porta sa cuillère à la bouche.

Dans les dix secondes qui suivirent, Arun Joshi entrait. Il s'arrêta brusquement lorsqu'il me vit. Il portait un pantalon et un pull en tricot, et ses cheveux gris collaient à son crâne, m'indiquant qu'il venait de se doucher. Ce côté décontracté aurait dû le rendre plus accessible, mais il me donnait l'impression que c'était ce côté-là qui était le véritable prédateur, et non l'homme qui portait le costume.

— *Pourquoi mangez-vous ici ?* Vous auriez dû appeler, et ils vous auraient servie à votre poste.

Je pouvais presque entendre la voix de Danika dans ma tête, qui disait :

— Poste ? Quel poste, abruti ? Bureau de poste, poste de radio... Va te faire voir avec ton poste !

— *Ça me va très bien ici. Manger ici me permet de faire connaissance avec le personnel. Et j'ai droit à la formidable compagnie de votre belle fille.*

— *Ah oui, ma fille.*

Joshi scruta Mia avec un tel dédain que j'eus envie de la prendre dans mes bras et de la mettre à l'abri de sa haine.

Qu'est-ce qu'une enfant de treize ans avait bien pu faire pour susciter une telle réaction de la part de son père ?

Après avoir terminé son inspection hargneuse de sa fille, Joshi secoua la tête et déclara :

— *Manger avec des domestiques est une chose à laquelle tu devrais t'habituer. Ta foutue mère et toi ne méritez rien de moins.*

La situation avait rapidement dégénéré, et j'avais à peine bu une gorgée de ma deuxième tasse de café.

Merde.

Il est temps de réévaluer ma façon de traiter cette affaire. J'avais entendu trop de choses similaires de la part de mes oncles dans ma jeunesse.

Qu'il soit son père ou pas, Joshi n'allait pas traiter sa fille comme une moins que rien en ma présence.

Désolée, Neil, je suis sur le point de ne faire qu'une bouchée de ton papa chéri.

Avant que je ne puisse faire part à Joshi du fond de ma pensée, Mia se leva d'un bond de son siège, affichant sa rage et sa haine à l'égard de son père.

— Tu as fait d'elle une traînée. Tu l'as vendue à tes amis. Tu les as laissés la violer.

— La ferme, gamine ! s'exclama Joshi en s'avançant vers Mia.

— Non, je ne me tairai pas. C'est toi qui nous as fait ça.

Lorsque Joshi atteignit le fond de la cuisine, je poussai Mia derrière moi, je sautai par-dessus le banc et je bloquai le chemin de son père.

— Avez-vous perdu la tête ? Qu'est-ce que vous faites ? lui hurlai-je au visage.

— Restez en dehors de ça, Devani.

— Vous devez vous calmer et gérer cela rationnellement.

— Je suis en train de gérer une affaire familiale. Cette fille manque de discipline.

Il essaya de passer derrière moi, mais je le contrai et le séparai de Mia.

— Corrige-moi, alors. Laisse Devani voir dans quel type de famille elle entre, le railla Mia par-dessus mon épaule. *Peut-être qu'elle se ressaisira et qu'elle s'enfuira le plus loin possible.*

— Je te préviens, Mia.

L'ignorant, elle poursuivit.

— Raconte-lui notre grand secret de famille. Celui que tu t'efforces de cacher par tous les moyens.

— Ferme ta bouche tout de suite !

— Dis-lui que tu es stérile. Raconte-lui comment tu as prostitué ton épouse modèle en échange de fils et d'affaires lucratives ! Dis-lui que tu ignores lequel de tes amis est le père de Luke, et que celui de Neil est quelqu'un que tu détestes. Dis-lui que l'homme

qui m'a engendrée a fait une fille, et que tu as trouvé un moyen de t'en débarrasser.

Eh bien, nous étions passés d'une situation difficile à une *shitstorm* de niveau nucléaire.

J'aurais vraiment besoin d'aide, Neil.

Si seulement la télépathie existait vraiment !

— *Comment oses-tu ?*

Il essaya de passer derrière moi et agrippa l'épaule de Mia, mais je repoussai son torse d'un coup d'avant-bras, le faisant reculer d'un mètre.

La surprise le fit rougir.

Eh oui, enfoiré. J'ai bien l'intention d'enseigner ce même geste à ta fille pour qu'elle puisse se protéger d'enfoirés dans ton genre.

— *Ne vous avisez pas de la toucher*, l'avertis-je. *C'est une enfant.*

— *Personne ne m'insulte sous mon toit. Encore moins une gamine pourrie gâtée.*

— *Vas-y, frappe-moi ! Ce ne serait pas la première fois.*

Mia me contourna, mettant Joshi au défi de mettre ses menaces à exécution.

Dans la seconde qui suivit, la main de son père s'abattit sur sa joue. Par réflexe, je le frappai à la mâchoire, faisant jaillir le sang de sa bouche.

Mon sang bouillonnait de colère, et mes doigts me démangeaient de fracasser ce type.

Mais je ne pouvais pas, je ne voulais pas. Pas maintenant, en tout cas.

Je verrouillai ma rage et laissai mon entraînement prendre le dessus. J'étais calme, posée, pragmatique... en grande partie.

— *Vous ne frapperez pas une enfant en ma présence. Vous ne frapperez pas une enfant hors de ma présence.*

Dans ma voix, il n'y avait plus la moindre grâce de la femme mondaine. Rien que le tranchant froid de l'arme créée dans l'enfance.

— *Écoutez-moi très attentivement. Si vous tentez de lever la main sur elle à nouveau, je prendrai un malin plaisir à briser dos doigts les uns après les autres.*

Le silence retomba dans la pièce lorsque ma menace transperça le chaos de l'altercation dans la cuisine. Le personnel continuait à travailler. Cependant, ils se déplaçaient à un rythme beaucoup plus discret, comme s'ils craignaient de faire du bruit.

Je doutais fort que quiconque avait jamais tenu tête à Arun Joshi ; s'il l'avait fait, il se serait attiré ses foudres.

C'était le véritable Joshi. Celui qu'il montrait à l'abri des regards.

— *Comment osez-vous me menacer ?* demanda Joshi, détourna sa rage envers Mia sur moi, serrant les poings. *Seriez-vous prête à ruiner votre relation avec Neil pour une gamine que vous connaissez à peine ?*

Comme s'il avait entendu son nom, Neil entra dans la pièce derrière son père qui ne s'était rendu compte de rien.

Quiconque ne connaissait pas ses humeurs aurait pu croire que le masque détendu qu'il arborait traduisait le désintérêt ou l'ennui. Alors qu'en réalité, c'était tout le contraire. Son sang-froid ne tenait qu'à un fil.

Les deux personnes auxquelles Neil tenait le plus étaient sa mère et sa sœur.

J'espérais qu'il se retiendrait assez longtemps pour ne pas tuer son père dans une pièce pleine de monde. Cela compromettrait complètement cette affaire.

Bon sang, je l'avais déjà compromise en frappant Joshi !

Merde.

Nous étions foutus.

Non. J'allais bien trouver quelque chose. Je m'étais tirée de situations plus pénibles que celle-ci.

D'abord, il fallait que je m'occupe de cet enfoiré.

Me tournant vers Joshi, je lui dis :

— *Absolument. C'est une enfant. Vous êtes un adulte qui se comporte comme un gamin. Non, vous êtes pire.*

— *Vous êtes-vous penchée sur vos secrets de famille ? Si l'un d'eux est rendu public, mon fils s'en ira sans un regard en arrière.*

Je ne pus m'empêcher de rire de cette pathétique tentative de m'intimider.

— *La belle affaire ! Ma famille est nulle. Faites ce que vous avez à faire, répandez ce que vous voulez à leur sujet ;* lui dis-je, me penchant en avant pour être nez à nez avec lui. *Je m'en fiche. Je suis la reine des diamants. Je connais ma valeur. Vous avez besoin de moi pour maintenir votre position dans la société. Je le sais, et vous aussi. Je suis le prix que tous les abrutis veulent avoir dans leur coffre au trésor. Dommage que personne ne puisse me posséder. Je suis hors de prix.*

— *Neil ne tolérera pas ce type de comportement.*

— *Vous vous acharnez inutilement. Allez-y, croyez ce que*

vous voulez, lui dis-je, me tournant pour prendre la main de Mia. *Mia et moi allons passer du temps ensemble loin d'ici.*

Sa manière de saisir mes doigts et la tristesse profonde dans ses yeux me donnèrent envie de la prendre dans mes bras.

Mia et moi contournâmes Joshi, et je me plaçai volontairement entre sa fille et lui.

Alors que je passais devant lui, il me dit :

— *Neil est mon fils. Il me choisira toujours plutôt que vous. La loyauté envers la famille est essentielle pour nous.*

Mon regard se posa sur Neil, qui avançait vers nous. Il ouvrit les bras et Mia lâcha aussitôt ma main pour courir vers lui.

— *Tu en es vraiment sûr, papa ?* demanda Neil en serrant sa sœur dans ses bras, et elle enfouit son visage dans sa poitrine. *Comment pourrais-tu obtenir un héritier de moi si je n'ai pas l'épouse que j'ai choisie ?*

Sans regarder Neil, Joshi répondit :

— *Il y a beaucoup d'autres candidates pour la remplacer.*

— *Elle n'est pas remplaçable. Elle n'est pas une marchandise.*

Neil déposa un baiser sur le sommet de la tête de Mia, puis lui fit signe de quitter la pièce. Elle acquiesça, me regarda, puis sortit à la hâte. J'avais envie de la suivre, mais je savais que Neil avait davantage besoin de moi à ce moment-là.

Depuis le début, nos objectifs personnels coexistaient avec ceux de l'affaire. Jusqu'à présent, je n'avais jamais vraiment compris la profondeur de la haine de Neil pour son père. Sa motivation n'avait jamais été axée sur la corruption de Joshi ou la destruction de l'entreprise, mais sur l'existence de Neil et la douleur de sa mère.

Cela me donnait une raison de plus de faire tomber ces enfoirés.

Joshi pour Neil.

Shah pour Sam.

Sam.

Une boule se forma dans ma gorge. J'avais beau essayer de ne pas penser à lui, il restait dans un coin de ma tête. Peut-être qu'un jour, il me pardonnerait pour ce que je nous avais fait.

— *Ne laisse pas ta faiblesse pour ta mère altérer la manière dont le monde fonctionne.*

Le ton de la voix de Joshi ramena mon attention sur l'échange qui se poursuivait entre le père et le fils.

— *Ton frère a compris son devoir. Tu feras le tien.*

Neil vint se poster à côté de moi, ce qui lui valut un regard noir de la part de son père.

— *Luke est mort. Son devoir, comme tu dis, l'a rendu stupide et lui a coûté la vie. Je suis loin d'être idiot. Et si j'ai des devoirs, c'est envers ma mère et ma sœur, pas envers toi.*

— *Tu es faible. Je n'aurais jamais dû te reconnaître. Tu n'es pas mon fils.*

— *Dommage. Je suis tout ce qu'il te reste. Luke n'est plus là pour perpétuer ton héritage. Et tu ne transmettras jamais rien à ta fille; je t'ai empêché d'obliger ma mère à avorter d'elle.*

Une rage que je n'avais jamais ressentie irradiait de Neil. Il respirait toujours calmement. Cependant, l'infime flexion de ses doigts trahissait le fait qu'il était prêt à saisir l'arme qu'il gardait dans un holster contre son flanc.

Les prochaines paroles de son père allaient décider de son sort : il était question de vie ou de mort. Je ne pouvais pas le laisser porter le chapeau pour ça.

Merde. Merde. Merde.

Je balayai la pièce du regard. Six personnes.

Ils avaient tous l'air d'être prêts à prendre la fuite, mais n'osaient pas faire un geste.

Première option : tuer tout le monde, appeler l'équipe de nettoyage, et tout faire disparaître. Ce n'était certainement pas la meilleure idée et ce n'était pas non plus ainsi que je travaillais.

Deuxième option : tuer Joshi, extraire et relocaliser le personnel de cuisine, nettoyer la scène et feindre l'ignorance. Prometteuse, mais qui impliquerait un cauchemar logistique.

Troisième option : laisser vivre ce salaud et improviser.

Je détestais cette partie de mon travail.

Je protégerais Neil, quel qu'en soit le prix. Mais mon instinct me disait que tout le monde dans cette pièce voulait voir Joshi mort. La deuxième option était sans doute donc la meilleure.

Quelques secondes seulement s'étaient écoulées depuis la déclaration de Neil, et je priais pour ne pas avoir à agir. Je préférais que le sang de Joshi soit sur mes mains que sur celles de Neil. Il ne pouvait pas porter le poids du meurtre de son père.

— *Pourquoi voudrais-je d'une enfant qu'elle a conçue en se prostituant pour obtenir un centime de ma fortune ?*

Ç'aurait été trop beau.

Avant que Neil fasse un geste, je chassai les pieds de Joshi et le fis tomber sur le dos. En pivotant, j'appuyai mon talon sur sa trachée, je dégainai le pistolet que j'avais glissé à l'arrière de mon pantalon, et je le pointai sur sa tête.

Le choc, l'horreur et l'expression de Joshi me procurèrent une froide satisfaction.

Cet enfoiré continuait à me sous-estimer.

— *Donne-moi le feu vert, et je le ferai pour toi. Tu n'as pas besoin d'avoir ça sur tes mains.*

Je regardai Joshi droit dans les yeux, qui comprenait enfin que je n'aurais aucun scrupule à appuyer sur la détente.

— *Non, je veux qu'il vive. J'ai activé la phase deux de notre plan. Et quand nous en aurons terminé, je veux qu'il me voie donner tout ce qu'il possède à cette fille qu'il déteste tant.*

— *Je contrôle cette entreprise,* croassa Joshi.

— *Vous ne pouvez pas me forcer à faire quoi que ce soit.*

La phase deux. Bon sang, il était temps !

Neil avait convoqué notre équipe d'interrogateurs. Cela signifiait également qu'il voulait que son côté effrayant entre en jeu.

— *C'est là que vous faites erreur. Neil et moi possédons des compétences qui dépassent largement votre imagination. Quelque chose qui se situe plutôt dans le domaine du mortel.*

Pour empêcher Joshi de parler, j'augmentai la pression sur sa gorge. Il siffla légèrement, et je poursuivis.

— *Je ne suis plus la reine des diamants, et il n'est plus le prince Joshi. Et, honnêtement, jouer ces rôles devenait épuisant.*

Je levai mon pied du cou de Joshi qui toussa et cracha du sang. Il s'assit et me jeta un regard noir, mais il resta par terre.

— *Avez-vous la moindre idée de ce que vous avez fait ? Les personnes présentes dans cette pièce viennent de vous voir m'agresser.*

Juste à ce moment-là, un picotement me parcourut l'échine, et je sus immédiatement que Noah et notre équipe étaient arrivés. Ils rassembleraient le personnel de la cuisine et le réinstalleraient dans des vies différentes, à des postes différents.

Solon ciblait et tuait pour une raison. Nous permettions rarement que des innocents deviennent des dommages collatéraux.

— *Je doute que vos employés n'aient pas pensé à vous casser la figure une fois ou un million depuis qu'ils travaillent pour vous. Je n'ai fait qu'exaucer leurs vœux.*

Une pensée me vint : comment l'équipe avait-elle pu arriver aussi vite ? Neil n'avait pu envoyer le message que quelques secondes plus tôt.

Les puces électroniques. Bien. Ma privation de sommeil en valait la peine, au final.

L'équipe s'était sans doute mobilisée à la seconde où la dispute avec Mia avait commencé. Je n'avais jamais été du genre à rester les bras croisés quand quelqu'un malmenait un enfant.

Oui, mieux valait que je me prépare à recevoir un sermon de Noah Carter sur la maîtrise de mes nerfs et de mes coups de pied.

La confusion se lisait sur le visage de Joshi.

Il ne saisissait toujours pas la dynamique de ce qui se passait, et il se concentrait sur Neil.

— *Vas-tu rester là à jouer le rôle de son valet ? Je n'arrive pas à croire que j'ai élevé un fils aussi pathétique.*

— *Pour répondre à ta question, oui. Comme elle est la plus haut gradée de l'opération, c'est d'elle que je reçois mes ordres. Et, pour mémoire, tu n'as pas participé à mon éducation. Tu n'as même pas fourni les gamètes pour ma procréation.*

Joshi voulut se relever, mais je le repoussai du pied.

— *Merci d'être devenu l'homme que nous avions besoin que vous soyez ce matin.*

— *Vous m'avez manipulé pour que j'aie une altercation avec ma fille.*

Je jetai un coup d'œil à Neil, lui demandant en silence s'il était prêt. Le léger frémissement du coin de ses lèvres me donna la confirmation qu'il était temps de mettre fin à cet échange.

— *J'aimerais m'attribuer le mérite de tout ce qui s'est passé, mais vous avez tout fait par vous-même. Maintenant, monsieur, vous êtes sur le point de rencontrer quelqu'un que personne ne considérerait comme faible. Une fois qu'il aura terminé, je pourrai jouer. Bienvenue dans notre monde.*

Je reculai lorsque Neil se pencha, attrapa Joshi par la chemise et le souleva.

— *Salut, papa. On m'appelle l'Extracteur. Ma spécialité est de travailler avec des informateurs hostiles. Je pense que tu remplis les critères. Maintenant, tu es ma marionnette. Ce que tu sais, je le saurai. Et si tu ne fais même que penser à m'atta-quer, je te ferai payer pour chaque fois que tu as laissé quelqu'un faire du mal à ma mère alors que j'étais trop jeune pour la protéger.*

Douze

CHAPITRE DOUZE

Devani

— Cette robe n'a pas l'air très appropriée pour un gala, constata Neil en passant sous la voûte séparant ma chambre de ma salle de bains.

Je le regardai dans le reflet du miroir au-dessus de ma coiffeuse.

— Une autre opportunité s'est présentée et je ne pouvais pas la refuser.

Une occasion de capturer un membre européen du Cercle

qui avait décidé de se rendre aux États-Unis pour une réunion matinale avec un partenaire. Je voulais que ce poids lourd se retrouve hors du pays et qu'il soit caché dans une jolie cellule avant le lever du soleil.

Je voulais que Shah soit nerveux et méfiant à l'égard de tous ceux qui l'entouraient. Et en éliminant le courtier qui négociait tous les contrats internationaux du Cercle et la personne avec laquelle Shah prévoyait de prendre le petit déjeuner le lendemain matin, j'atteindrais mon objectif.

Je m'attendais à ce que Neil me prenne la tête plus tard pour l'avoir laissé dans l'ignorance. Cependant, pour ma défense, j'avais attendu une semaine entière après l'incident et l'interrogatoire au cours desquels Joshi était devenu notre marionnette bavarde.

Et compte tenu de ce que j'avais découvert en fouinant la nuit précédente, il était impératif que j'agisse dès que j'aurais la confirmation de l'embarquement de notre criminel sur son vol.

Mais, d'un autre côté, si j'avais dit à quelqu'un que j'avais l'intention de me faufiler à nouveau dans le manoir des Shah, ils auraient perdu leur sang-froid. Pendant des semaines, mon instinct m'avait poussée à chercher à découvrir ce que Shah cachait dans ce compartiment.

Jamais je n'aurais imaginé que le terrier du lapin était aussi profond.

Je savais maintenant qu'il gardait des traces de tout. Depuis son implication avec Veda Kumari et ses mises à jour constantes sur les allées et venues de Sam, jusqu'à l'histoire du Cercle des dix, les accords, en particulier la contribution de chaque personne, et surtout, le linge sale de chaque membre, y compris le sien.

J'avais appris que tout ce que Mia avait dit ce matin-là dans la cuisine était vrai. Joshi s'était servi de sa femme comme monnaie d'échange pour conclure des marchés, et il y avait cinq pères potentiels pour Luke.

Ensuite, il y avait le père biologique de Mia, l'homme que Joshi avait éliminé pour permettre à son fils Lukesh de rejoindre le Cercle : Kasim Simran.

Superstar de Bollywood devenue magnat des médias, il était mort tragiquement, pour autant que le monde le sache, dans une avalanche inattendue au cours d'un voyage d'aventure au Népal.

Shah avait rassemblé les noms, les dates, les transactions bancaires et même les relevés téléphoniques de toutes les personnes impliquées dans sa mort. Les personnes impliquées dans ce complot étaient aussi bien des poids lourds de la politique mondiale que des magnats de l'immobilier.

C'était la police d'assurance de Shah pour préserver sa place dans le monde et la raison pour laquelle Arun Joshi continuait à jouer la comédie de l'amitié alors qu'il le haïssait profondément.

— Qu'est-ce que tu ne me dis pas ? me demanda Neil, se rapprochant pour s'asseoir sur le canapé au centre de ma salle de bains.

— Je ne te dis jamais tout. Tu devrais le savoir, maintenant.

— Tu t'es rendue chez Shah hier soir alors que je t'avais dit d'attendre, me reprocha-t-il d'un ton neutre, mais où perçait son irritation.

Nous avions travaillé ensemble bien trop souvent pour qu'il puisse le cacher, et il me connaissait trop bien pour croire que je n'essaierais pas de m'attaquer à la maison si je savais que c'était la dernière nuit où Shah serait en voyage d'affaires.

— La dernière fois que j'ai vérifié, c'était moi la responsable. Je ne reçois pas d'ordres de toi.

— As-tu pensé à ta sécurité, ou est-ce que tu t'en fous complètement maintenant?

Je ne menais jamais d'opérations sans contrôle approprié, et il le savait très bien.

— Va te faire voir, Joshi, répliquai-je en plissant les yeux. Je dois finir de me préparer. Je communiquerai les détails de mon exploration du manoir Shah au moment et à l'endroit que j'aurai choisis.

Ignorant mon irritation, il demanda :

— C'est si grave que ça?

Il ne savait pas à quel point. L'interrogatoire d'Arun Joshi, bien que satisfaisant pour Neil, s'était avéré être une perte de temps. En dehors de s'assurer de sa coopération pour agir selon nos instructions sous peine d'en subir les conséquences, il n'avait rien divulgué d'autre que ce que nous avions déjà découvert.

Lors de la formation du Cercle, Arun Joshi était le plus puissant, et il avait pris la direction du groupe. En tant que membre le plus riche, il avait financé les projets de tous. En échange, il avait exigé de l'ADN. Il était allé jusqu'à choisir lui-même les membres du Cercle des dix qui seraient les pères de ses enfants.

Cette volonté de sélectionner la bonne lignée avait donné

naissance au programme *Legacy*, un réseau clandestin d'enlèvement et de procréation. Ils fournissaient aux couples fortunés des héritiers lorsqu'ils ne parvenaient pas à concevoir un enfant de manière naturelle. Les femmes qu'ils enlevaient n'étaient pas choisies au hasard, mais en fonction de leur pedigree et de leurs antécédents.

Un jour, elles vivaient leur vie, et le suivant, elles disparaissaient.

Ma visite dans la cachette de Shah m'avait révélé plus que je n'aurais pu l'espérer, y compris un secret que Neil ne voudrait jamais voir apparaître au grand jour.

Ce devait être la raison pour laquelle il détestait tant son père et qui l'avait poussé à prendre des mesures aussi draconiennes pour protéger sa mère et sa sœur.

Cela expliquait aussi sa réaction au bal, quelques semaines plus tôt, lorsque Shah avait mentionné qu'il n'avait pas de fils. J'avais vu la rage meurtrière dans le regard de Neil, non seulement à l'égard de Shah, mais aussi de Joshi.

Je ne pouvais qu'imaginer ma réaction si je découvrais une telle chose au sujet de ma propre naissance. Peu importaient les détails, j'avais le cœur brisé pour Neil et Mia. Peut-être que leur mère le leur avait dit, ou bien ils l'avaient découvert par eux-mêmes. Ce genre de réalité était dévastateur pour tout le monde.

Shah avait gardé des archives sur chaque acheteur du programme Legacy, sur chaque enfant conçu et sur chaque femme dont ils avaient détruit la vie. Parmi eux, Arun Joshi et le rôle joué par Shah pour l'aider à atteindre son objectif d'avoir un autre fils.

Il avait conservé les informations comme s'il s'agissait d'un journal qu'il prendrait plaisir à relire plus tard. Il avait consigné des détails explicites sur tout, de la façon dont il avait forcé Smita Joshi à concevoir Neil jusqu'aux noms et liens des personnes qu'il avait engagées pour kidnapper Sam après la mort de sa mère.

Un enlèvement qui n'avait jamais eu lieu, car Nik et Kir l'avaient gardé auprès d'eux et l'avaient sauvé.

— Oui, c'est si grave que ça, lui répondis-je.

L'agacement que j'avais ressenti à son égard avait complètement disparu, complètement remplacé par un besoin de le venger.

— Ce n'est pas le moment de faire un briefing.

— Je vais laisser tomber pour le moment.

— Comme si tu avais le choix.

Fouillant dans mon tiroir à maquillage, je choisis la teinte parfaite de rouge à lèvres, j'appliquai la couleur, pinçai les lèvres et remis le tube à sa place.

— Tu vas vraiment te défiler ? Le soir où nous sommes censés annoncer nos fiançailles ?

— Absolu-foutre-ment. Mais je dois dire que tu as l'air tout à fait appétissante. Enfin, si j'aimais le style défilé de mode, élégant.

Il portait un smoking blanc et noir fait sur mesure et avait les cheveux lissés vers l'arrière comme lui seul savait le faire. Je l'appelais son look de « magnat rebelle ». Neil ne trouvait pas ce nom amusant. Selon lui, c'étaient les mannequins qui héritaient de ce genre de surnoms, pas les directeurs d'agences d'espionnage.

— Je sais très bien que tu as un penchant pour le genre underground et avant-gardiste, même s'il se présente en costume trois pièces, dit Neil avec un grand soupir. En tant que directrice, tu sais que ce n'est pas ainsi que tu es censée gérer les choses. Tu ne peux pas changer tes plans à la dernière minute pour des raisons personnelles.

Mon estomac se serra et une vague de nausée me traversa à l'idée de porter une bague offerte par quelqu'un d'autre que... non, je refusais de m'aventurer sur ce terrain.

Je vérifiai une dernière fois mon maquillage avant d'aller dans mon dressing chercher les chaussures assorties à ma robe de soirée.

— En tant que directrice, je peux changer de cap comme je l'entends.

— C'est à cause de King, n'est-ce pas ?

Je jetai un regard à Neil à travers la porte ouverte.

— Il n'y a rien entre lui et moi. C'est terminé.

Depuis cette nuit-là, dans le penthouse, il n'y avait plus eu de communication ni d'interaction. Il voulait de moi une chose que je ne pouvais pas lui donner. La distance restait la meilleure solution.

— Tu étais d'accord pour dire qu'après le peu de renseignements fournis par le vieil homme, les fiançailles représentaient la prochaine étape la plus logique, dit Neil, ajustant sa position sur le canapé pour m'avoir dans son champ de vision. Plus vite nous annoncerons nos projets de mariage, plus vite Shah organisera une fête. Ses amis proches de l'étranger se rassembleront, et nous pourrons les appréhender.

Sans rien dire, je glissai mes pieds dans mes talons aiguilles.

— Parle-moi. Je suis l'une des rares personnes à comprendre les relations compliquées. Ma moitié a accepté une mission sur un autre continent parce j'ai merdé.

— Je n'ai pas le temps pour ça. J'ai un boulot ce soir.

— Si je me montre sans toi, ça va poser des problèmes. Les médias vont en parler.

— Je ne peux pas, Neil.

— Pourquoi ? Donne-m'en la raison, et je ne poserai plus la question, insista-t-il, posant les avant-bras sur ses genoux, soutenant mon regard. Ou bien, est-ce que tu ne te l'es même pas avoué à toi-même ?

Je pinçai les lèvres pour ne pas dévoiler mes pensées : trop de choses s'agitaient en moi. Non seulement mon furetage avait révélé de nombreux secrets, mais il avait aussi fait apparaître que Sam n'était pas l'aîné des petits-enfants de Sara Shah et l'héritier de sa fortune. C'était Neil.

Sam et Neil étaient frères, demi-frères. Il était hors de question que j'envisage de faire semblant de me fiancer avec Neil.

Tout cela ressemblait à une tragédie grecque, sauf que nous étions Indiens.

— Je connais la vérité, Devani.

Au lieu de répondre, je fixai Neil d'un regard vide.

— Ce n'est pas grave d'admettre ce que tu ressens pour King.

Oh. Il voulait dire qu'il connaissait la vérité pour Sam.

Prenant une profonde inspiration, je lui dis :

— Je ne pourrais envisager de porter la bague que d'un seul homme, et cette possibilité est inexistante.

— Pourquoi ?

— Parce que ce que je suis et ce que je prévois de faire rend la chose impossible.

— Ce sont des conneries.

— Non, tu ignores ce dont je parle.

— Oh! Bien sûr que je sais.

— De quoi crois-tu qu'il s'agit?

— Tu as l'intention d'éliminer Shah. Tu as l'intention de rendre à ses enfants et à sa nièce tout ce qu'il leur a pris, affirma Neil en souriant. Nous avons des objectifs similaires, Devani. La seule différence, c'est que je le fais pour ma sœur, pas pour l'homme que j'aime ou mes amies.

Eh bien, cette fois, il m'avait eue. Sauf que, maintenant, j'avais ajouté Neil à la liste des personnes pour lesquelles je le faisais.

Je revins vers le canapé et pris place face à lui.

— Depuis combien de temps le sais-tu?

— J'en ai eu la confirmation le soir où tu as retrouvé ton contact au bal. Ou, devrais-je dire, ton contact alternatif?

Je levai le nez, et il m'adressa un sourire en coin.

— Comme toi, je remarque tout. Les changements de garde-robe au milieu des bals sont extrêmes, même pour la reine des diamants.

Comme il n'avait pas fait de commentaire sur ma nouvelle tenue, j'avais supposé qu'il mettait cela sur le compte de ma personnalité excentrique.

— Je te déteste vraiment, parfois. Finis de me dire ce qui m'a trahie.

— C'est le regard que tu as adressé à Shah pendant le dîner, quand il a parlé de l'avenir de son entreprise et de son souhait d'avoir un enfant avec sa nouvelle femme, vu que les petits-enfants n'étaient pas dans son avenir. Je ne t'ai jamais vue manifester cet intérêt froid et dépourvu d'émotion qu'à l'égard d'une personne que tu avais l'intention de cibler.

— En tant que membre du Cercle des dix, il est une cible.

— Arrête tes conneries. Je sais reconnaître une personne figurant sur la liste des gens à abattre quand je la vois. Peut-être était-ce aussi le fait que King était directement dans ton champ de vision. Tu dégageais cette énergie qui hurlait que, si on t'en donnait l'occasion, tu te serais occupée de Shah devant toute la salle de bal et tu aurais ri.

— Vas-tu me dire que les vendettas personnelles n'ont pas leur place dans notre corps de métier?

— Si j'étais du genre à suivre les règles, et que je parlais en tant que futur directeur de Solon Amérique du Nord, je dirais oui. L'actuelle directrice devrait donner l'exemple.

— Mais?

— Mais... En tant que personne luttant contre ses propres démons et l'un de tes amis les plus proches, je suis tout à fait favorable à ce que le monde soit débarrassé des ordures comme Shah.

Une vague de culpabilité me frappa en plein ventre. Que dirait-il lorsqu'il apprendrait que j'étais au courant pour ses démons?

Refoulant mon malaise, je lui dis :

— Je suppose que nous nous comprenons.

— Des fiançailles te permettraient d'atteindre plus facilement ton objectif final, voire de le réaliser plus rapidement.

— Quand ai-je choisi la voie de la facilité pour quoi que ce soit ?

Il secoua la tête et baissa les yeux sur lui.

— J'ai gâché un beau smoking pour rien.

— Tu pourrais aussi manquer le bal.

— Vraiment ? Et que devrais-je faire exactement de tout ce temps ?

— Que dirais-tu d'un vol pour Londres ? Tu pourrais rendre visite à quelqu'un qui est en pleine mission de reconnaissance au parlement.

Je jetai un coup d'œil à l'horloge ancienne posée sur la coiffeuse derrière Neil. Parmi toutes les personnes qui avaient besoin d'une pause, il était en haut de la liste.

— Tu pourrais prendre mon avion et une nouvelle équipe commencera au moment où tu atterriras. Ça te laisse quarante-huit heures de temps personnel ininterrompu avant ton vol de retour.

— Directrice, seriez-vous en train de me dire d'abandonner mes fonctions pour le week-end afin de m'envoyer en l'air ?

— Je n'oserais pas. Je veille simplement au bien-être de mes subordonnés. Nous avons tous besoin d'un jour ou deux pour recharger les batteries.

— Vas-tu faire de même ?

Je songeai à la nuit qui s'annonçait et répondis :

— En fait, je vais m'éclater ce soir. Quelqu'un m'a envoyé une invitation exclusive à une soirée poker.

— Ce qui veut dire que tu vas à *The Library*. Qui est le contact ?

— Marianna Sonnita.

Je ne pus m'empêcher de sourire en songeant à elle.

Cette Italienne au tempérament fougueux savait s'amuser. Elle dirigeait les vignobles Sonnita en Toscane, ce qui signifiait qu'elle était à la tête de la famille mafieuse du même nom. Et comme si elle n'était pas assez occupée, elle continuait à travailler comme officier supérieur du renseignement au sein d'Interpol Italie.

Ce soir, nous allions jouer aux cartes, rire ensemble et cibler le premier des trois enfoirés du Cercle des dix basés en Europe. Si tout se passait comme prévu, elle le mettrait à bord d'un vol pour Rome dès les premières heures du jour sans incident.

— Te souviens-tu de la dernière fois que vous vous êtes retrouvées ensemble? Il a fallu qu'on fasse intervenir une équipe de nettoyage pour réparer les dégâts suite à la raclée que vous avez collée au type.

Oups. J'avais oublié. J'espérais que tout se passerait comme prévu.

Je haussai les épaules et lui répondis :

— Je n'allais pas le laisser nous sauter dessus. Il a juste subi les conséquences.

— Puis-je supposer que ce n'est pas ton King qui est dans la maison ce soir?

— Je n'ai pas de King.

La rapidité de ma réponse en révélait beaucoup trop.

Lorsque Marianna avait suggéré *The Library* comme lieu pour épingler notre suspect, j'avais tout fait pour m'assurer que Sam n'était pas le frère chargé de superviser le club cette semaine. Je ne voulais surtout pas qu'il perturbe ma concentration, surtout après la dernière nuit que nous avions passée ensemble.

Sam me rendait faible. La distance était ce qu'il y avait de mieux pour nous. Ensuite, j'irais au bout de mon plan, et je poursuivrais ma vie.

— Lequel des frères est de service ce soir ?

— Kir, évidemment.

J'avais recruté Kiran King en tant qu'agent de liaison pour Solon plus de dix ans plus tôt. Depuis lors, nous nous échangions des faveurs ici et là.

Tous les King étaient au courant de notre lien, mais pas de la profondeur de nos relations d'affaires. Kir m'aidait de diverses manières, que ce soit en m'introduisant auprès des bons membres de diverses organisations politiques ou en négociant des accords avec des personnages haut placés de la pègre.

— Bien. Il connaît tes déclencheurs, et il saura gérer la situation si elle se dégrade.

— Merci pour le vote de confiance.

— Je suis réaliste. Deux femmes avec la même personnalité et des antécédents de comportement instable. Qu'est-ce qui pourrait mal tourner ?

— Va prendre ton avion et laisse-moi gérer mes affaires.

— N'oublie pas, me réprimanda Neil en haussant un sourcil, qu'à mon retour, tu me raconteras tous les détails de ton escapade. Tu me caches quelque chose intentionnellement. Tout ce que j'attends de toi, c'est que tu me confirmes que tu as trouvé ce que je pense.

———

J'arrivais à *The Library*, sentant le poids de l'attention des nombreux regards posés sur moi. C'étaient les quelques membres de l'élite new-yorkaise qui avaient eu la chance d'être invités par les frères King à pénétrer dans leur club de poker clandestin. Cette poignée d'individus faisait l'objet d'un examen minutieux, qu'il s'agisse de leurs intérêts financiers et personnels ou de leurs moindres secrets. La plupart d'entre eux devaient une faveur aux King.

Ils comprenaient aussi les règles du club. Il était strictement interdit de parler des personnes qu'on y rencontrait, ou de ce qui se passait dans l'enceinte du bâtiment. En cas de fuite, le coupable de l'infraction subissait de lourdes conséquences. Les King ne se chargeaient pas eux-mêmes des châtiments, ils les faisaient infliger par ceux qui leur devaient des faveurs.

Parfois, ils se salissaient les mains, et ces situations nécessitaient un grand nettoyage.

Tout le monde savait que les frères tenaient leur parole et que leurs proches étaient protégés et soignés comme s'ils faisaient partie de la famille.

Personne ne leur cherchait d'ennuis.

Voilà pourquoi leur loyauté restait intacte. Au moment de passer les scanners corporels, j'adressai un signe de tête au manager du club, Amir.

Ses yeux noirs brillaient. Sa bouche se plissa légèrement, d'une manière qui démontrait qu'il savait pertinemment que j'avais des choses attachées à mon corps.

Ses détecteurs de métal et d'objets électroniques ne faisaient pas le poids face à ce que j'avais sur moi. Les bijoux pouvaient cacher plus de choses que ce que les gens pensaient, tout comme les chaussures, les sacs à main et les accessoires de coiffure. De plus, le type de matériel que j'utilisais n'apparaissait sur aucun scanner.

C'était une danse que nous pratiquions depuis des années et, par respect pour l'intelligence de l'autre, nous n'avons jamais prétendu être autre chose que ce que nous étions.

Des prédateurs.

Nous nous étions croisés dans son ancienne vie d'antiquaire spécialisé dans les armes de haute technologie. Je l'avais engagé pour des projets qui demandaient une touche d'intraçabilité. Cependant, une fois que Kir l'avait intégré au giron de King Holdings, notre association s'était résumée à des échanges polis, mais nous n'avions plus de relations d'affaires.

Il aurait fait une belle carrière au sein de Solon s'il n'avait pas eu besoin de stabilité, d'une famille, et d'un avenir solide. Des choses qui n'étaient pas garanties, à moins de se retirer complètement de l'organisation. Et, même là, c'était discutable, en raison de notre mode de vie à haut risque.

— Mes invités sont-ils arrivés ?

— Oui. Certains se mêlent aux autres participants, d'autres sont à ta table. Nous allons les informer que tu es sur place et prête à jouer.

Dès qu'il eut terminé de parler, trois employés du club quittèrent la zone d'attente pour exécuter les ordres d'Amir.

— Merci. Pourras-tu également demander à M. King de venir me voir dès son arrivée ?

Il me scruta pendant un instant.

— Pour que les choses soient claires, tu fais référence à Kir. Ai-je raison ?

Je ne pouvais pas lui reprocher cette question. Au fil des ans, il avait organisé un nombre incalculable de parties privées pour Sam et moi.

Cette époque était révolue. Finies les rencontres clandestines dans les clubs, les penthouses ou divers endroits du monde. Je n'allais pas me mentir en pensant que nous ne nous enverrions pas en l'air si nous en avions l'occasion. Notre attirance resterait intense et viscérale.

Mais, au final, ce serait du sexe et rien d'autre.

Refoulant le chaos d'émotions qui m'envahissait, et gardant un visage impassible, je répondis :

— C'est lui que j'attends, puisqu'il est le frère prévu au planning.

Il acquiesça et fit un pas de côté tandis qu'un membre de l'équipe approchait.

— Caso va te conduire à ta table.

Quelques minutes plus tard, je m'approchai du groupe d'hommes et de femmes impeccablement vêtus qui se trouvaient à ma table. Ils étaient âgés de vingt à soixante ans. Tous disposaient d'un patrimoine d'au moins cent millions de dollars et naviguaient entre les mondes de la légalité et de la mafia.

Je les avais tous aidés à se sortir d'un pétrin ou deux par le passé. À l'exception d'une brune aux yeux bleus, qui me scruta de la tête aux pieds quand je m'approchai du siège vide en face d'elle.

Elle préférait provoquer des situations où les autres se retrouvaient piégés, pour ensuite mettre les choses en place.

— Ah, la voilà ! *Signorina* Patel, nous sommes prêts à jouer. Oui ? me demanda Marianna Sonnita avec un accent italien prononcé, tout en jetant un rapide coup d'œil à l'homme qui serait assis à ma gauche.

Bien sûr, elle avait placé la cible à côté de moi. Cette femme me dépassait d'au moins vingt centimètres, et ses six gardes du corps circulaient autour de la pièce. Ils pourraient intercepter cet idiot s'il s'enfuyait au moment où nous mettrions les choses en route.

Mon instinct me disait que nous avions affaire à un lâche.

Si cela se terminait par une situation où le nettoyage devenait inévitable, comme cela avait été le cas lorsque ce con avait essayé de malmener Danika, Kir ne me lâcherait pas.

Dans ce cas précis, cet idiot n'aurait pas dû essayer de faire chanter Danika pour qu'elle couche avec lui en échange de son silence sur ses activités au club. Une femme en colère munie d'un couteau tranchant pouvait causer beaucoup de dégâts.

— Absolument, *signora* Sonnita.

— J'espère que vous êtes prête à relever un défi. Nous avons des joueurs très coriaces à la table ce soir.

Elle leva son verre de champagne, et le groupe se mit à rire.

Oh, *merde*! nous avions un instable.

J'aurais peut-être dû me fiancer au lieu de venir ici.

TREIZE

CHAPITRE TREIZE

S^{am}

Vers minuit, ma voiture arriva dans la ruelle adjacente à l'immeuble abritant *The Library*. Selon la rumeur, Joshi prévoyait d'annoncer les fiançailles de Devani avec Neil ce soir-là, lors d'une collecte de fonds à laquelle j'aurais assisté en tant que représentant de la famille King. Mais je n'avais aucune envie de voir la bague d'un autre homme à son doigt, même si ce n'était qu'un stratagème.

— Bonsoir, monsieur King, me salua Amir, le manager du

club, lorsqu'il ouvrit la portière. Nous ne vous attendions pas ce soir.

— J'ai décidé de prendre la relève de Kir ce soir.

Je sortis de la voiture été ajustai ma veste de costume, puis je levai le visage pour respirer le parfum des pâtisseries qui flottait dans l'air.

Au-dessus du club de poker se trouvaient la librairie et le café qui portaient le même nom, *The Library*. Bien qu'il s'agisse d'une couverture pour notre entreprise, mes frères et moi gérions le commerce comme une véritable librairie indépendante. Un chef prometteur de notre ancien quartier gérait le café, et un enseignant du coin à la retraite dirigé le personnel du magasin. Il s'agissait d'un lieu de rencontre à SoHo, où les gens se détendaient en mangeant, en discutant et en lisant.

Je jetai un coup d'œil à l'un de mes agents de sécurité, et il inclina la tête. Il se dirigea ensuite vers le café pour récupérer les commandes de boissons pour notre équipe, y compris un double expresso pour moi.

Je me dirigeai vers le couloir menant au club.

— Quelles sont les informations pour ce soir?

— Salle comble, avec plus que notre part habituelle de flambeurs.

— C'est une bonne chose que je sois là à la place de Kir. Il déteste ces conneries de séances d'accueil.

Parmi tous les frères King, Kir était le plus timide et celui qui détestait tout ce qui le mettait sous les projecteurs. Il était donc, bien sûr, le plus beau de nous tous. Même avec les cicatrices laissées par l'accident de voiture, il gardait son visage de beau gosse. Et, bien entendu, en tant que timide, il avait épousé

Jayna. Ses tendances exhibitionnistes me donnaient envie de m'arracher les yeux.

Aucun frère ne voulait jamais surprendre sa petite sœur en train de faire quelque chose de sexuel.

— Cela pourrait être un problème. L'un de nos invités a demandé à voir votre frère.

— Il s'en remettra. Je peux gérer les mêmes choses que Kir. Qui est le flambeur ?

Amir hésita, ce qui me fit froncer les sourcils.

— Crache le morceau.

— La reine des diamants.

Tout se figea en moi.

— Qu'est-ce qu'elle fait ici ?

— Elle fait sa cour. C'était un arrangement avec votre frère. Une faveur pour une faveur.

Je contractai la mâchoire.

— Quel genre de faveur ?

— Je ne pose pas de questions, monsieur. Je m'occupe des détails.

Je m'avançai vers l'alcôve d'où je pouvais observer les événements dans la salle de jeu sans que personne ne me remarque. La salle vibrait d'énergie alors que des millions étaient en jeu au centre de chaque table. L'excitation, la tension, la peur, les regrets et l'exaltation étaient omniprésents, et le niveau de chacune de ces émotions dépendait des cartes que les participants tenaient dans leurs mains.

Le frisson de l'inconnu, le risque, la montée d'adrénaline, ou bien tout cela à la fois faisait naître quelque chose en chacun d'eux. Je comprenais l'exaltation. Gagner sur ses adversaires à la table et dans la vie était un sentiment incroyable.

À l'époque où je venais d'avoir vingt-cinq ans, un journaliste qui avait une dent contre Arin et moi avait publié un article intitulé, *L'héritier impitoyable d'Arin King : Qu'est-ce qu'un gamin issu d'un gang connaît à Wall Street ?*

Lorsque j'étais venu voir Arin, furieux, il avait ri et ignoré tout ce qui figurait dans l'article, à l'exception de la partie concernant *l'héritier impitoyable*.

Ensuite, il avait dit :

— Tu leur fais peur, mon garçon. Les plans fonctionnent. Ils n'ont pas menti. Tu es mon héritier impitoyable. Continue comme ça.

— Voici votre café, monsieur.

Je pris la boisson que me tendait mon agent de sécurité, je l'avalai et le reposai sur le plateau. La chaleur du breuvage me brûla la gorge. Avec un peu de chance, la caféine ferait rapidement son effet.

Je poursuivis mon examen de la salle, m'arrêtant à un endroit où un grand groupe de gardes privés surveillait les joueurs.

C'est là, au milieu de la mêlée, que je la repérai.

Époustouflante, voilà tout ce qui me venait à l'esprit pour la décrire. Ses cheveux cascadaient librement dans son dos et sa robe d'un violet profond, bien que simple, épousait ses moindres courbes.

Mon ventre se contracta lorsque je vis les bijoux qu'elle portait : une paire de longues boucles d'oreilles et une manchette en platine au poignet. Je les lui avais offerts pendant l'une de nos escapades secrètes.

Je me retins de passer une main dans mes cheveux en signe de frustration.

Elle savait ce que nous avions, et elle continuait à lutter contre.

Eh bien, cette fois-ci, c'était tout ou rien. Peu importait à quel point c'était douloureux. Je ne pouvais plus continuer cette relation intermittente.

— On dirait que la fin de la partie est proche, remarqua Amir en se plaçant à côté de moi. Croyez-vous qu'elle soit ici pour le travail ou pour le plaisir ?

Il répondit à sa propre question une seconde plus tard.

— Je dirais pour le travail.

Il n'y avait que trois raisons pour lesquelles Devani Maya Patel franchissait le seuil de *The Library*. Pour jouer, pour travailler, ou, si elle savait que j'avais l'intention de superviser la soirée, pour s'envoyer en l'air.

Comme Kir était celui des frères prévu au planning ce soir, la dernière option de la liste ne lui aurait pas traversé l'esprit.

Elle porta une coupe de champagne à ses lèvres. *Merde !* Je luttai pour ne pas traverser la pièce à grands pas et lui arracher la flûte des doigts. Puis je remarquai qu'elle ne buvait pas la moindre gorgée.

Apparemment, Van nous faisait l'honneur de sa présence ce soir.

Elle souleva le bord de ses cartes et leur jeta un regard neutre avant de faire un commentaire qui déclencha les rires autour de la table.

Elle jetait un sort maléfique, éblouissant hommes et femmes au point de leur faire perdre leur concentration sur les mains qu'ils jouaient. Elle fit monter la mise de vingt mille dollars en jetant une poignée de jetons.

Tous les joueurs, sauf deux, la suivirent. Puis elle alla plus loin, jusqu'à cent mille dollars. Il ne restait plus que deux autres joueurs.

Ah. Ses victimes étaient donc là. Leonard Gustov, un célèbre créateur de mode lié à un syndicat du crime polonais et la matriarche de la famille Sonnita, Marianna.

Toujours à côté de moi, Amir scrutait la scène.

— Observer la reine en action relève de la *masterclass* en espionnage.

— Quand est-elle arrivée ici ?

— Il y a environ deux heures. Compte tenu de son futur statut relationnel, c'est le dernier endroit où je m'attendais à la voir débarquer. Avant l'ouverture, Kir m'a appelé et m'a demandé de réserver une table pour Mlle Patel. J'ai suivi les ordres. Que croyez-vous qu'elle mijote ?

— On dirait qu'elle se prépare à planter un poignard dans l'un des deux fauves qui feignent d'être des chatons et qui sont restés dans le jeu avec elle.

— Je me dis que vous devriez le savoir. J'ai travaillé en free-lance pour elle avant de venir chez King Holdings. Sonnita fait partie d'Interpol.

J'aimais le mot *freelance.* Il couvrait tous les domaines, depuis le hacker jusqu'au concepteur d'armes, comme dans le cas d'Amir.

— Cela explique pourquoi sa famille s'en tire sans mal avec les choses qu'ils font.

Amir fit un geste englobant la pièce autour de nous.

— Il est utile d'avoir des personnes bien placées pour protéger nos intérêts.

Je souris en entendant les paroles d'Arin franchir les lèvres d'Amir.

— Je suis tout à fait d'accord.

En envoyant Rey à la CIA, Arin s'était assuré un moyen d'éviter les contrôles sur certaines de nos activités douteuses. En échange, les contacts de King permettaient à l'agence d'avoir des entrées dans notre monde, qu'elle n'aurait jamais pu infiltrer sans y consacrer énormément de temps et d'efforts.

— Dois-je organiser la partie privée habituelle pour vous et Mlle Patel ?

— Non. Ce ne sera pas nécessaire.

Je lus la confusion sur son visage, et il ouvrit la bouche comme pour m'interroger, avant de changer d'avis et garder le silence.

— Avez-vous l'intention de faire des rondes à l'étage ?

— Absolument. Je vais attendre la fin de la partie.

À ce moment-là, le regard de Gustov passa entre les deux femmes qui le défiaient. Il plissa les yeux et augmenta le montant de la cagnotte de cinq cent mille dollars.

— Il n'a rien et tente d'acheter sa victoire.

Je souris à mon tour.

— Gustov ignore à qui il a affaire. Insulter leur intelligence est la pire erreur qu'il puisse commettre.

Sonnita le suivit, puis Devani relança de cinq cent mille

dollars supplémentaires. Son visage demeurait impeccablement serein, comme si elle n'était pas assise devant un pot d'une valeur de près de quatre millions.

Une goutte de sueur perla sur le front de Gustov qui devait décider s'il allait se coucher et payer la dette qu'il avait contractée ou répondre au défi de Devani.

Comme s'il connaissait déjà le résultat, Amir parla dans le micro qu'il portait au poignet.

— Quelqu'un est sur le point de mettre les voiles. Table trois, avec la reine des diamants et celle des vignobles.

Nos agents de sécurité se mirent en position, prêts à faire face à toute éventualité. Sonnita fit un commentaire, ce qui lui valut un sourire en coin de la part de Devani, et qui fit rougir Gustov.

Sa pomme d'Adam remua lorsqu'il déglutit, puis il se leva, jeta ses cartes sur la table et se lança dans une tirade furieuse.

Puis il reporta son attention sur Devani.

Mes cheveux se dressèrent sur ma nuque. Cet enfoiré avait vraiment envie de mourir.

Il tendit la main pour essayer d'attraper les cartes de Devani. Sa main les avait à peine effleurées qu'elle pivota, lui plantant un coup de coude dans le torse avant de lui balancer un coup de poing au nez et à la gorge. Il heurta la table, et tous les autres invités s'écartèrent, ne voulant pas devenir des dommages collatéraux.

Ensuite, Sonnita empoigna Gustov par la chemise, ramenait son visage en sang vers elle, hurlait quelque chose en italien, puis lui assénait un coup de genou dans le ventre avant de lui prendre la tête et de la frapper à plusieurs reprises contre les piles de jetons.

La rage qui se lisait sur les visages des deux femmes défiait quiconque de les empêcher de tuer cet enfoiré.

Elle faisait également comprendre à l'ensemble des personnes présentes dans la salle que les deux mondaines étaient loin d'être des potiches et qu'elles étaient dangereuses.

— Putain de merde! s'exclama Amir, sortant en courant de la zone d'observation. Pourquoi cela se produit-il toujours quand je suis de service?

Avec un soupir, je secouai la tête et entrai dans la salle derrière lui. Pour la plupart, les joueurs étaient restés à leurs tables. Ils poursuivaient leur partie comme si de rien n'était.

Enfin, à l'exception de ceux qui se trouvaient à la table de Devani, bien sûr. Ils étaient rassemblés avec leurs agents de sécurité, et observaient la suite de leur partie de cartes avec une fascination morbide.

En dix ans d'existence, le club n'avait connu qu'un seul incident majeur nécessitant une intervention.

Non, erreur. Maintenant, cela faisait deux.

L'un était dû à Danika, l'autre à Devani. Il n'y avait rien d'étonnant à ce que les habitués de *The Library* les aient baptisés le *duo dynamique.* L'une ne pouvait pas rester sans rien faire pendant que l'autre s'amusait.

Je pénétrai dans le cercle où se tenait la sécurité du club, ne sachant pas comment gérer la situation. Devani serrait les poings, prête à asséner quelques coups supplémentaires à Gustov, désormais immobile.

Sonnita était entourée de ses hommes. Ils avaient beau

essayer, ils ne parvenaient pas à apaiser sa colère. De derrière le rempart qu'ils créaient, j'entendais un flot continu de marmonnements sans queue ni tête à propos d'idiots qui n'avaient aucune chance de gagner contre des femmes à l'intelligence supérieure et d'abrutis qui devraient garder leurs mains pour eux.

— Monsieur... La dernière fois que cela s'est produit, nous n'avions qu'une d'entre elles à gérer. Et Mme King, en tant que membre de votre famille, était plus facile à convaincre. Ces dames sont... commença Amir avant de faire une pause, le temps de trouver les bons mots. Ces dames sont plus imprévisibles.

Peut-être oubliait-il que Danika avait failli étriper l'enfoiré qui l'avait touchée. Non, elle l'avait éviscéré en plantant le type depuis l'aine jusqu'au ventre. L'un de mes hommes avait dû maintenir les intestins de l'abruti jusqu'à l'arrivée de l'équipe de secours.

— Commençons par emmener M. Gustov dans la salle d'attente. Nous devons lui administrer les premiers soins pour nous assurer qu'il ne mourra pas, mais rien de plus. Pendant que vous le gardez dans le monde des vivants, faites intervenir notre équipe pour le nettoyage. Veillez aussi à ce que Mlle Sonnita soit aussi tranquille et à l'aise que possible pour le reste de la soirée.

— J'en déduis que vous allez gérer votre reine ?

Ma reine.

— Vous devriez savoir qu'on ne peut pas gérer une reine, affirmai-je avant de me diriger vers Devani.

Alors que j'étais à quelques mètres d'elle, elle se retourna, ses yeux remplis de rage et de désir se plantant dans les miens. Son visage était rougi, sa respiration mesurée et trop contrôlée.

Sa façon de se tenir annonçait que la mondaine raffinée n'existait plus et qu'il ne restait qu'une prédatrice prête à bondir.

Mon corps réagit comme si elle m'avait provoqué en duel, et un besoin primitif de la dominer me traversa, faisant durcir mon membre.

— Pourquoi es-tu ici ? me demanda-t-elle.

Elle se lécha les lèvres, et je me dis qu'elle s'imaginait goûter les miennes.

— Pour t'escorter hors de la salle de jeu, dis-je avant de faire un geste vers Gustov. C'était un sacré spectacle.

— Laisse-moi répéter, insista-t-elle, la voix calme et posée. Pourquoi es-tu là ? C'est Kir, le frère prévu au planning pour ce soir. Je m'en suis assurée.

Elle voulait donc m'éviter. Quel dommage !

— Je lui ai donné sa soirée, expliquai-je, et je la vis se raidir lorsque je me rapprochai. Maintenant, à toi de répondre à la même question. Pourquoi es-tu ici ? Pourquoi n'assistes-tu pas à ton propre événement ? Pourquoi n'es-tu pas en train d'annoncer tes fiançailles avec un autre homme ?

Ses pupilles se dilatèrent.

— Ça fait trois questions.

— Très bien. Pourquoi n'es-tu pas avec ton fiancé ?

— Personne ne m'a jamais demandée en mariage, alors comment pourrais-je avoir un fiancé ?

— Et qui a fait ce choix ?

— Ça ne te regarde pas, répliqua-t-elle en relevant le menton.

— Et la raison de ta présence ici ?

— Même réponse.

— Je vois, dis-je, puis je fis un pas de côté et lui fis signe de se mettre devant moi. Poursuivons notre discussion ailleurs. L'équipe doit remettre de l'ordre dans le spectacle que tu as créé avec la *signora* Sonnita.

Devani garda son regard pénétrant sur mon visage pendant quelques secondes avant de passer la salle en revue, d'observer chaque détail autour d'elle et de passer devant moi.

Par habitude, je levai la main pour la poser dans le creux de son dos.

Cependant, avant que mes doigts ne la touchent, elle m'ordonna :

— Ne me touche pas.

— Pourquoi pas, Altesse ? lui demandai-je, gardant ma main à quelques centimètres de son dos.

Sa respiration changea, devint instable alors que son contrôle lui échappait. Mon membre durcit davantage, jusqu'à devenir un poids lourd et inconfortable dans mon pantalon.

— Tu n'es pas idiot à ce point, affirma-t-elle.

Elle ignora les gens qui la dévisageaient lorsqu'elle les croisa dans la partie *lounge*. Nous pénétrâmes dans le couloir sécurisé menant à une série d'ascenseurs.

— Tu sais exactement pourquoi.

— Vraiment ? demandai-je alors que les portes de la cabine s'ouvraient pour nous laisser entrer.

Passant la main derrière elle, j'appuyai sur le bouton du

niveau inférieur du club et l'ascenseur entama sa descente. Je me plaçai volontairement derrière elle, la coinçant et lui laissant très peu d'espace.

La rougeur de sa peau s'accentua.

— Si j'étais toi, je ne me toucherais pas. Sauf si tu as l'intention d'aller au bout.

— Et que feras-tu, directrice ? Si je te touche et que je te laisse en plan ?

— Je te… commença-t-elle avant de se lécher les lèvres. Je te rendrai la vie très difficile.

— Et en quoi me l'as-tu rendue facile ? demandai-je.

Je me rapprochai d'elle, laissant mon souffle passer sur son oreille.

— Nous ne pouvons pas faire plus compliqué que ça.

Elle inclina très légèrement son cou, puis elle ferma les yeux.

— Je suis sérieuse, Sam. Ne me touche pas. Je suis en plein rush d'adrénaline. Comme je ne pouvais pas tuer cet abruti au milieu d'une salle comble, j'ai besoin de m'envoyer en l'air ou de me battre.

— Qu'aurais-tu fait si Kir avait été là à ma place ? insistai-je.

Je plaquai mon corps excité contre son dos, la prenant en sandwich entre les portes métalliques de l'ascenseur et moi.

— Je doute que tu lui aurais offert les mêmes options.

— Kir a déjà travaillé avec moi et sait comment je fonctionne. Quand j'ai besoin d'espace, il me l'accorde.

— Cela ne répond pas à ma question. De quel genre d'espace tu aurais besoin pour te débarrasser de l'adrénaline ? Est-ce que tu me trouverais un pauvre remplaçant pour brûler toute cette énergie entre les draps, ou est-ce que tu irais dans la salle de sport ?

Elle posa les paumes à plat sur l'acier et fléchit les mains.

— La façon dont je gère mes besoins ne regarde que moi.

— Alors, tu n'aurais aucun problème à partager ?

Je laissai glisser mes dents sur la peau sensible de son épaule, et un gémissement s'échappa de ses lèvres.

— Sam, tu connais déjà la réponse.

— Je veux t'entendre le dire.

— Je... J'irais au centre d'entraînement.

— C'est ça, parce que tabasser une recrue sans défense qui a sous-estimé ta taille, c'est mieux que de te sentir insatisfaite au lit.

— P-pourquoi veux-tu que je le dise ? Entre nous, ce n'est que du sexe, tu te souviens ? Connaître les détails de ma vie privée ne fait pas partie de l'équation.

— Ah, oui, nous nous servons l'un de l'autre pour gratter la démangeaison quand l'envie nous en prend.

Je remontai les doigts le long de la fente latérale de sa robe. Un frisson secoua son corps et sa peau se hérissa de chair de poule.

— Tu ne qualifierais pas ça de démangeaison, Altesse ?

Mes doigts suivirent le bord de sa culotte juste avant de se glisser dessous, d'effleurer ses lèvres intimes enflées, et d'agripper sa hanche.

— Ce... ce n'est pas une question de démangeaison. Pas avec ce que je ressens.

— De quoi s'agit-il alors ?

— Si tu ne le sais pas, je ferais mieux d'aller à la salle de sport.

J'enroulai ses cheveux autour de ma main libre et tirai sa tête en arrière.

— Vraiment ?

— Oui, siffla-t-elle.

Un tintement nous avertit de l'arrivée de l'ascenseur au sous-sol. Les portes s'ouvrirent sur un espace faiblement éclairé.

— Sam, laisse-moi partir.

Ses iris marron foncé reflétaient son excitation et sa fureur passionnée.

— C'est ce que tu veux ?

— Je veux m'envoyer en l'air ou me battre.

— Ce sont mes deux seuls choix ?

— C'est tout ce qu'il y a entre nous. Tu te souviens ? Non, correction. Tout ce que nous avons, c'est le sexe. Prends-moi, ou laisse-moi aller à la salle de sport.

QUATORZE

CHAPITRE QUATORZE

— Tu veux t'envoyer en l'air, Altesse ? demanda Sam.

Le désir se déchaînait dans son regard doré, faisant s'emballer les battements de mon cœur.

Il ne savait pas à quel point j'avais envie de lui, j'avais besoin de lui. Combien j'aurais aimé qu'il ne vienne pas ce soir. Ma conversation à cœur ouvert avec Neil m'avait clairement fait comprendre que me rapprocher de Sam serait une source d'ennuis. Je n'étais pas rationnelle en sa présence.

Maintenant, à cause de ces conneries avec Gustov, je n'avais plus aucune logique, et un raz-de-marée d'endorphines circulait dans mon organisme.

Le désir primitif que je ressentais pour cet homme m'embrouillait le cerveau, et soit il allait l'assouvir, soit je trouverais un autre exutoire.

Par un mouvement rapide des épaules et des bras, je rompis l'emprise de Sam sur mes cheveux et mon corps, j'attrapai son bras et lui fis face.

— Si je ne me suis pas montrée assez claire il y a une seconde, laisse-moi clarifier. J'ai envie de m'envoyer en l'air assez fort pour le sentir à chaque pas demain. Es-tu capable de satisfaire mes besoins, ou est-ce qu'il faut que j'aille tabasser quelqu'un ?

Au lieu de répondre, son attention se reporta sur mes jointures, rouges et à vif à cause des coups de poing que j'avais portés au visage de Gustov. Quelque chose en moi éprouvait un sentiment de satisfaction d'avoir mis une raclée à cette merde qui croyait avoir le droit de me toucher parce qu'il avait perdu une partie de poker.

Non. C'était parce qu'il avait perdu contre une femme. Compte tenu de son métier, son ego ne devait pas pouvoir le supporter.

J'aurais aimé être une mouche dans la pièce lorsqu'il apprendrait la véritable raison de l'invitation de ce soir, et ses nouvelles conditions de vie : une cellule de détention dans l'une des caves de stockage du vignoble de Marianna.

— Ta main a besoin de soins.

Le râle profond de la voix de Sam envoya une vague d'excitation au creux de mon ventre, accroissant le désir qui palpitait dans tout mon corps.

Je me penchai en avant, approchant mon nez à un souffle du sien.

— Monsieur King, dans les vrais combats, même les reines récoltent des égratignures et des coupures. Protéger ses mains avec des gants et se battre dans des cages pour le sport dans l'espoir de gagner un pari est considéré comme un jeu d'enfant.

Je mordis sa lèvre inférieure assez fort pour que ce soit douloureux, avant de la relâcher.

— Mais tu ignores ces choses-là. Enfin, peut-être le savais-tu autrefois, mais maintenant tu es un King et tu aimes participer à des matchs clandestins et ce genre de choses.

Il plissa les yeux.

— Tu joues un jeu dangereux à cet instant, Altesse.

— Ai-je l'air d'avoir peur ? lui demandai-je, soutenant son regard.

Je ne savais pas ce qui m'arrivait. Peut-être avais-je envie de me battre *et* de m'envoyer en l'air. Il agrippa mes hanches d'une manière presque trop douloureuse et me fit reculer.

— Tu l'as demandé.

— J'espère bien.

J'avais du mal à respirer, sachant exactement où nous allions.

Me léchant les lèvres, je lui demandai :

— Est-ce que tu m'emmènes pour un interrogatoire ?

— Je doute que tu divulgues la moindre information, même si c'était le cas.

D'après ce que Sam m'avait expliqué lorsqu'Arin avait

acheté le bâtiment, il s'était servi de cette pièce pour obtenir des informations.

Après la création de *The Library*, elle était devenue une salle de jeu privée.

Sam l'avait fait rénover pour qu'elle ressemble à un bar clandestin haut de gamme. Il l'avait réservé à l'usage exclusif de ses clients qui souhaitaient une touche personnelle, y compris ceux qui ne pouvaient pas se rencontrer en public, mais qui avaient besoin de se voir à l'abri des regards indiscrets.

Une fois à l'intérieur de la pièce, il n'alluma qu'une seule lumière, projetant une faible lueur dans l'espace.

Il me positionna avec le dos appuyé contre un comptoir en granit dur.

— Si je me souviens bien, à une ou deux reprises, tu t'es servi de cette pièce pour me soutirer quelques secrets.

Une boule se forma dans ma gorge. Pourquoi en avais-je parlé ? Ces souvenirs étaient trop intimes, trop personnels, et trop douloureux.

Son expression se durcit, et il répondit :

— Ne nous voilons pas la face, Altesse. Ce n'était qu'une illusion sous le couvert du sexe.

J'inspirai brusquement devant la froideur de ses mots, refusant de lui laisser voir à quel point ils me blessaient.

À la place, je mordis sa mâchoire et affirmai :

— Tu n'es qu'un abruti.

— Et tu es une garce manipulatrice.

Il rit, posa la main sur ma gorge et m'offrit cette pression délicieusement vicieuse qu'il savait que j'attendais.

— Nous l'avons établi il y a bien longtemps.

Ma respiration devint superficielle, et un faible gémissement m'échappa.

— Est-ce qu'on va continuer à parler, ou est-ce que tu prévois de me prendre ?

— Je te prendrai quand je serai prêt. Tu es entrée chez moi, et tu as causé des problèmes ce soir. Maintenant, tu vas en subir les conséquences.

— Hors de question.

Avec une rapidité à laquelle je ne m'attendais pas, il saisit mes poignets d'une seule main. Son attention se porta sur la manchette que je portais, celle qui était gravée de nos noms. Au lieu de faire un commentaire, il détacha le fermoir et posa le bracelet sur le côté.

Il détacha son nœud papillon et s'en servit pour m'attacher les poignets. Puis il me hissa sur le comptoir et attacha mes mains liées au-dessus de ma tête à une fixation métallique qui soutenait autrefois la lourde chaîne d'un lustre antique.

Merde. Il m'avait exposée comme un sacrifice.

Il ouvrit la fente de ma robe et je luttai de toutes mes forces pour ne pas me tortiller.

— Est-ce que tu es mouillée à cause de la raclée que tu as infligée à cet idiot, ou parce que tu sais que je t'ai vue faire, Altesse ?

Je refusais de lui donner la satisfaction de connaître la vérité, de savoir que lorsque je l'avais vu, que j'avais senti sa présence, je n'avais plus pensé qu'à lui, à lui qui me touchait, qui me prenait... je n'avais plus pensé qu'à lui appartenir.

Mon affaire n'avait plus eu d'importance. Mes projets

n'avaient plus eu d'importance. Tout ce que je voulais, c'était lui.

— Tu t'accordes trop de crédit.

Me touchant à travers mes sous-vêtements trempés, il fit le tour de mon clitoris avec son pouce, et je ne pus retenir un halètement.

— Je connais ce corps par cœur. Probablement mieux que toi.

— C'est ça... dis-je, tentant de serrer mes cuisses l'une contre l'autre, en vain. Oublie ça. J'ai changé d'avis. Je ne veux plus coucher avec toi. Je préfère tabasser quelqu'un. Fais-moi descendre.

— Et devenir le destinataire de tes coups? Hors de question.

Il repoussa ma culotte sur le côté et enfonça deux doigts dans mon sexe trempé. Des étoiles clignotèrent derrière mes paupières tandis que mon dos se cambrait et que mes parois intimes se resserraient autour de ses doigts qui me pénétraient.

— Tu as exigé de t'envoyer en l'air. Nous allons nous envoyer en l'air, Altesse.

Il entoura ma gorge et ma mâchoire de sa main libre et se pencha en avant. Je m'humectai les lèvres et fermai les yeux quand son souffle passa sur ma bouche, dans l'attente d'un baiser brûlant.

— Sache une chose, c'est à mes conditions. Pas aux tiennes. Je t'ai marquée, à l'intérieur comme à l'extérieur.

Qu'est-ce qu'il pouvait bien vouloir dire par là?

Au lieu de me laisser m'attarder sur ses mots, il accéléra le rythme de ses doigts, qui entraient et sortaient de mon sexe. Il poursuivit son assaut jusqu'à ce que de petits spasmes me traversent.

Au moment où je basculais, il murmura :

— Voilà pourquoi aucun homme ne te satisfera jamais autant que moi. Tu as beau refuser de l'admettre, je suis carrément irremplaçable.

Hébétée et submergée par l'avalanche de plaisir qui me parcourait de part en part, j'ignorai ses paroles et je me laissai aller à ma libération.

Lorsque je cessai enfin de convulser, il se retira de mon sexe trempé et porta ses doigts mouillés à mes lèvres.

— Suce.

J'obéis à son ordre, laissant mon essence épicée remplir ma bouche. Moins d'une seconde plus tard, il couvrait mes lèvres des siennes.

Ce baiser possessif et impitoyable me bouleversa, me grisa, me fit désirer tout de lui, de tout mon être. Il inclina ma tête pour répondre aux exigences de sa bouche tout en massant ma gorge avec des pressions cadencées destinées à augmenter mon plaisir.

J'avais autant envie de le rapprocher de moi que de le repousser, sachant qu'à la fin de tout cela, nos chemins se sépareraient. Mais je n'avais aucun contrôle sur cette situation, j'étais attachée, et à sa merci.

C'était sa punition pour moi, sa manière de me rappeler tout ce que j'avais rejeté.

Il rompit notre baiser et me fixa avec des pupilles si grandes qu'elles dévoraient ses iris, les transformant en minces anneaux d'or.

— Sam, il faut qu'on arrête ça. Je ne veux pas te blesser plus que je ne l'ai déjà fait.

Je regrettai mes paroles dès qu'elles quittèrent mes lèvres. J'en avais trop révélé. Je m'étais rendue trop vulnérable.

Sans me quitter du regard, ses mains glissèrent le long de mon corps, saisirent ma culotte et la firent glisser de mes hanches à mes jambes avant de la jeter sur le côté.

— Cesse de te mentir à toi-même. Nous savons très bien que ce n'est pas moi que tu essaies de protéger.

— Tu ne sais rien.

— Oh, j'en sais beaucoup.

Il se laissa glisser au sol et posa mes genoux sur ses épaules, amenant mon sexe exposé au niveau de son visage.

— Je suis le seul à pouvoir franchir tes défenses, me dit-il, soufflant sur ma chair échauffée et gonflée, et je me tortillai. Je suis le seul qui te donne envie de plus.

Sa langue passa de mon intimité trempée à mon clitoris douloureux, et un gémissement s'échappa de mes lèvres.

— Je suis le seul à qui tu donnes toute ta confiance et ton contrôle.

— Ne fais pas ça.

Je détournai le visage, incapable d'entendre la vérité de ses paroles.

— Les faits sont les faits, Altesse.

Sa bouche se posa sur mon sexe, m'empêchant de former toute pensée cohérente.

Je gémis et haletai tandis qu'il se gavait de moi comme un homme affamé. Il entourait et taquinait le bourgeon sensible au sommet de mon sexe. En même temps, ses doigts plongeaient et massaient le point situé au plus profond de moi, pour faire monter mon désir encore plus haut.

Je n'arrivais plus à réfléchir, je ne pouvais que ressentir l'assaut des sensations à travers mon organisme. Tout mon corps se contractait et fléchissait à mesure que la chaleur montait. Pourtant, mon extase semblait hors de portée.

J'avais besoin de plus. De quelque chose de plus.

Je secouai mes entraves, et j'entendis le poteau métallique grincer sous la force de mes efforts.

— J'aime tellement ces bruits que tu fais, murmura-t-il avant de mordiller mes lèvres intimes.

— Sam. Bon sang! Mords-moi juste là. Arrête ta torture. Fais-moi mal. Je ne veux plus rien ressentir ni penser.

Il s'arrêta une seconde, leva le visage, me regarda, me scruta. Puis, dans la seconde qui suivit, ses doigts pénétrèrent jusqu'à la jointure dans mon sexe, faisant des mouvements de ciseaux, sans relâche.

— Ce n'est pas de ça qu'il s'agit. Tu me voulais. C'est ce que tu auras.

— *Merde*, Sam! Tu sais que j'en ai besoin.

La douleur repousserait les émotions. Je ne voulais surtout pas ressentir les émotions de tout cela.

— Ce dont tu as besoin, c'est de jouir.

Sa bouche se posa à nouveau sur moi au moment où il modifiait le rythme de ses doigts.

Presque aussitôt, j'eus le souffle coupé, et je me cambrai tandis que mes parois intimes enserraient ses doigts. Le dos courbé, l'orgasme me submergea. Je balançai ma tête d'un côté à l'autre, marmonnant des paroles absurdes, totalement perdue dans le plaisir.

Se relevant, Sam baissa son pantalon pour libérer son membre. Après avoir saisi la base épaisse de son érection, il positionna sa pointe moite sur mon intimité trempée, et s'enfonça jusqu'à la garde.

— Le paradis à l'état pur, gémit-il.

Je ne pus répondre, car mon orgasme, à peine estompé, reprenait de plus belle. Cet homme était incomparable. Je ne pouvais pas me passer de lui. Tendant une main au-dessus de moi, il détacha mes poignets, et j'enroulai aussitôt mes bras autour de son cou.

— Je veux que ce soit fort. J'ai besoin que ce soit plus fort.

Je fermai les yeux et me plaquai contre son corps.

— Donne-moi ce que tu es le seul à pouvoir me donner.

— Devani, tu dis n'importe quoi.

Ramenant une main entre nous, il saisit ma mâchoire et ma gorge, et m'embrassa.

Mes jambes se resserrèrent autour de sa taille.

— Ce n'est pas n'importe quoi pour moi. Fais-le, tout simplement. Je t'en prie, je suis désespérée.

— Comment pourrais-je refuser quelque chose à ma reine alors qu'elle implore si joliment son roi ?

Je me raidis en réalisant ce que j'avais fait. J'avais supplié. J'avais fait ce que je lui avais juré de ne jamais faire ce soir-là, quand il s'était comporté comme un enfoiré avec moi.

Cependant, avant que je puisse répondre, il se retira et s'enfonça brutalement d'un coup de reins qui me fit voir des étoiles et me donna envie de plus.

Mes ongles s'enfoncèrent dans ses épaules, je criai :

— Oui, comme ça ! Encore !

Après cela, il n'y eut plus rien entre nous que les désirs brutaux et charnels de nos corps. Mes dents griffèrent la peau de Sam et il me prit avec des coups de reins durs et implacables.

Nous étions tous les deux possédés. La rage et le déferlement d'émotions de la semaine passée se déversaient à travers nos besoins physiques.

Lentement, un autre orgasme apparut, avec de petits frémissements au creux de moi, puis des spasmes.

— Oh, mon Dieu ! Sam ! Je vais jouir !

Je rejetai la tête en arrière en me cambrant. Mes muscles intimes se contractèrent violemment avant de se relâcher autour de son membre qui me pénétrait sans relâche.

Empoignant mes cheveux, il colla sa bouche contre la mienne au moment de sa libération, qu'il déversa brutalement en moi.

Quinze

CHAPITRE QUINZE

Devani

Je fermai les yeux et m'appuyai contre la paroi de la douche, laissant le jet d'eau marteler mon corps. Avec un peu de chance, l'eau brûlante m'aiderait à me débarrasser de la cause de cette cochonnerie qui semblait me coller à la peau comme la peste.

Cela n'avait aucun sens. Au cours des trois dernières semaines, mes journées avaient été longues, mais j'avais dormi chez moi.

Pourquoi n'arrivais-je pas à me débarrasser de cet épuisement?

Merde. La dernière chose que je voulais, c'était attraper un virus.

Mais comment était-ce possible? J'étais à jour de tous mes vaccins, et je faisais des *checkups* réguliers.

C'était ce que je récoltais pour m'être moquée de Neil à propos de l'incident de la malaria. Mais, honnêtement, il s'était comporté comme un gamin dans cette histoire.

Je ne pouvais qu'imaginer la tête de Neil et de Noah lorsqu'ils apprendraient que j'étais allée chez le médecin pour autre chose qu'une blessure par balle ou au couteau. Ils allaient m'en faire baver pendant des jours.

Mieux valait sans doute que je fasse venir le médecin chez moi. Ainsi, je pourrais garder le secret jusqu'à ce que je sache si j'avais chopé un super virus ou un simple rhume. Si c'était la seconde option, j'allais hurler.

J'avais accepté une nouvelle mission au lendemain d'une blessure par balle. Plus d'une fois. Bon, il fallait que je me ressaisisse et que je passe ce coup de fil au lieu de perdre du temps en conjectures.

Je coupai l'eau, m'essuyai, enroulai une serviette autour de ma tête et entrai dans la salle de bains chauffée de ma suite parentale.

Une nouvelle vague de nausée m'envahit. Et cette sensation de malaise constante... Qu'est-ce qui se passait?

Je n'aurais peut-être pas dû manger une pizza si tard la veille.

Je me sentais toujours mieux après une séance d'entraînement intense. J'allais me rendre au gymnase et je mettrais la pâtée à une pauvre recrue, comme l'avait dit Sam quelques nuits plus tôt.

Bon sang... Qu'est-ce que je faisais avec lui ?

Je savais pourtant que ce n'était pas une bonne idée, mais j'avais laissé mes hormones et l'adrénaline prendre le pas sur ma logique.

Mon corps vibrait au souvenir de la manière dont il m'avait prise. Il m'avait définitivement fait oublier l'incident avec Gustov.

Mais tout m'était revenu en force au moment où j'avais décidé d'organiser la rencontre d'aujourd'hui avec les frères King. Je ne doutais pas que le fait de me retrouver dans une pièce avec Sam ferait des ravages dans mon corps déjà mal en point.

Peut-être le méritais-je pour les avoir entraînés, ses frères et lui, dans mes plans.

Techniquement, ils étaient *tombés* en plein milieu de mes plans. Si Sam n'avait pas possédé la société avec laquelle j'étais en concurrence pour racheter toutes les dettes du Cercle des dix, les King ne se seraient pas retrouvés mêlés à cette mission.

En dehors de Shah et du fait qu'ils n'étaient que des tas de merde, je ne comprenais pas ce que le Cercle avait pu faire à l'un ou l'autre des frères pour que ces derniers s'en prennent à lui.

Mais, si je leur posais la question, il faudrait que je divulgue la même information.

C'était mieux que Sam et moi vivions chacun de notre côté de cette ligne qu'il avait tracée dans le sable.

Soit je m'affichais comme sienne au grand jour, soit les choses se passaient comme je l'avais prévu au départ : nous nous envoyions en l'air et repartions chacun de notre côté.

Peut-être que s'il avait insisté plus tôt, avant que j'emprunte cette voie, j'aurais modifié mes plans.

Je ne pouvais pas me mentir. Tuer Ashok Shah était devenu ma priorité depuis que j'étais tombée amoureuse de Sam. Je connaissais très peu de personnes capables d'éliminer des ordures sans laisser de traces, et j'étais l'une d'entre elles. Il était trop tard pour penser aux « et si ? ». Dans la vie, cela n'aidait personne de revenir en arrière.

Avec un soupir, je retirai la serviette de mes cheveux, la déposai sur le séchoir et m'approchai du miroir situé au-dessus de la double vasque.

Soudain, mon cœur s'emballa quand je regardai mon reflet. Me penchant en avant, je scrutai mon corps. Mes seins étaient-ils plus gros ? Pas seulement plus gros, mais énormes !

Qu'est-ce que... Non, ce n'était pas possible !

J'avais remarqué que mes robes me serraient la poitrine, mais je m'étais dit qu'il fallait que je mange moins de gâteaux et que je réduise le nombre de desserts que je mangeais avec Danika lorsqu'elle se laissait aller à ses envies de grossesse.

Mais cela ne pouvait expliquer la tension constante ou la sensibilité accrue de mes seins.

Soudain, je me sentis terriblement oppressée. J'appuyai mes bras sur le meuble et fermai les yeux un bref instant.

Oh, mon Dieu... Oh, mon Dieu... Oh, mon Dieu...

Pas maintenant. Jamais ! J'avais accepté que ce n'était pas une possibilité dans mon avenir.

Cela ne pouvait pas arriver, surtout avec tout ce qui se passait dans ma vie, avec les plans que je venais d'établir.

Je n'avais aucun problème à prendre des risques pour une mission, mais maintenant...

Mes doigts se crispèrent sur le plan de travail, et mes genoux faiblirent.

Non. Je tirais des conclusions hâtives. Cela pouvait être la grippe, ou la nature qui me jouait des tours avec mon cycle. Je respectais scrupuleusement le calendrier pour ma contraception. Le taux d'échec de l'injection était de moins d'un pour cent.

De plus, j'avais rarement mes règles avec ce contraceptif, rien que du *spotting*. Et j'en avais eu. Rien de tout cela ne serait réel tant que je ne n'avais pas passé un test pour confirmer mes soupçons.

Une larme roula sur ma joue. De qui me moquais-je ?

Je connaissais mon corps. Je connaissais la vérité. J'avais beau vouloir prétendre le contraire, mes symptômes ne menaient qu'à une seule conclusion : ce n'était pas un rhume.

Qu'allais-je faire ?

Je relevai la tête, faisant de nouveau face à mon reflet.

Oh, bon sang ! Je devais le dire à Sam.

La peur me saisit le ventre. Il n'avait jamais voulu d'enfants. Il avait fait le vœu de ne jamais laisser le sang de Shah souiller une autre âme.

Aujourd'hui, un être grandissait peut-être au creux de mon ventre.

Je passai une main sur mon ventre et une image de mes parents et de mon frère me vint. Une partie d'eux vivait en moi aussi. Pour la première fois depuis la mort de ma famille, une lueur d'espoir jaillit, sachant qu'une partie d'eux continuerait à vivre.

Était-ce ce qu'avait ressenti la mère de Sam lorsqu'elle avait appris qu'elle était enceinte?

Non. C'était sans aucun doute totalement différent, et un million de fois plus effrayant. Je n'arrivais pas à imaginer la douleur et le chagrin qu'elle avait dû éprouver.

Sa famille l'avait mise à la porte parce qu'elle était tombée enceinte, et qu'elle leur faisait honte parmi leur communauté indo-américaine très stricte. Ashok Shah lui avait promis le monde, s'était servi d'elle, puis l'avait rejetée pour un mariage lucratif.

Elle s'était retrouvée seule, sans nulle part où aller, et elle n'avait pas les moyens d'élever seule un enfant. Mais, d'après tout ce que j'avais appris sur elle, elle avait trouvé la force d'élever son fils tout en ayant deux boulots; elle avait vécu avec deux autres mères célibataires.

Si seulement elle avait su le danger que représentait son ex.

Soudain, une peur telle que je n'en avais jamais connue m'envahit, suivie de la colère.

J'avais passé toute ma vie à être une cible. Je n'avais jamais eu le luxe de faire confiance à qui que ce soit à cause de mes oncles et de leur cupidité. Je refusais que mon enfant connaisse ne serait-ce qu'une journée dans ces conditions. Je le protégerais de toutes mes forces.

Mais, pour cela, il fallait que je reste en vie.

Ce qui signifiait que personne d'autre que Sam ne pourrait être au courant de ma grossesse.

Pendant une fraction de seconde, l'idée m'effleura de tout garder pour moi, mais je la repoussai aussitôt. Si Sam avait eu le moindre point commun avec Ashok Shah, je l'aurais fait sans hésiter. D'un autre côté, je ne serais pas tombée amoureuse de lui, et je n'aurais pas couché avec lui si cela avait été le cas.

Sachant qu'il était impératif que je le joigne, je pris mon téléphone sur le meuble et composai son numéro.

— Aurions-nous besoin de soulager une démangeaison avant notre réunion de ce matin ?

Bon sang, comment allais-je lui faire face tout en gardant ce secret ? Comment allais-je pouvoir m'asseoir en face de lui et faire comme si nos vies ne venaient pas de changer définitivement ?

— Il faut qu'on parle.

— Nous ne parlons pas. Nous nous envoyons en l'air.

Je serrai les dents.

— Tu n'en auras peut-être pas envie quand je t'aurai donné certaines informations.

— Je prends cela comme un défi.

— Tu prends tout comme un défi.

— Avec toi, oui.

L'humour dans sa voix m'agaçait et me faisait peur.

— Ce n'est pas un jeu, Sam.

— Bien sûr que si. C'est toi qui as commencé. Je fais en sorte de maintenir le jeu.

— Cesse les métaphores sur le poker. Est-ce qu'on peut se voir, oui ou non ?

— Nous allons nous voir. Dans quelques heures, en fait. C'est ta boîte qui a réglé ça.

— Dis simplement « non » au lieu de te comporter comme un con.

Il garda le silence un moment, puis me demanda :

— Puis-je supposer que cela ne se fera pas en public ?

— Il faut qu'on soit seuls, dis-je, et une boule se forma dans ma gorge. Pour ce que j'ai à te dire, c'est le mieux.

— Pour toi ou pour moi ?

— Pour nous deux.

— Je vois.

— Non. Tu n'as pas la moindre idée.

— Maintenant, je suis intrigué. Je suppose que tu retrouves Joshi pour une soirée casino à l'Andhi ce soir ?

— Comment connais-tu mon emploi du temps ?

— Je sais tout de toi, Altesse. Est-ce que l'hôtel Adhi sera ouvert ?

— Oui.

— Retrouve-moi dans la loge du théâtre. Elle est toujours fermée à clé, mais je suis sûr que tu trouveras un moyen d'y entrer.

Seize

S[am]

— Prêt ? s'enquit Nik en se balançant sur sa chaise à côté de moi.

Nous étions assis dans la salle de conférence somptueuse de Rawal, Zane & Mitchell, le cabinet d'avocats que Jesika Rawal gérait avec ses associés. En guise de faveur, elle nous avait accordé un local pour notre réunion d'aujourd'hui, ce qui nous garantissait l'anonymat lorsqu'il s'agissait de faire passer notre proie à la table.

— Ce n'est qu'une pièce du puzzle. Il n'y a rien à faire lorsque les choses implosent seules, dis-je, faisant défiler les actions sur mon téléphone. D'ailleurs, nous avons une réunion avant celle-là.

— Si Jay et Dani ont vent de ça, elles vont nous faire la peau, affirma Kir, jetant un coup d'œil à Nik en guise d'avertissement.

Aujourd'hui, j'allais réclamer le remboursement de dettes à un groupe qui ignorait que j'avais racheté leurs prêts en cours pour des propriétés qu'ils n'avaient jamais développées.

En général, le rôle de collecteur de dettes au sein de l'entreprise revenait à Kir, l'exécuteur de King Holdings. Mais comme ce groupe avait un lien personnel avec moi et, par conséquent, avec toute la famille King, les quatre frères étaient présents.

Ce lien remontait au jour fatidique où j'avais rencontré Nik et Kir. Le jour où je m'étais retrouvé désespérément en quête d'un endroit où loger en toute sécurité, j'avais cru un gentil couple qui m'avait offert un refuge.

Arin avait eu du mal à croire que j'aie été le seul des quatre à être visé par une tentative d'enlèvement. Il avait fait des recherches, et il avait fini par remonter jusqu'aux propriétaires de l'immeuble, une personne liée à Shah et Joshi. Dans notre monde, les coïncidences n'existaient pas surtout quand il était question de supprimer les preuves des crimes. Et j'étais la preuve la plus flagrante des crimes de Shah.

— Séparation de l'Église et de l'État, intervint Rey. Ils connaissent les règles. Nous ne nous mêlons pas de leurs affaires, et ils n'interviennent pas dans les nôtres.

— Dit l'homme qui raconte absolument tout à sa femme, répliquai-je en souriant.

— Compte tenu de son ancien métier, je ne peux rien lui cacher. Autant se montrer honnête avec elle dès le départ. De plus, elle nous aide à surveiller nos arrières autant que Dani.

Les paroles de Rey n'étaient pas un euphémisme. Les intérêts de King Holdings demeuraient protégés entre Danika et Lilly. Deux hackers recherchées au niveau international et dotées de compétences à faire pâlir d'envie se révélaient très utiles, notamment pour protéger les informations que nous voulions mettre à l'abri du monde.

— Lequel d'entre nous va mener? demanda Kir, se concentrant sur moi.

Nik répondit :

— C'est le domaine d'expertise de Sam. Laisse-le s'en occuper.

— Comme il a géré le club l'autre soir? s'enquit Rey, haussant un sourcil. La facture de nettoyage pour une soirée semblait plus élevée que la normale.

Mes lèvres se courbèrent lorsque je me remémorai la manière dont Devani et moi nous étions séparés après nous être envoyés en l'air à en perdre la raison.

Nous avions à peine repris notre souffle qu'elle me repoussait et m'expliquait qu'elle avait l'intention de rentrer chez elle. L'intensité de ce que nous avions partagé l'avait laissée à vif, et son instinct la poussait à fuir. Alors, je l'avais laissée faire. Avant qu'elle n'ouvre la porte, j'avais pris son poignet et remis sa manchette en place. Elle savait ce que cela signifiait, qu'elle veuille l'admettre ou non.

Tout était une question de patience. Apparemment, je ne faisais plus que ça ces derniers temps. Peut-être que le coup de fil reçu plus tôt dans la matinée signifiait ce que je pensais, ou peut-être que je me faisais des illusions.

Me concentrant sur ce qu'avait dit Rey, je dis :

— Parfois, nous avons des clients qui choisissent de s'enfuir, et d'autres qui s'y opposent.

— *Merde !* Je savais que je n'aurais pas dû te laisser prendre ma relève. Pourquoi ne pas nous avoir appelés quand tout est parti en vrille ?

— Parce que j'étais occupé. Soyez plutôt heureux que nous n'ayons pas été obligés de fermer, comme pour Danika.

— Alors, je suis sûr que tu sais que ta reine n'est pas fiancée ? demanda Nik, se concentrant sur moi.

— Quelqu'un peut-il vraiment revendiquer une reine ?

Nik sourit.

— Un King le peut.

À cet instant, la porte de la salle de réunion s'ouvrit sur Devani et un contingent de trois femmes et un homme, représentants de Maya Ratna Holdings.

Aussitôt, mon sang et mon corps s'agitèrent. La femme qui se trouvait devant moi ne se présentait pas comme l'arme de Solon, mais comme un requin des affaires prêt à se battre. Heureusement qu'elle était venue en tant que propriétaire de la dette et non en tant qu'opposante.

Elle soutint mon regard une fraction de seconde avant de s'asseoir en face de mes frères et moi. Une lueur que je n'aurais pu décrire autrement que comme de l'inquiétude brilla dans ses yeux sombres avant qu'elle ne la chasse et ne la remplace par son assurance froide et posée.

— Dis-moi encore une fois que tu ne l'as pas revendiquée, murmura Nik. Un aveugle pourrait voir ce qu'il y a entre vous deux.

— Ça ne compte pas si elle ne l'accepte pas.

— Alors quoi ? Tu abandonnes ?

— C'est tout ou rien.

— Tout le monde ne cesse de dire que je suis celui qui ressemble le plus à Arin, mais ils ont tout faux. C'est toi. Tu as toujours suivi son scénario. J'en déduis donc que tu as l'intention de la faire venir à toi ? Et si elle ne le fait pas, tu t'en iras ?

— Comme je l'ai dit, c'est tout ou rien.

Une fois tout le monde assis, nous fîmes les présentations préliminaires et commençâmes la réunion.

— Conformément au dossier que mon assistante vous a envoyé, dis-je avec un geste vers une série de documents devant nous, nous avons pensé qu'il était équitable de divulguer que Rex Consolidated est l'une des filiales de financement de King Holdings.

Alana Tran, PDG de Maya Ratna, sourit.

— J'aurais dû m'en douter avec le nom de Rex. C'est le latin pour King, *roi*. Ai-je raison ?

— Notre père aimait utiliser toutes les versions de notre nom pour ses entreprises, répondit Nik, lui rendant son sourire.

— Vous m'avez mise dans une position délicate, étant donné mes relations avec certains des participants de la réunion d'aujourd'hui, me dit Devani, se penchant en avant sur sa chaise.

— Les affaires sont les affaires, madame Patel. Sans cela, vous n'auriez pas racheté l'autre moitié de la dette de ces entreprises, affirmai-je en haussant un sourcil.

Je ne comprenais toujours pas ce qu'elle gagnait à acquérir les prêts et les obligations en cours de Shah, Joshi et leur cercle. J'avais mes raisons, mais, pour autant que je sache, elle n'en avait aucune.

— Par curiosité, comment avez-vous appris notre existence ? s'enquit Alana. Nous travaillons très dur pour rester invisibles.

Devani me devança pour répondre :

— Lilly Lennox.

— King, la corrigea Rey. C'est une King, maintenant.

Alana jeta un regard à Devani, secoua la tête, puis marmonna.

— Elle était à nous d'abord. Où va sa loyauté ?

Eh bien, même au sein de son entreprise, elle avait implanté des gens de Solon. J'examinai ensuite les autres membres de l'équipe de Devani. J'aurais dû remarquer leur manière d'évaluer les lieux lorsqu'ils étaient entrés dans la pièce.

Des yeux de flics. Tous appartenaient à Solon. Devani vivait et respirait Solon.

Y avait-il une chance pour nous à long terme ?

— Elle est *sexpnotisée*, gloussa Rey, me tirant de mes pensées. Si je ne m'abuse, c'est bien ce que tu as dit que je lui avais fait et la raison pour laquelle elle t'a causé tant d'ennuis l'année dernière.

Les yeux sombres de Devani se posèrent sur les miens, et une vague d'électricité passa entre nous.

— Entre autres choses, agent King, répliqua-t-elle avant de reporter son attention sur le dossier qui se trouvait devant elle. Messieurs, je pense avoir une contre-offre pour préserver l'anonymat de mon implication dans cette transaction.

— Tu veux garder les mains propres pour ton futur beau-père ? demandai-je d'un ton égal, laissant la pique faire son effet.

Pour le regretter presque aussitôt, car un pli se forma sur son front, et elle pinça les lèvres une fraction de seconde. Je ne laissais jamais mes émotions remonter à la surface pendant mes transactions professionnelles, et cette petite infraction à ma règle me montrait à quel point son appel m'avait déstabilisé.

— Quelque chose comme ça. J'en viens à ma proposition.

Moins de quinze minutes plus tard, je scrutai les visages de mes frères, m'attendant à une réaction quelconque à la proposition de Devani. Elle avait proposé de nous vendre toutes les dettes en cours pour un dollar, à condition que nous fassions croire que ses oncles étaient à l'origine de la vente, sans l'impliquer en aucune façon.

Elle venait littéralement de m'offrir sur un plateau d'argent tout ce que je voulais depuis dix ans. Pourquoi ? Il ne pouvait s'agir uniquement de sa mission.

— Une dernière question avant que nous ne nous séparions pour discuter de votre proposition, dis-je, soutenant le regard noir de Devani.

Quelque chose vibra entre nous. C'étaient peut-être toutes ces choses que nous ne nous étions pas dites.

— Allez-y.

— Pourquoi nous offrir un portefeuille aussi important ? Qu'est-ce que tu cherches ?

Un sourire calculateur apparut sur ses lèvres pulpeuses, me rappelant d'autres choses qu'elle avait faites avec elles. Comme si elle avait senti où mes pensées m'entraînaient, elle les lécha.

— Ça fait deux questions. Mais, pour te répondre, tout ce que tu as besoin de savoir, c'est ce dicton : un bâtiment a la force de son pilier le plus faible.

— Et tes oncles sont les piliers ? demanda Nik.

Elle me regarda fixement en passant son pouce sur ses articulations.

— Non. Sam m'a aidé à résoudre ce problème l'autre soir. Mes oncles sont la masse qui permet de fissurer l'ensemble des fondations.

Voilà qui confirmait un soupçon que j'avais depuis le début. D'une manière ou d'une autre, nous étions tombés dans l'une des nombreuses stratégies de Solon.

Au lieu d'être énervé, j'avais envie de trouver le bureau le plus proche et de la prendre à en perdre la raison.

— Prenons une pause de vingt minutes, proposa Nik en me donnant une tape dans le dos, rompant la connexion avec Devani. Cela nous laissera largement le temps de revenir avec une réponse.

Devani acquiesça, et son expression ne laissa rien transparaître. Je me levai de ma chaise. Nik, Kir et Rey suivirent. Nous nous installâmes dans un petit bureau, chacun prenant place à différents endroits de la pièce.

Rey prit la parole en premier, s'adressant à moi.

— Aurions-nous dû quitter la pièce pour que vous puissiez vous envoyer en l'air, tous les deux ?

— Abruti.

Il haussa les épaules.

— Ça ne change rien à ce que nous avons vu. Si son entourage ne savait pas que vous étiez ensemble, c'est le cas maintenant.

— Nous ne sommes pas ensemble.

Kir s'approcha de moi comme pour me donner un coup de poing.

— Qu'est-ce qui ne va pas chez toi ?

— Nous y reviendrons.

Il me jeta un regard noir.

Nik s'interposa entre nous et dit :

— C'est toi qui décides sur ce coup-là. C'est ton jeu. Nous te soutiendrons, quoi que tu décides.

Avant qu'il ne me confie la décision, je devais leur faire connaître les motivations de Devani.

— Vous réalisez qu'elle travaille sur une affaire et qu'elle se sert de nous pour faire avancer ses plans ?

Rey vint près de Kir et le ramena près du mur où il s'adossa.

— Van n'aurait pas cette réputation si elle n'avait pas deux longueurs d'avance sur tout le monde. Rappelle-toi, j'ai été victime d'une de ses brillantes manœuvres il n'y a pas si longtemps.

— Tu t'y es engouffré comme un idiot, lui rappela Kir.

— J'ai eu la fille à la fin, c'est tout ce qui compte.

— Tu n'étais pas si calme à ce sujet sur le moment.

Je me rappelais encore le jour où il était revenu d'une

mission et avait trouvé la nouvelle évaluatrice d'art de Danika en train de travailler dans la galerie. Devani s'était débrouillée pour que Lilly obtienne un emploi sans que personne ne sache qu'elle était l'ex de Rey.

Qualifier la situation d'imbroglio était un euphémisme.

— Disons que le temps a changé ma vision des choses, dit Rey.

— Ce qui veut dire ?

— Mes motifs de ses projets ne la concernent jamais directement. En fait, elle ne se préoccupe que rarement de sa propre sécurité. Si c'était le cas, elle ne prendrait pas la moitié des risques qu'elle prend.

— Est-ce que tu sais quelque chose ? lui demandai-je.

— Je sais beaucoup de choses. Ma question est la suivante : est-il important d'avoir toutes les réponses ? Ta femme est ici, elle a besoin de notre aide, et c'est à toi de prendre la décision.

— Si tu envisages de dire qu'elle n'est pas ta femme, je le jure devant Dieu, je te balance mon poing dans la figure sur-le-champ.

La colère dans la voix de Kir et sa manière de serrer le poing me fit hésiter. Il savait pour le bébé.

— Dois-je supposer que Jay te l'a dit ?

— Nos femmes nous ont caché l'information. Ce n'est pas très fairplay de te servir de leur amour pour toi pour garder des secrets, remarqua Nik en s'appuyant contre un bureau. Nous ne sommes au courant que parce que nous avons surpris une conversation entre elles.

Je me tournai vers Rey.

— Est-ce que Lilly est au courant ?

— Elle s'en doutait depuis des semaines. Elle a parlé de tester le destin et la fatalité, mais je ne l'ai pas prise au sérieux.

— Et tu n'as pas songé à m'avertir ?

— Que voulais-tu que je te dise ? Hé, crétin, tu sais que ma femme croit à tous ces trucs de superstitions et de destin ? Eh bien, elle dit que, vu que tu ne sors pas couvert, elle pense que tu as mis ta copine espionne enceinte.

— Tu n'es qu'un abruti.

— Qui est l'abruti qui nous a laissés dans l'ignorance ? demanda Rey en croisant les bras. Nous sommes tes frères. Tu croyais que nous n'allions pas te soutenir ?

— Qu'est-ce que vous pourriez faire alors que je n'ai aucun contrôle sur tout ça ?

Mon instinct me disait que notre rencontre de ce soir-là tournerait autour de la grossesse.

Mais, que dirait-elle ?

J'avais passé tant de temps à lui dire que je ne voulais pas d'enfants. Me croirait-elle si je lui disais que je voulais le nôtre ?

Merde. Je tirais des conclusions hâtives.

— Cela pèse-t-il sur ta décision concernant sa proposition ? demanda Kir, revenant au sujet principal de la discussion, sa colère toujours visible sur ses traits.

— Non. Je sépare le travail et la vie privée.

Rey grogna, signe qu'il pensait que je racontais des conneries.

— C'est un oui, alors ? insista Nik.

— Vous vous rendez compte que nous la laissons nous déplacer comme des pièces sur son échiquier ? J'espère qu'on n'aura pas à en subir les conséquences.

— As-tu oublié que les échecs sont le jeu préféré des agents de Solon, et que Devani est la meilleure? L'objectif, c'est de protéger le roi, intervint Rey, souriant en faisant tourner son alliance. Lilly m'a tiré dessus pour me protéger. Imagine ce que ta reine pourrait faire si les choses ne se passaient pas comme prévu.

Je soupirai et me dirigeai vers la porte.

— Au moins, quelque chose de très rare sortira de cet accord.

— Qu'est-ce que c'est? demanda Kir.

Je souris.

— Non seulement la reine des diamants me devra une faveur, mais la directrice de Solon Amérique du Nord aussi.

— N'est-ce pas plutôt nous qui lui serons redevables parce qu'elle nous aura vendu les dettes? m'interrogea Kir en m'étudiant.

— Non. Il faut du temps et de l'argent pour que son nom ne soit pas mentionné dans les actions contre le Cercle. Ce que nous voulons est connu de tous. Ses activités requièrent de la discrétion. Les précautions supplémentaires ont un prix. Et une reine aime encaisser des dettes, pas les contracter.

— Et, laisse-moi deviner... tu as l'intention d'encaisser.

— Évidemment.

Un peu avant dix-neuf heures, je descendis de ma voiture dans les rues d'un quartier que j'avais méprisé dans mon enfance. Ici, j'avais passé les quatorze premières années de ma vie. C'était là que Nik, Kir, Rey et moi traînions et faisions des bêtises. L'endroit où nous nous étions liés à la jeune Danika et où nous avions créé notre propre famille improvisée pour remplacer celle que nous avions perdue.

J'inclinai la tête vers un groupe de gamins qui m'observaient de la tête aux pieds. Je voyais la suspicion dans leurs yeux, identique à celle qui avait animé mon regard la première fois que j'avais vu Arin. Je ne comprenais pas pourquoi un riche enfoiré entouré de gardes du corps pénétrait dans ce quartier.

Maintenant, c'était moi le riche enfoiré qui arpentait ces mêmes rues.

Je souris intérieurement en imaginant qu'Arin aurait ri à gorge déployée.

Sauf que ces enfants n'oseraient pas me voler. Enfin, la plupart d'entre eux. Après avoir commencé à concrétiser la vision d'Arin, Nik, Kir, Rey et moi-même étions revenus pour aider tous ceux qui le souhaitaient, des emplois à la revitalisation du quartier en passant par un lieu de vie sûr.

Cependant, certains refusaient toujours d'accepter quoi que ce soit venant des anciens gamins des gangs. Je pénétrai dans un grand immeuble rénové en briques et gravis quatre étages jusqu'à un appartement gardé par quatre membres de la sécurité de King Holdings.

Ils ouvrirent la porte et j'entrai. Sur un canapé éloigné était assis un couple que je connaissais dans les moindres détails.

Kala et Nimesh Barot. Le majordome et la cuisinière en chef de cet enfoiré.

Je vis la peur sur leurs traits lorsqu'ils me virent, ce qui me donna envie de soupirer. Qu'est-ce que Shah leur avait fait dans sa maison?

Ensuite, je songeai à la tournure des choses lors de la réunion de cet après-midi-là.

Lorsque Shah était arrivé avec Joshi et cinq de ses partenaires, il pensait qu'il parviendrait, par son charme, à renégocier ses prêts.

Mais quand il nous avait vus assis de l'autre côté de la table, je crus que sa tête allait exploser sur-le-champ.

Désormais, les frères King contrôlaient non seulement toutes les dettes contractées avant que Jayna ne mette la main sur ses finances, mais aussi les prêts et les obligations en cours pour les nouvelles entreprises qu'il avait créées. Il n'y aurait pas de Shah international 2.0 pour lui.

Je levai les mains en signe de reddition en avançant dans la pièce.

— *Je ne vais pas vous faire de mal. J'ai une dette envers vous pour avoir pris soin de Jayna et Danika quand elles étaient jeunes.*

— *C'étaient des enfants!* s'exclama Kala en me regardant d'un air toujours inquiet. *Nous avons fait ce que nous pouvions.*

Elle baissa la tête et se tordit les mains.

— *Parfois, ce n'était pas assez.*

— *Jayna ne serait pas d'accord. Puis-je vous demander pourquoi vous avez pris contact avec nous aujourd'hui? Vous auriez pu nous appeler il y a longtemps,* dis-je en prenant le siège en face d'eux.

Nimesh répondit :

— *Monsieur a des informations sur votre famille,*

commença-t-il avant de marquer une pause, comme s'il essayait de trouver ses mots. *Il est impliqué dans quelque chose que nous ne pouvons pas tolérer.*

— *Cela ne répond pas à ma question. Pourquoi aujourd'hui ?*

— *Nous ne sommes plus en sécurité dans cette maison. Il a proféré des menaces à l'encontre du personnel et a fait fouiller nos chambres. Il pense que nous sommes tous des traîtres. Il dit que nous avons aidé la fratrie Patel à vous le vendre. Les autres choses, je ne les répéterai pas.*

Nimesh irradiait de colère.

— *Après toutes ces années de service, il m'a traité comme si j'étais un déchet.*

— *A-t-il trouvé quelque chose dans votre chambre ?*

— *Non. Lorsque nous avons découvert le secret de monsieur, j'ai commencé à donner des choses à mes enfants quand ils venaient me voir, pour qu'ils les emportent,* dit Kala qui prit une sacoche, l'ouvrit, et en sortit un téléphone. *C'est le seul objet que nous lui ayons jamais volé. À ce stade, peu importe qu'il le traque ou non.*

— *Puis-je ?* lui demandai-je, tendant la main vers le portable.

— *Regardez les photos. Elles vous diront tout ce que vous avez besoin de savoir. Les informations sur le Cercle des dix, les choses horribles qu'ils font, votre famille, votre histoire, et votre frère.*

— Mes *frères,* la corrigeai-je.

Kala secoua la tête.

— *Pas les King. Jayna et vous avez un frère.*

CHAPITRE DIX-SEPT

Devani

Un peu après vingt-trois heures, je me rendis dans la loge de la salle de théâtre de l'Andhi à New York. Cette propriété était le joyau de la division hôtelière de Shah international. C'était là qu'avait débuté l'héritage de Shah aux États-Unis.

Même quarante ans après son inauguration, c'était l'un des meilleurs hôtels de la ville, avec un service impeccable et un style ancien. Et seule une poignée de personnes savaient que chaque centimètre carré appartenait à quelqu'un d'autre qu'Ashok Shah.

Bientôt, il reviendrait entre les mains de son propriétaire légitime. Mais, là encore, d'autres secrets seraient dévoilés : Neil, Sam et Jayna, trois frères et sœurs nés d'une tragédie.

Je baissai la tête. Comment allais-je faire pour m'en assurer, maintenant ?

Quoi qu'il arrive, je devais aller jusqu'au bout. Cela arriverait, même si ce n'était pas moi qui appuyais sur la détente. Ces ordures allaient mourir.

Je donnerais à Sam sa revanche. Je donnerais à Neil sa revanche.

Lorsque j'entendis des pas approcher, j'ajustai le bracelet à mon poignet, désactivant les micropuces conçues pour enregistrer et envoyer les conversations au centre de collecte de données. Puis, pour être sûre, je posai ma pochette sur un comptoir et activai un dispositif de brouillage conçu pour bloquer toutes les communications entrantes et sortantes.

— Cette conversation doit vraiment rester secrète si tu déballes toute cette technologie.

Sam sortit de l'ombre de la pièce, vêtu d'un pantalon sombre et d'une chemise grise dont les manches étaient retroussées.

Il aurait dû paraître incongru dans une pièce aussi élégante et avec moi en robe de soirée, mais il était à sa place. Comme si l'endroit lui appartenait.

— C'est important et cela doit rester secret.

— C'est de mauvais augure, me dit-il, se rapprochant de moi.

Il s'arrêta lorsque je commençai à reculer.

— Si tu es ici pour me dire que nous ne pouvons pas nous voir, économise ta salive. Les règles sont simples : on s'envoie en l'air, et on repart chacun de notre côté. Si tu décides d'arrêter de te cacher, tu sais où me trouver. Je n'investirai pas plus que nécessaire dans ce qui se passe entre nous.

Je fermai les yeux pendant une brève seconde avant de dire :

— Ce que je vais te dire, c'est seulement pour t'informer. Cela fait longtemps que tu as exprimé clairement tes sentiments à l'égard de cette situation.

— Continue, dit-il, me scrutant comme un prédateur prêt à bondir. Je suis un grand garçon. Je peux encaisser tout ce que tu me diras.

— Je suis enceinte.

L'air de la pièce se figea, comme glacé. Sam me regardait fixement, sans bouger, sans parler. Le seul signe qu'il avait entendu ce que j'avais dit était le jeu intense d'émotions qui brûlait dans ses yeux.

Comme il restait silencieux, j'insistai :

— Dis quelque chose.

— Je sais.

— Comment ça, tu sais ? Tu sais quoi ?

— Que tu es enceinte.

— Comment pourrais-tu le savoir alors que je l'ignorais ? Je n'ai eu la confirmation que plus tôt dans la journée.

Il s'approcha de moi sans s'arrêter, jusqu'à me tenir par la taille, puis il me fit reculer pour me plaquer le dos au mur.

— Oh, j'ai toute une liste. Tu veux l'entendre ?

La férocité de ses paroles accéléra les battements de mon cœur.

— Hum. Vas-y.

— Je fais attention à toi. Je remarque tout chez toi. J'ai vu des choses changer au cours du dernier mois, surtout eux, dit-il en prenant l'un de mes seins dans sa main.

D'instinct, je me cambrai contre lui.

— Ensuite, tu n'es jamais fatiguée au point d'être totalement épuisée. Je t'ai vue passer des semaines avec le strict minimum de sommeil, puis venir me trouver pour une nuit entière de sexe. Tu as plus d'énergie que toutes les personnes que j'ai jamais rencontrées. Si je pouvais la mettre en bouteille, je serais l'homme le plus riche du monde, affirma-t-il.

Il glissa une main sur ma nuque et inclina mon visage vers le haut.

— Pour finir, le plus gros indice. Ce qui me l'a confirmé, c'est ce qui s'est passé ce soir-là dans mon penthouse.

— Tu veux parler de la soirée où j'aurais dû te castrer ?

— Oui, celle-là, confirma-t-il avec un petit sourire. Altesse, quand tu es en colère, tu t'en vas sans un regard en arrière. Tu es froide, calculatrice, et n'éprouves aucun scrupule à exclure les gens de ta vie. Tu ne laisses jamais personne voir tes émotions et, surtout, tu ne les laisses pas savoir si ce qu'ils ont dit t'a touché ou blessé. Pourtant, ce soir-là, j'ai vu toutes mes paroles atteindre leur but. Et, cerise sur le gâteau, tu as pleuré. Tu ne pleures pas. Jamais. Tu as quitté mon appartement et tu t'es effondrée dans le passage.

Je tentai de détourner mon visage, refusant de lui montrer à quel point son analyse me bouleversait.

— Remballe ton baratin psycho... et puis merde! Tu ne me connais pas.

— À cet instant précis, me dit-il, saisissant ma gorge de son autre main, se plaquant contre moi. Je te connais mieux que tu ne te connais.

— Alors, tu es sûr que le bébé est de toi?

Mon rythme cardiaque s'emballa. Il plissa les yeux et se pencha jusqu'à ce que sa bouche soit à un souffle de la mienne.

— Je n'ai jamais eu le moindre doute.

— Qu'est-ce qui te rend si sûr de toi?

Ma question sortit dans un halètement quand ses doigts se refermèrent sur mon cou.

— Parce que tu es à moi, affirma-t-il, puis il mordit ma lèvre inférieure. Tu m'as appartenu dès le moment où tu t'es approchée de ma table ce premier soir, quand tu m'as lancé ce défi.

— Tu as une trop haute opinion de vous-même.

— Cela ne change rien aux faits, Altesse. Quand j'ai dit que je t'avais marqué à l'intérieur comme à l'extérieur, je ne parlais pas de notre enfant. Je voulais dire que je suis dans ton âme. Tu préférerais brûler ton énergie dans la salle de sport plutôt que d'imaginer que quelqu'un d'autre que moi te touche, te goûte, soit avec toi. Tôt ou tard, tu devras admettre la vérité.

— Tu ne sais pas de quoi tu parles.

— Continue à te mentir à toi-même.

Sa bouche se referma sur la mienne. Sans réfléchir, je répondis à ses exigences; j'avais besoin de le sentir, et d'accepter ce qui se passait dans nos vies.

Au fond de mon esprit, la logique me criait que nous étions

loin d'en avoir fini avec cette conversation, que ses paroles présageaient trop de conséquences, que nous avions trop de choses en jeu.

Au lieu d'écouter la voix de la raison, je la rejetai. Je mourais d'envie de me perdre avec l'homme qui se trouvait devant moi.

Mes doigts se posèrent sur les boutons de sa chemise.

Sam m'attira en avant, puis il s'occupa de la fermeture éclair cachée à l'arrière de ma robe, tout en poursuivant son assaut enivrant sur mes lèvres.

Ce désir me semblait différent, presque désespéré. J'avais hâte de toucher sa peau. Il ôta ses chaussures pendant que je tirai sa chemise de la ceinture de son pantalon. Mes doigts remontèrent le long de son torse pour détacher les boutons, puis firent glisser le coton sur ses épaules et ses bras tatoués. Vinrent ensuite sa ceinture, son pantalon et son boxer qui retombèrent à ses pieds.

Ma robe finit en un tas similaire sur le sol, me laissant seulement vêtue d'un string, de bas à hauteur de cuisse et de talons de douze centimètres.

Les yeux de Sam me transpercèrent et ses pupilles se dilatèrent, métamorphosant ses iris ambrés en anneaux d'or. Mes mamelons se tendirent, et un flot de désir s'accumula entre mes jambes. Je pris sur moi pour ne pas me tortiller et presser mes cuisses l'une contre l'autre.

— Je ne sais pas comment tu as fait pour ne pas remarquer tes seins jusqu'à maintenant.

Il en prit un dans sa main, et en pinça le bout, me faisant gémir.

J'agrippai ses épaules.

— J'ai... j'ai été un peu préoccupée.

— Apparemment.

Sam relâcha mon sein, me souleva dans ses bras et me porta jusqu'à un canapé surdimensionné dans le coin de la pièce.

Il s'assit et m'installa à califourchon sur ses cuisses. Ses paumes remontèrent le long de mon dos, faisant naître la chair de poule dans leur sillage. J'inclinai la tête quand sa bouche et ses doigts parcoururent ma clavicule, effleurant la zone où sa marque était cachée sous mon maquillage.

Il releva la tête, me contemplant avec une telle émotion que des larmes me brûlèrent le fond de la gorge. Comment allions-nous gérer tout cela ?

Tout était complètement tordu, et il n'y avait aucune garantie sur la façon dont les choses allaient se dérouler.

Je ne pouvais pas trop y réfléchir. Je devais profiter du temps que j'avais avec lui. Attrapant son épaule, je le rapprochai de moi, scellant nos lèvres et me perdant dans l'ivresse de sa bouche et de son toucher.

Je sursautai lorsqu'il arracha ma culotte de mes hanches.

— J'ai des projets pour toi.

Sa main descendit jusqu'aux lèvres de mon sexe. Il les écarta et plongea deux doigts profondément en moi, tandis que son pouce décrivait des cercles autour de mon clitoris.

Je ne pus retenir mes gémissements et mes halètements à chaque mouvement de sa main.

Lorsqu'il en ajouta un troisième, je me cambrai contre lui et le chevauchai. Mon esprit s'embrouilla ; je mourais d'envie que son membre remplace ses doigts.

— Sam, j'ai besoin de toi en moi.

— Je suis en toi.

— Ta queue. J'en ai besoin.

— Alors, fais-moi entrer.

Il me souleva, et ses yeux brûlants se posèrent sur mon sexe moite, ses doigts enfoncés profondément en moi.

Se libérant, il recouvrit ma bouche de mon essence et m'embrassa.

— *Merde*, c'est délicieux, ronronna-t-il.

Je passai la main entre nous, m'emparai de son membre épais et dur, et le plaçai devant mon intimité douloureuse; je descendis doucement. Chaque centimètre de lui était un plaisir exquis pour mes sens.

— S-Sam, haletai-je, oubliant ma mission lorsque son pouce se posa à nouveau sur mon clitoris trop sensible.

Il m'adressa un sourire diabolique avant de me faire rouler sur le dos et de se placer au-dessus de moi.

— Maintenant, Altesse, on s'envoie en l'air.

Glissant mes doigts dans ses cheveux, je l'attirai vers moi.

— Oui, maintenant, on s'envoie en l'air.

Il se retira et s'enfonça à nouveau, plongeant fort et loin, comme je l'aimais. Je voulais le sentir. J'étais petite, mais pas délicate. Il me donna exactement ce que je voulais, des coups de boutoir féroces et sans retenue, me coupant le souffle et m'embrouillant l'esprit.

Je ne comprenais pas ce besoin que j'avais qu'il me domine. Nous partagions une connexion extrêmement intense, chargée d'émotion, qui nous dévorait l'âme. J'en avais une peur bleue. Et maintenant, je ne pouvais plus la rompre.

De qui me moquais-je ? Comme il l'avait dit, il s'était gravé dans mon cœur et mon âme.

Je me contractai autour de lui alors que les premiers frémissements d'un orgasme imminent m'envahissaient.

— C'est ça. Jouis pour moi. Serre-moi fort.

Je haletai et gémis, je griffai son dos, et mon extase explosa. Mon sexe se contracta, autour de lui et le serra, emplissant mes sens d'un bonheur absolu.

Au même moment, Sam cria mon nom en jouissant, faisant tourner ses hanches tandis qu'il s'enfonçait profondément en moi.

———

Mon cœur martelait encore ma poitrine lorsque Sam dit :

— Si ce n'était pas déjà clair, je veux le bébé.

— J'avais compris, dis-je en riant, avant de dégriser quand la réalité de notre situation s'imposa à moi. Ça rend une chose plus facile.

Il garda le silence un moment, puis me demanda :

— Vas-tu rester responsable sur cette mission ?

Je m'attendais à cette question. Mais, grossesse ou non, je ne pouvais pas changer le cours de mes plans. Trop de choses étaient en jeu.

— Je n'ai pas le choix. Tout tourne autour de moi. En plus, je vais toujours au bout des choses.

— Les directeurs ne travaillent pas sur le terrain comme tu le fais. La plupart restent assis derrière un bureau.

— Je ne suis pas comme la plupart des gens.

Il se déplaça, m'entourant de se bras.

— Laisse quelqu'un d'autre se lancer tambour battant.

— Sam, te le dire ne change rien à mes projets. J'irai jusqu'au bout.

Je le repoussai, mais il me saisit le poignet.

— Tu n'as pas besoin d'aller au bout. Les choses ont changé à présent. Tu t'as pas à te mettre en danger.

Dégageant mon bras, je me dirigeai à grands pas vers ma robe et la ramassai.

— Ce n'est pas à toi d'en décider, lui dis-je alors que je cherchais quelque chose pour me nettoyer.

Je repérai ma culotte déchirée.

Sam se redressa et me l'apporta.

— Crois-moi, je le sais.

Je pris la soie d'entre ses doigts, m'essuyai entre les jambes, puis enfilai ma robe. Au moment où je tendais la main pour attraper ma fermeture éclair, les doigts de Sam effleurèrent les miens.

— Je m'en occupe.

Je fermai les yeux alors que le poids de ce geste intime s'installait sur mes épaules.

— Est-ce qu'il t'arrive à penser à autre chose qu'à ta mission, ton objectif, et tes hommes ? me demanda-t-il alors qu'il s'éloignait pour prendre ses vêtements et s'habiller.

— Tu n'as pas idée de toutes les choses que je prends en compte.

Sa mâchoire se contracta.

— Mon bébé est là, dans ton ventre. Est-ce que tu y as pensé ? Et moi ? As-tu déjà pensé à moi au milieu de cette grande mission qui est la tienne ? Je t'aime, *putain*. Te tends-tu compte de ce que je ressentirais s'il t'arrivait quelque chose ?

Ma colère explosa et, sans réfléchir, je criai :

— Pour qui crois-tu que je fais tout ça ? C'est pour toi ! Je te rends ton foutu héritage. Je t'offre la revanche que tu refuses de prendre. Je vais m'assurer que ce monstre paie pour avoir blessé chacun d'entre vous.

Il me regarda fixement, l'air complètement choqué. Il contracta la mâchoire, puis ferma les yeux une brève seconde. Puis, lorsqu'il se concentra sur moi, une vague de colère telle qu'il n'en avait jamais manifesté à mon égard déferla sur moi.

— Qui t'a dit que je voulais me venger de ce salaud de quelque façon que ce soit ? Parce que ce n'était pas moi ! Ce que je t'ai dit, c'était que je voulais le voir imploser de son propre fait.

— Sam...

— Non ! Je n'ai pas terminé ! Tu as monté une opération de plusieurs millions de dollars pour m'offrir une vengeance que je n'ai jamais voulue. En quoi la mort de Shah me sera-t-elle utile ? Ma mère ne reviendra pas pour autant.

Une boule se forma au creux de mon estomac, s'ajoutant à la nausée qui y régnait continuellement.

— Si jamais je récupérais cet héritage que tu es déterminée à me donner, je le céderai aussitôt à Jayna et Danika. Cet argent est souillé, il est couvert du sang de ma mère, affirma-t-il, avant de me pointer du doigt. Ce bébé dans ton ventre est un King, pas un foutu Shah. Notre enfant recevra l'héritage d'Arin King. Cet homme était mon père, pas Ashok Shah.

— Sam, je suis désolée. Je le faisais parce que je...

— Tu m'aimes. Tu veux savoir ce qui me montre que tu m'aimes? Et si tu utilisais ces foutus mots et que tu me les disais? Juste une fois, j'aimerais t'entendre le dire. Ou peut-être que tu pourrais te débarrasser de ce personnage de reine et te montrer en public avec moi. Tu pourrais faire savoir au monde que tu es ma femme.

Tu détestes cette vie, mais tu la manies comme une arme. Il faut lâcher prise, Devani. Je ne ferai plus de compromis. À partir de maintenant, tout est fini entre nous. Je serai là pour notre enfant. Je ferai n'importe quoi pour notre enfant. J'étais sérieux quand je t'ai dit que, quand il est question de nous, je veux tout ou rien.

Dix-Huit

CHAPITRE DIX-HUIT

S^{am}

J'arrivai au cimetière de ma mère peu avant six heures du matin. Une profonde lourdeur envahit ma poitrine, s'ajoutant à tout ce que je gardais à l'intérieur de moi.

Des odeurs de fleurs et de verdure emplissaient l'air. Les jardiniers s'affairaient à entretenir la zone, veillant à ce que chaque parcelle reste impeccablement nettoyée.

Je m'en étais assuré. Veda Milla Kumari n'avait jamais bénéficié des meilleures choses au cours de sa jeune vie. J'allais faire en sorte que ce soit le cas pendant son repos éternel.

Lorsqu'Arin nous avait accueillis, il m'avait proposé de la faire incinérer, puis que personne n'était présent à sa mort pour expliquer les traditions de la foi et de la culture de ma mère. J'étais trop jeune pour avoir mon mot à dire, et, honnêtement, mon chagrin me consumait à l'époque.

Finalement, j'avais décidé de la laisser au cimetière. Elle avait déjà passé des années là. Je ne pouvais pas perturber sa tranquillité.

Elle la méritait plus que quiconque.

M'agenouillant, je déposai un bouquet d'iris et de roses au pied de sa pierre tombale. Lentement, je suivis du bout du doigt son nom et les deux dates gravées dans le marbre.

Presque vingt-sept ans d'écart jour pour jour.

Le jour où mon monde avait basculé, ma mère et moi avions prévu de fêter son anniversaire en avance, vu qu'elle devait travailler double le jour J.

Nous avions tout prévu. Je devais aller à l'école avec la fille de la voisine pendant qu'elle retrouvait ses collègues pour le petit déjeuner et se rendait à une rapide réunion professionnelle. Puis elle serait venue me chercher et nous serions allés manger une pizza dans notre restaurant préféré du quartier.

Notre grand projet n'avait jamais vu le jour. Au lieu de cela, une assistante sociale s'était présentée à mon école et m'avait demandé si j'avais de la famille. Ce n'était pas le cas. Enfin, personne qui avait jamais essayé de me connaître, en tout cas.

La famille de ma mère n'était pas riche selon les critères de

Shah, mais elle était très respectée dans la communauté indo-américaine. Avoir une fille non mariée et enceinte leur aurait fait honte et aurait ruiné les perspectives de mariage des trois autres enfants de la famille. Mes grands-parents maternels avaient préféré leur position dans la société à leur fille et leur petit-fils.

J'aurais voulu les haïr pour ce qu'ils avaient fait à ma mère, mais ce que je ressentais à leur égard, c'était de l'indifférence. Ils s'étaient enfermés dans leurs traditions et ils avaient perdu. Arin avait éprouvé un grand plaisir à leur montrer ce que j'étais devenu.

Pour moi, cela ne signifiait rien. J'aurais préféré avoir ma mère.

— *Jai Shri Krishna, maman. Je suis désolé de ne pas être venu depuis un bout de temps*, dis-je en gujarati. *Je sais avec certitude que Shah t'a tuée.*

Je suivis à nouveau les lettres de son nom.

— *Mais je suis sûr que tu le savais déjà.*

Je marquai une pause, comme si elle allait répondre.

Après avoir analysé toutes les images du téléphone de Kala Barot, un écœurement sans pareil avait envahi mon estomac. Quand Arin m'avait parlé de l'accident de bus, au fond de moi, j'avais su que Shah l'avait orchestré. Mais j'ignorais le rôle qu'il avait joué.

En trafiquant le bus, il avait couvert ses mains du sang de ma mère, celui des parents de Nik, de Kir et de Rey, et celui de huit autres innocents.

— *J'ai enfin rassemblé tous les éléments de ce qui s'est passé ce matin-là. Tu devais rencontrer les parents de Shah et leur parler de moi. C'est pour ça que tu as accepté d'aller déjeuner avec tes collègues et que tu es montée dans le bus.*

Je prélevai quelques fleurs dans le bouquet et les disposai autour de la pierre tombale.

— *J'ai appris encore tant d'autres choses. Je suis encore en train d'essayer d'encaisser le coup. Je suis sûr que tu sais tout ça aussi. Comment l'accepter alors que je n'apprécie même pas le type !*

Je pouvais presque l'entendre me répondre.

— *Parce qu'il est de la famille et qu'il n'a pas eu plus le choix que toi dans cette histoire.*

— *Une dernière chose avant de partir. Et celle-ci, ce n'est pas rien,* commençai-je avant de prendre une grande inspiration. *Tu vas être grand-mère. Ce n'était absolument pas prévu. Je suppose que tu es la seule personne à pouvoir comprendre. J'ignore comment les choses vont se passer avec Devani. Nous sommes engagés dans une lutte de volontés.*

Je me passai une main sur le visage.

— *Elle a monté toute son opération pour m'offrir une vengeance que je n'ai jamais voulue. Le tuer ne te ramènera pas. Je préfère le garder en vie et regarder tout ce qu'il a construit s'écrouler autour de lui à cause de sa cupidité. Ensuite, quand il essaiera de recoller les morceaux, je serai celui qui lui rappellera tout ce qu'il a perdu en le lui enlevant aussi.*

Je baissai la tête lorsque je compris soudain. Tout ce que j'avais dit à Devani, ce n'étaient que des conneries.

J'avais peut-être mis de côté l'idée de tuer Shah, mais pas celle de le détruire.

Au départ, c'était une sorte de jeu. J'avais éprouvé un léger sentiment de satisfaction chaque fois que je gagnais de l'argent pour King Holdings et que je soufflais un contrat, une propriété, un poste au sein d'un conseil d'administration, n'importe quoi, même quelque chose d'insignifiant, à Shah ou à ses partenaires.

Si je voulais vraiment être honnête avec moi-même, la vengeance était omniprésente dans tout ce que j'avais fait. Surtout quand Shah avait orchestré l'accident de Kir et l'agression au couteau de Jayna.

J'avais fait honneur à ma réputation d'homme impitoyable. Shah ne pouvait pas faire un pas sans sentir ma présence, qu'il s'agisse du soutien que j'avais apporté à Monica Shah lors de leur divorce ou des dons que j'avais faits pour aider son adversaire à gagner quand il s'était présenté aux élections sénatoriales.

Des années plus tôt, Arin avait voulu que j'obtienne vengeance, et je n'en avais jamais pris conscience. Ou bien, j'avais fait semblant de ne pas comprendre.

Qu'Ashok Shah voie le fils qu'il avait abandonné assis comme un roi sur un trône pendant qu'il reste à terre.

Arin savait que j'avais besoin de canaliser ma colère, et il m'avait offert un exutoire, qui m'avait aidé à rendre la famille extrêmement riche. Jamais je ne comprendrais comment il avait su quoi faire de chacun d'entre nous.

Je respirai profondément et passai une main sur l'herbe près de mes pieds.

— *Eh bien, maman. On dirait que je lui ai menti. Elle le voyait, et moi pas. Je sais ce que tu me dirais. Je ferais mieux d'arranger les choses. Je ne sais pas comment ça pourrait arriver. D'après les informations que j'ai obtenues, elle doit mener à bien cette mission. Elle est en danger, et ça me tue de savoir que je ne peux rien faire pour l'aider.*

— *Tu en es vraiment sûr?* demanda une voix en gujarati derrière moi.

En un éclair, je pivotai, sortant mon pistolet de l'arrière de mon pantalon. Mes agents de sécurité firent de même et se postèrent près de moi, prêts à me protéger si nécessaire.

Je regardai Neil Joshi droit dans les yeux. Il soutint mon regard, indifférent à la multitude d'armes pointées sur lui; derrière lui se tenait cet enfoiré de Noah Carter.

Je me souvenais de lui à l'époque où Lilly travaillait avec Solon. Cet abruti s'était fait passer pour un comte britannique ou une connerie du genre à l'époque, alors qu'en réalité, il était éleveur dans le Colorado.

Je gardai le silence et scrutai Neil.

Nous n'avions jamais fait connaissance officiellement, et les quelques fois où il m'avait croisé, en dehors du fait que je l'avais pris pour un flic, mon attention s'était concentrée sur Devani. Mais, maintenant qu'il se tenait devant moi, je ne pouvais nier la vérité.

Nous avions presque la même taille et la même corpulence. Même nos yeux étaient similaires, à l'exception de la couleur. Ceux de Neil étaient d'un brun profond avec un peu d'or, alors que les miens étaient de la même nuance que ceux de Shah, ambrés. Et nous avions tous deux hérité de la mâchoire de cette ordure.

Neil plissa les yeux et serra les dents.

Il savait que je savais.

— Tu veux l'aider, King?

Son ton tranchant indiquait clairement que l'autre sujet n'est pas ouvert à la discussion.

— Ma réponse dépend des conditions.

— C'est simple. Tu m'aides à atteindre mon objectif pour cette mission, et je m'assurerai que tu aies ta reine.

Je souris à mon tour.

— Personne ne peut s'assurer que ma reine fasse quoi que ce soit. C'est la question qui nous occupe. Elle est particulière pour ce qui est de ses missions.

— Tu es prêt à la laisser mettre votre enfant en danger ?

— Alors, tu es au courant ?

— Elle nous l'a dit. Nous sommes sa famille, répliqua Neil d'un ton possessif qui me donna envie de le frapper. Pour en revenir à ma question précédente, vas-tu laisser Devani continuer à se mettre en danger ?

— Personne ne laisse Devani faire quoi que ce soit. Elle ne s'arrêtera pas avant la fin si elle apprend ce que je sais.

— Qu'est-ce que tu crois savoir ?

Je baissai mon arme, et seule la moitié de mes hommes firent de même. Les autres restèrent sur leurs gardes, prêts à tirer.

— J'en sais suffisamment pour penser que si tu avais vu la même liste que moi, tu tirerais une balle dans la tête de ton père quelques secondes après l'avoir revu.

Neil ne manifesta aucune réaction en dehors de la rage qui animait ses iris.

Au bout de quelques instants, il dit :

— Ce n'est pas mon père, mais ça, tu le savais déjà. Et son temps sur cette terre durera aussi longtemps qu'il sera utile.

— Avant qu'on aille plus loin, laisse-moi clarifier quelque chose, dis-je en rangeant mon arme dans son étui, puis je rajustai mon manteau. Ce qui compte pour moi, c'est Devani. Je me fous de votre mission ou de votre foutu objectif. Je n'appartiens pas à Solon. Cependant, si vous échouez à faire tomber le Cercle des dix, mes frères et moi ferons tout ce qui est en notre pouvoir pour les éliminer, eux et leur réseau.

— Pourquoi les poursuis-tu ?

— Disons qu'ils ont tenté de supprimer l'existence d'un petit garçon après la mort de sa mère.

— Je vois. On penche donc du côté de l'élimination plutôt que de la vengeance.

— Tu dois savoir que nos tactiques ne sont pas instantanées. Au lieu de cela, nous aimons exposer les choses et les rendre publiques. De cette manière, notre proie regrette qu'il ne s'agisse pas d'une élimination pure et simple.

— Merci pour l'avertissement, King. J'ai l'intention de m'occuper d'elle, et je n'aurai pas besoin de toi pour nettoyer le désordre.

— Alors, pourquoi demander mon aide ?

— Ce n'est pas pour moi. C'est pour Van. Sa grossesse la met en danger, et elle ne le sait même pas.

— Je t'écoute.

— D'abord, j'ai besoin de ton accord.

— Elle est à moi. Tu n'as pas besoin d'une autre réponse.

— C'est un peu possessif venant d'un homme qui s'est éloigné d'elle.

Au lieu de lui montrer que son attaque avait fait mouche, je lui demandai :

— C'était une question ?

— Depuis quinze ans que je la connais, elle n'a jamais laissé un homme la perturber comme tu l'as fait. Mais je crois que j'ai compris ce qu'elle trouve de si irrésistible chez toi, dit-il avec un sourire. Vous êtes tous les deux des abrutis. Qui se ressemble s'assemble.

Je faillis lui dire qu'il était aussi abruti que moi puisque nous étions parents, mais je gardai cela pour moi. Il n'aurait sans doute pas apprécié l'humour de mes propos, surtout en sachant comment il avait été conçu et les horreurs que sa mère avait endurées.

J'avais accepté Nik, Kir et Rey comme mes frères sans partager leur sang. Lorsque j'avais appris l'existence de Jayna, je n'avais accordé aucune importance au fait que sa mère allait remplacer la mienne. Elle était quand même ma sœur, et pas une fois je n'avais ressenti autre chose que de la compassion pour Monica Shah. Elle n'était responsable de rien, elle était devenue la victime d'une situation foireuse.

— Je suis un abruti. Je l'avoue. Si tu veux mon aide, j'aurai droit à une faveur que je pourrai réclamer quand et où je le voudrai.

— Ton aide sauvera sans doute la vie de ton enfant à naître et de sa mère. Je dirais donc que la collaboration est équitable.

— Ne me raconte pas de conneries. Je sais les efforts que vous déployez pour protéger vos agents. L'opération à plusieurs millions de dollars mise en œuvre par Carter et son équipe européenne pour sauver Lilly en est la preuve. Si tu respectes mes conditions, marché conclu.

— Que crois-tu que je veuille que tu m'aides à faire ?

— Tu veux que je poursuive mon plan initial et que je détruise Joshi, Shah et le reste du Cercle des dix. Tu veux que je le fasse de la manière la plus publique possible tout en veillant à ce que ta mère et ta sœur restent blanches comme neige. Et pendant que je fais ma part, tu vas éliminer tous ceux qui ont déconné avec elles.

— Qu'est-ce qui te fait croire que c'est mon objectif ?

— Appelons cela un raisonnement par déduction.

La mâchoire de Joshi se crispa. Ce con pensait pouvoir m'atteindre en évoquant le fait que je m'étais éloigné de Devani. Je savais à quel point sa mère et sa sœur comptaient pour lui. Je comprenais son besoin de les protéger.

Je détruirais quiconque oserait toucher Jayna ou Danika.

— On dirait que tu es tombé sur une mine d'informations à mon sujet, King.

— Je me fais un devoir d'acquérir des connaissances sur tout le monde. Revenons au sujet précédent. Tu veux mon aide. Je veux une faveur, que je pourrai te demander quand et où je le voudrai.

— Dans la limite du raisonnable.

— Il n'y a pas de raisonnable avec les King. Tu devrais le savoir. Nous prenons ce que les gens offrent, et nous attendons plus. Marché conclu, Joshi ?

Neil soupira avant d'acquiescer.

— Marché conclu. Avec deux abrutis manipulateurs pour parents, j'espère que votre enfant vous fera vivre un enfer.

— Maintenant que nous en avons fini avec la partie négociation de la soirée, viens-en à la véritable raison pour laquelle tu as besoin de mon aide. Pourquoi est-elle une cible ? Qu'est-ce qui la rend si précieuse enceinte ?

Les agents de Solon étaient formés à l'art d'étirer les conversations en longueur et de donner juste assez d'informations pour obtenir ce dont ils avaient besoin sans compromettre leur mission. J'avais passé presque trois ans à m'entraîner avec la maîtresse en la matière. C'était la seule raison pour laquelle j'avais insisté pour obtenir une faveur en échange. Je m'en étais servi pour évaluer les intentions de mon grand frère et en apprendre un peu plus sur lui.

En premier lieu, sa haine envers Joshi et Shah surpassait la mienne.

J'attendis que Neil réponde à ma question, mais lorsqu'il prit la parole, je me retins de justesse de le frapper au visage.

— Elle porte l'héritage d'Ashok Shah.

— Conneries ! m'écriai-je.

Mes hommes se déplacèrent aussitôt, et Noah, qui était resté presque hors de vue, s'approcha de Neil, prêt à intervenir. En revanche, mon frère resta immobile, sans tressaillir ni bouger le petit doigt. Il se maîtrisait totalement.

Ensuite, comme si je n'étais pas prêt à le tuer, il demanda :

— Tu veux savoir ce qui rend l'amitié entre Joshi et Shah aussi spéciale ?

— Je suis sûr que tu vas me le dire.

— Rien. Ils se méprisent mutuellement. Mais ils ont créé cette entreprise qui les lie.

La haine qu'il éprouvait pour ces hommes se lisait dans ses yeux.

— C'est un business qui consiste à créer des héritiers pour

les personnes fortunées. Dès qu'il apprendra que Devani est enceinte, il trouvera un moyen de revendiquer cet enfant.

— Il ne peut pas revendiquer l'enfant d'un autre homme.

— Shah a fait savoir que lui et sa nouvelle épouse essayaient d'avoir un enfant. Ce bébé a tout ce qu'il convoite : sa lignée, et le bon pedigree. Crois-tu honnêtement qu'il ne sera pas prêt à recourir à toutes les mesures les plus extrêmes pour s'assurer d'obtenir ce qu'il veut ?

— Je le tuerai à mains nues s'il la touche.

— Pour ça, il faudrait que tu sois avec elle, ce qui n'est pas le cas.

Frère ou pas, cet enfoiré avait dix secondes devant lui avant que je ne le frappe au visage.

— Tu es venu ici dans un but précis, Joshi. Ça suffit avec les conneries habituelles de Solon. Viens-en au fait.

— Tu vas arranger les choses avec Devani et la mettre hors-jeu.

— Tu as perdu la tête si tu crois que j'ai une quelconque influence sur son boulot.

Neil haussa un sourcil.

— Tu as brisé la coquille de la reine. Tu as plus de pouvoir que tu ne le crois.

— Sait-elle que tu es en train d'agir derrière son dos ?

— N'hésite pas à le lui dire. J'ai clairement exprimé mon point de vue sur cette situation. Mais, comme toujours, elle se valorise moins que les autres.

Je plissai les yeux alors qu'une vague de jalousie m'envahissait. Le lien que Neil entretenait avec Devani était le fruit d'expériences que je ne connaîtrais jamais.

— Est-ce que tu l'aimes ?

— Oui, répondit-il, puis il attendit, laissant le mot en suspens dans l'air.

La lueur dans ses yeux montrait clairement qu'il avait marqué une pause pour m'emmerder.

Abruti. Ensuite, il sourit, et poursuivit.

— Comme une sœur. Elle est trop diva à mon goût.

— Une chance qu'elle ne soit pas à toi.

— Mais est-elle à toi ?

— Pourquoi est-ce si important que j'arrange les choses avec elle ?

— Pour qu'elle soit hors de mon chemin lorsque je prendrai la revanche qu'elle prévoyait de t'offrir, petit frère.

Dix-Neuf

CHAPITRE DIX-NEUF

Devani

Un peu avant vingt heures, je me faufilai dans le tunnel souterrain menant à l'intérieur de la galerie Dayal-King. Cela faisait des semaines que je m'attendais à recevoir une convocation de Danika, ou plutôt du Petit Lapin, et je m'étonnais qu'elle ait attendu aussi longtemps. Lorsque Danika voulait des réponses, elle se donnait les moyens de les obtenir.

Je ne pouvais pas le lui reprocher. En tant que hackeuse, sa vie entière était centrée sur les informations. J'écartai un panneau mobile sur le côté et pénétrai dans la partie de la galerie réservée aux évaluations.

Derrière une grande table de travail, Danika était adossée à sa chaise et frottait son ventre rond. Je n'avais aucun doute sur le fait qu'elle avait su à la seconde près à quel moment j'avais posé le pied à moins de quinze mètres de son immeuble. Et elle avait activé le système de sécurité dès que je m'étais glissée dans mon point d'accès habituel.

Parfois, je détestais être aussi prévisible.

Ses yeux noisette se posèrent sur les miens, et elle demanda :

— Tu te souviens quand je t'ai dit, il n'y a pas si longtemps, que ça t'arriverait ?

— Donne-moi des précisions, histoire que je comprenne ce que tu veux dire.

Je m'approchai d'elle et calai une hanche contre son bureau.

— Oh, mais j'ai bien l'intention de t'expliquer en détail.

Je pinçai les lèvres.

— Je t'écoute.

— Ça a toujours été plus que ce que tu voulais que l'on croie. Je sais pourquoi tu ne cessais pas de repousser Sam, et pourquoi tu n'as pas pu le laisser partir.

— Je suis sûre que tu vas me le dire.

— Sam a percé ta carapace dure comme la pierre, et tu as fait fondre la glace dans ses veines.

Ses paroles me brûlèrent comme si elle m'avait planté un tisonnier enflammé dans le ventre. Cela ne faisait qu'ajouter à la douleur insoutenable qui refusait de s'atténuer depuis que Sam était sorti de la loge du théâtre, une semaine plus tôt.

Ne laissant transparaître aucune émotion sur mon visage, je

demandai de cette voix de garce que tout le monde acceptait comme faisant partie de ma personnalité :

— Est-ce que tu veux en venir quelque part ?

— Il est ton point faible. Et un agent de Solon ne peut pas avoir de faiblesse, surtout pas un directeur. Ai-je raison, directrice Patel ? me demanda Danika d'une voix aussi mordante que la mienne.

Cette garce ne me laissait jamais rien passer.

— Tu m'as fait venir ici pour jubiler ?

— Je t'ai fait venir ici parce que tu dois me demander le paiement de la faveur que je te dois.

— Quelle faveur ?

— Tu sais exactement de laquelle je parle, affirma-t-elle en me jetant un regard noir.

Oh, je le savais. Quelques années plus tôt, Ashok Shah avait prévu de se servir d'images de vidéosurveillance pour faire accuser Nik du meurtre de Kir. Même si, à l'époque, seule une poignée de personnes étaient au courant, ce dernier avait survécu à l'accident. Mon équipe et moi-même avions éliminé toute trace de l'implication de Nik dans le nettoyage qui avait suivi le crash qui avait failli coûter la vie à son frère.

— Je me débrouille.

— Est-ce si difficile pour toi de dépendre des autres, Devani ? Tu n'as pas à tout faire toute seule.

Je soupirai.

— Ce n'est pas ça, je te le promets. Techniquement, tu es mon plan de secours. Enfin, Lilly et toi.

— Depuis quand suis-je un plan de secours ? Je suis ta

foutue option nucléaire ! s'exclama-t-elle en se redressant, l'air indigné. Sais-tu ce qui est en jeu ?

— Je sais exactement ce qui est en jeu. Je ne pense qu'à ça. Je suis têtue, Dani, pas idiote.

Elle tourna sa chaise pour me faire face.

— Je veux entendre toute l'histoire.

— Tu es plutôt autoritaire quand tu es en colère, minus.

— Va te faire voir. Tu ne fais que quatre centimètres de plus que moi. Maintenant, viens-en au fait.

Je ne pus m'empêcher de rire alors que je m'asseyais sur le bord de son bureau.

Une fois installée, je lui dis :

— Je vais royalement foutre en l'air cette affaire. L'objectif, c'est de me planter à un tel point qu'on ne puisse pas rattraper le coup. En conséquence de quoi, il se pourrait que je me retire complètement de l'organisation.

La mine renfrognée de Danika était la preuve qu'elle ne trouvait rien d'amusant à mes propos. Il était plus que probable qu'elle tenterait de m'attacher à une chaise pour me maintenir en place si elle détestait ce que je lui disais ensuite. Je jetai un regard sur la manchette en platine à mon poignet, puis suivis du doigt les noms écrits en sanskrit, dissimulés parmi les motifs complexes gravés dans le métal.

Je savais ce que cela signifiait lorsque Sam m'avait offert ce cadeau, même si j'avais refusé de l'admettre.

C'était sans doute le jour où nous avions franchi le point de non-retour.

— Tu prévoyais déjà de prendre ta retraite, alors continue avant que je perde mon sang-froid.

Je me concentrai sur le visage saisissant de Danika et je déclarai :

— La reine des diamants va revendiquer son roi.

———

— Alors, tu vas le faire ? me dit la voix de Neil dans le transmetteur fixé à l'arrière de ma boucle d'oreille alors que je franchissais les derniers contrôles de sécurité pour entrer dans l'hôtel Carina.

— Absolument.

— Tu aurais pu m'avertir.

— Tu es en ligne avec moi maintenant.

Ce soir-là, toute l'élite new-yorkaise s'était réunie pour une soirée casino de charité organisée par les frères King. Tous ceux qui recevaient une invitation s'y rendaient sans hésiter, y compris Ashok Shah et tous ceux qu'il considérait comme son groupe d'amis et de connaissances.

Je comprenais pourquoi les King permettaient à leurs ennemis d'assister à leurs événements. Ils aimaient jouer avec leurs proies.

Cependant, lorsque mon invitation m'était parvenue, adressée personnellement par Sam, j'ignorais s'il me demandait d'être présente en tant qu'invitée ou en tant qu'adversaire à surveiller.

En fin de compte, cela n'avait pas eu d'importance. J'avais déjà prévu de m'incruster à la fête, que je sois invitée ou non.

— Il y a trop d'inconnues, Devani, m'avertit Neil. Je serais venu avec toi. Au lieu de ça, tu enfreins tous les protocoles.

— T'amener serait contre-productif par rapport à mon objectif.

— Ce n'est pas ce que je voulais dire, et tu le sais. Tu es en danger.

— Je ne m'effraie pas facilement. Ne l'as-tu pas compris plus tôt aujourd'hui au centre d'entraînement ?

Lorsque Neil m'avait parlé de ses soupçons concernant les plans de Shah à mon égard, ma colère avait explosé. Il m'avait fallu beaucoup de sang-froid pour ne pas me rendre au manoir de Shah pour envoyer cet enfoiré *ad patres*.

La grossesse perturbait peut-être mes émotions et me vidait de mon énergie, mais elle ne me rendait en aucun cas faible ou incapable de me défendre. Au contraire, je m'entraînais tous les jours, n'apportant que quelques modifications mineures à ma routine, en suivant les recommandations de mon médecin. Je n'avais toujours pas de mal à mettre à terre des hommes plus grands que Neil lorsque cela s'avérait nécessaire.

— Oui, oui. Tu ris face au danger. J'espère que King sait ce qui l'attend.

— Il sait. Je l'ai fait basculer sur le dos de nombreuses fois, lui aussi.

Une vague d'incertitude me traversa un moment avant que je la repousse. Non, je ne laisserais rien perturber ma concentration. Trop de choses dépendaient de ce soir.

Je redressai les épaules et passai une main sur le devant de ma robe, m'attardant un instant sur mon ventre autrefois plat, puis je lissai un pli.

Alors que je m'approchais des portes de la salle de bal, je repérai Ashok Shah accoudé à une table haute. Il m'étudia avec un peu trop d'intérêt. Sa femme discutait avec un groupe de mondaines, sans se rendre compte que son mari ne lui accordait pas la moindre attention. Malgré tout, l'expression qu'il arborait me donnait une furieuse envie de le frapper.

— Shah est dans les environs. Silence radio, prévins-je Neil.

Je pris un verre d'eau à un serveur qui passait devant moi, et me dirigeai vers Shah.

— Bonjour. Comment allez-vous ce soir ?

— Je vais bien, dit-il en jetant un coup d'œil derrière moi. Où est Neil ?

— À la maison.

— Vous êtes venue sans lui ? demanda-t-il, posant la question comme si ma présence seule le perturbait.

— Oui, répondis-je, puis je bus une gorgée d'eau, laissant le liquide frais apaiser ma gorge desséchée. Nous ne sommes pas des siamois.

— Il ne voit pas d'inconvénient à ce que vous vous impliquiez avec les King ?

— Je n'ai pas besoin de sa permission ni de celle de quiconque pour faire quoi que ce soit.

Inspirant pour apaiser mon irritation, j'arborai mon masque de reine des diamants. Apparemment, le côté garce de ma personnalité devait faire son apparition avant que je puisse m'atteler à la tâche de ce soir.

— Vous ne voudriez pas que votre réputation soit entachée par vos fréquentations.

Je plissai les yeux et inclinai légèrement le menton.

— Alors, nous devrions nous dire au revoir.

Je vis la surprise sur son visage lorsque l'attaque fit mouche.

Depuis le début de notre relation, j'avais conservé un comportement calme et cordial, mais là, ce n'était plus de mise.

— Eh bien, Devani, avant que vous ne preniez la fuite, j'ai une chose à vous dire.

Son ton châtié ressemblait à celui d'un père sur le point de réprimander un enfant. J'aurais bien voulu m'éloigner de cet enfoiré pédant. Cependant, ma curiosité me poussa à attendre que Shah parle.

— Vous épouserez Neil le mois prochain. Est-ce que c'est clair ?

— Enfoiré ! entendis-je Neil marmonner dans mon émetteur. Fais-le parler, mais ne le laisse pas t'énerver.

Je savais comment faire mon travail. Certes, techniquement, je ne travaillais pas ce soir, mais parfois les meilleurs plans tournaient mal.

— Pardon ? demandai-je, posant une main sur ma hanche au moment où je laissais mon verre sur le plateau d'un serveur qui passait par là. Je ne reçois d'ordre de personne. Et surtout pas vous.

— Que les choses soient claires. Vous allez épouser le père de mon petit-fils.

Comment pouvait-il être au courant de la grossesse ?

— Excusez-moi, mais Neil est l'enfant d'Arun Joshi.

Ashok éclata de rire.

— Le seul endroit où cet homme est son père, c'est sur le papier. Il me suffirait de raser cette barbe pour que tout le monde le voie. Neil ressemble trait pour trait à celui que j'étais dans ma jeunesse.

Était-il en train de se vanter ?

Je gardai un ton glacial lorsque je lui dis :

— Vous voulez dire, à l'exception des yeux. C'est Sam qui en a hérité.

S'il voulait abattre ses cartes, pourquoi pas. La rage se répandit sur son visage, puis, tout aussi rapidement, il la chassa. Nous étions dans un lieu public, après tout.

— Vous allez épouser Neil.

— Qu'est-ce qui vous fait croire que vous avez un pouvoir sur moi ?

— Je connais plus de secrets sur votre famille que vous ne pouvez l'imaginer. La seule façon de préserver la réputation de votre famille est de faire en sorte que mon petit-fils ne vienne pas au monde en tant que bâtard.

— Pour commencer, je me fous éperdument de ma famille et de sa réputation. Je l'ai dit à mes oncles lorsqu'ils ont proféré des menaces identiques. Je vous répondrai donc de la même manière, dis-je, me penchant pour le regarder droit dans les yeux. Allez brûler en enfer.

Puis, me redressant, j'ajoutai :

— Quant à la seconde partie de votre déclaration. Qu'est-ce qui vous fait croire que je suis enceinte ?

— La reine des diamants ne se prive jamais ni d'un cocktail ni d'un café. Vous avez renoncé aux deux.

— Ne vous est-il pas venu à l'esprit que j'avais changé de régime alimentaire à cause de toutes les fêtes auxquelles j'ai participé ces derniers temps ? Je suis également connue pour aimer les gâteaux. Je n'y ai pas renoncé, affirmai-je avant de m'éloigner, me tournant en direction de la salle de bal. Je crois que je vais aller jouer au poker maintenant.

Alors que je faisais mon premier pas, il me demanda :

— Êtes-vous en train de dire que vous n'êtes pas enceinte de l'enfant de Neil ?

Je m'arrêtai brusquement et inspirai. Au même moment, mes yeux croisèrent ceux de Sam qui se trouvait à l'autre bout de la salle de bal. Mon corps réagit aussitôt. Il le voulait. Il avait besoin de lui. Son regard me pénétrait comme s'il voyait dans mon âme.

— Non, je ne suis pas enceinte de l'enfant de Neil.

— Mais vous êtes enceinte ? insista Shah.

Mon rythme cardiaque s'emballa et je m'humectai les lèvres. C'était le moment.

— Oui.

— Qui est le père ? demanda-t-il, et sa colère irradiait dans chaque mot.

Je ne pus m'empêcher de sourire alors que je lui répondais par-dessus mon épaule :

— Samir King.

Je fis quelques pas dans la salle de bal avant que Neil ne parle dans mon oreillette.

— Il n'y a plus de retour en arrière possible.

— Non, murmurai-je avant d'ajouter, je suis désolée, Neil.

— C'est comme ça. Il n'est pas question de moi, ce soir. Au final, tu nous as peut-être rendu service en accélérant les choses.

— Je vais l'éliminer pour vous deux, lui promis-je.

— Oh non. Tu n'as pas le droit de me prendre ça. Nous avions un accord. Cet enfoiré est tout à moi maintenant. Bonne soirée, directrice. Fin des communications.

La ligne fut coupée. Je levai la main pour ramener mes

cheveux derrière mon oreille, et je retirai le dispositif de communication en même temps. Le travail n'avait plus d'importance. J'avais d'autres plans. Glissant le matériel dans ma pochette, je me faufilai à travers la foule.

Sam était assis avec le reste des King au centre de la pièce. Chaque frère présidait une table avec sa femme. Sam, qui avait une chaise vide à côté de lui, était l'exception.

M'attendait-il ou était-ce pour quelqu'un d'autre ?

C'est alors que je surpris un sourire sur les lèvres de Danika, et que je compris qu'elle avait tout arrangé. Je ne lui avais pas donné le moindre détail sur mon plan à la galerie. Et je n'avais accepté l'invitation de Sam que quelques heures plus tôt.

Je ne saurais jamais comment elle avait deviné que je serais là ce soir. Mais Wonder Girl savait des choses que d'autres ne pouvaient que rêver d'apprendre. Sam remua sur son siège, reportant toute son attention sur moi alors que cette impulsion d'énergie familière surgissait entre nous. La chaleur emplissait ses iris ambrés, tout comme cette émotion que je m'efforçais d'ignorer depuis bien trop longtemps.

L'amour.

Mon cœur tambourinait dans mes oreilles et mon ventre frémissait d'une nervosité que je n'avais jamais connue dans ma vie.

Le poids de l'attention que je suscitais en traversant la pièce et en me dirigeant vers Sam pesait lourdement sur mes épaules. J'avais passé ma vie sous les projecteurs, et les regards insistants ne m'avaient jamais dérangée.

Sauf que ce soir, j'avais l'impression de miser tout ce que j'avais.

Je soutins le regard hypnotisant de Sam jusqu'à ce que j'atteigne le siège vide à sa table.

— Monsieur King, y a-t-il de la place pour un autre joueur dans votre partie ?

Sam me scruta exactement comme il l'avait fait des années plus tôt. Il m'examina attentivement : mon visage, mes vêtements, mes bijoux. Ses pupilles se dilatèrent et s'échauffèrent, muant ses iris en anneaux d'or alors qu'ils attardaient sur mon poignet et mes oreilles.

Il but une gorgée de son verre, et fit un geste vers le siège vacant.

— Bien sûr. Cependant, je dois te mettre en garde. Nous sommes entrés dans la partie de la soirée aux enjeux les plus importants. Les droits d'entrée sont élevés.

— Je suis certaine que je peux couvrir n'importe quel niveau de pari.

Je me glissai sur la chaise à côté de lui et je me déplaçai, laissant le côté de ma jambe frôler la sienne.

— À cette table, les enjeux ne sont pas monétaires

— Je vois. Et pour quoi jouons-nous exactement ?

— Nous offrons des faveurs, et ce genre de choses. Qu'as-tu à offrir dans ce domaine ?

— Eh bien, c'est compliqué.

— Je peux gérer le compliqué.

— Ce que j'ai à offrir est d'une grande valeur, en particulier pour les King. Surtout pour l'un d'entre eux.

Quelque chose apparut sur son visage, dont j'ignorais s'il s'agissait de choc ou d'envie. Puis, tout aussi vite, cela disparut.

— Continue.

Je pris une profonde inspiration : je savais que c'était maintenant ou jamais. Je tendis la main, lui pris son verre, et aussitôt, il agrippa mon poignet pour bloquer mon geste.

Le silence tomba soudain autour de la table, m'offrant exactement la réaction à laquelle je m'attendais.

De nombreuses personnes présentes dans cette salle étaient des habitués de *The Library*. Ils savaient que Sam et moi étions plus que des connaissances.

Le règlement de *The Library* stipulait que ce que l'on y voyait ou entendait ne devait jamais quitter le club. Et quand je quittais une pièce avec lui, personne ne disait rien.

J'étais certaine qu'ils étaient très surpris de me voir en public avec Sam : ils comprenaient enfin qu'il y avait plus entre nous qu'une relation occasionnelle.

De plus, des membres des médias étaient dans la salle et observaient la scène. Même s'ils n'entendaient pas la conversation qui était sur le point d'avoir lieu entre l'un des frères King et la fameuse reine des diamants, ils écriraient que nous étions ensemble.

Il se pencha en avant et me dit, sur un ton de réprimande qui me fit réprimer un sourire :

— Que fais-tu ? Tu ne peux pas boire.

— Qu'est-ce qui te fait croire que c'était mon intention ? lui demandai-je, me léchant les lèvres, observant son regard doré dériver vers le bas pendant une brève seconde. Peut-être voulais-je tout simplement attirer ton attention pleine et entière.

— Eh bien, maintenant, tu l'as.

Il abaissa ma main et prit le verre d'entre mes doigts. Il le remplaça par un verre d'eau.

— Tout comme tu as l'attention des autres joueurs à cette table, et de la plupart des gens de la salle.

J'ignorai le poids de son avertissement. Notre avenir dépendait de ce moment. Cependant, les personnes à table ou autour de nous n'avaient pas besoin d'entendre l'intégralité de notre conversation.

Je me rapprochai de lui, glissai mes genoux entre les siens, mon visage trop proche du sien pour que nous soyons de simples amis. Je n'étais même pas sûre qu'il s'en rendait compte, mais il avait posé une paume possessive sur ma hanche, au vu de tous.

— Tu m'as demandé ce que j'avais à offrir en dehors de mon argent. Tu ne veux pas entendre ma réponse ?

— Tu as dit que c'était pour les King. Il n'y en a qu'un seul à cette table. Qu'est-ce qui te fait penser que je voudrais gagner pour l'obtenir ?

— Je crois que savoir ce qui est en jeu t'incitera à le faire.

— Maintenant, je suis intrigué. Qu'as-tu à offrir ?

— Moi et ton futur héritier qui grandit en moi.

Il déglutit, et ses doigts fléchirent sur ma hanche tandis qu'une bataille d'émotions faisait rage dans ses yeux couleur d'ambre.

— Sois bien sûre de ce que tu me dis. Il n'y a pas de retour en arrière possible.

— Sam, je suis ici, dans une salle remplie de médias et de représentants de la bonne société new-yorkaise. Tu as ta main sur moi. Je suis en train de dire que je t'aime, et que ma place est à tes côtés.

Comme il ne disait rien, qu'il se contentait de me regarder, j'ajoutai :

— Ai-je le droit de jouer à cette table ?

Il secoua la tête.

— Ce que tu offres dépasse tout ce que les personnes présentes à cette table peuvent proposer.

— Alors, que dirais-tu d'une partie privée ?

Je pris mon verre et bus toute l'eau. Puis je prononçai les mots que j'avais utilisés après l'avoir défié lors de cette première partie.

— À moins que tu n'aies peur de perdre contre une reine.

Ses lèvres s'étirèrent en un sourire quand il m'offrit sa main.

— Un roi ne recule jamais devant un défi, surtout venant d'une reine.

Je glissai ma paume sur la sienne. Aussitôt, sa chaleur s'infiltra dans ma peau, apaisant la douleur au creux de ma poitrine.

Nous nous levâmes ensemble, et l'électricité qui passait entre nous se mit à crépiter, comme toujours.

— Je vous suis, monsieur King.

Vingt

CHAPITRE VINGT

S^{am}

Je passai mon bras autour de la taille de Devani, conscient des regards qui se posaient sur nous.

Lorsque je lui avais envoyé l'invitation, je ne m'étais pas attendu à ce qu'elle accepte, ou qu'elle débarque à ma table comme elle l'avait fait.

En fait, j'avais prévu de faire une visite à son penthouse plus tard dans la soirée.

Après toutes les révélations de ces dernières semaines, j'avais revu ma position sur plusieurs points de ma vie, notamment la succession du trust laissé par ma grand-mère paternelle à ses petits-enfants. Il était clairement stipulé que c'était l'aîné des petits-enfants qui devait hériter de Shah international. Je n'étais pas l'aîné. Je n'avais donc aucun problème à laisser chaque centime à l'héritier légitime.

Je lançai un regard à Devani tandis que nous contournions les tables et traversions la foule des participants au gala. Elle portait une robe noire discrète qui aurait dû paraître simple en comparaison de la tenue des autres invités, mais qui, au contraire, attirait l'attention sur elle. Et elle avait fait le même choix de bijoux que lors de la soirée à *The Library*, ne portant que les boucles d'oreilles que je lui avais offertes et la manchette à son poignet.

Comme toujours, la reine des diamants n'était jamais prévisible.

Au bout de trois ans, elle s'était enfin décidée, et elle l'avait annoncé de la manière la plus publique possible.

— Juste pour que tu le saches, lui dis-je, si tu n'étais pas venue, je t'aurais trouvée.

Un sourire se dessina sur ses lèvres.

— C'est une bonne chose que je sois venue te voir en premier.

Nous nous dirigeâmes vers l'avant de l'hôtel, où mon chauffeur attendait avec la limousine.

À la seconde où les portières se refermèrent, nous nous jetâmes l'un sur l'autre. Nos lèvres et nos mains étaient avides de se toucher, de se goûter.

Sa bouche était douce et enivrante. Nous nous battions

pour la domination alors même que nous avions besoin de savourer, de dévorer et de revendiquer.

Elle repoussa ma veste de smoking tandis que je glissais mes paumes sur les courbes de ses hanches, le long de sa taille, et jusqu'à ses beaux seins lourds que j'enveloppai de mes mains.

Merde, ils étaient parfaits.

— Sam, gémit-elle alors que je pinçais ses tétons sensibles à travers sa robe. J'ai envie de toi.

Ses mots déclenchèrent une décharge primitive de luxure directement dans mon bas-ventre, me faisant durcir. J'empoignai ses cheveux, rompant notre baiser, et lui tirai la tête en arrière.

J'effleurai sa lèvre inférieure avec mes dents, provoquant une légère douleur.

— Tu es à moi maintenant, Altesse. Tu es dans mon monde. Tu n'as plus d'échappatoire.

Avant que je ne comprenne ses intentions, elle secoua ses hanches et poussa simultanément mes épaules, me retournant et me collant le dos à la banquette de la limousine.

— Je crois que tu te trompes à ce sujet, dit-elle en se plaçant au-dessus de moi. J'ai plutôt l'impression que tu es prisonnier d'une reine, et que c'est une condamnation à perpétuité.

Je contemplai ses yeux sombres. L'impact de ses paroles pesait lourd entre nous.

J'avais passé ma vie à apprendre à maîtriser mes émotions et à construire une muraille impénétrable autour de mon cœur. Puis, par la force de sa seule volonté, elle avait brisé mes défenses.

— Sam, je suis sincère, me dit-elle, puis elle se pencha et

posa les mains sur ma mâchoire. Tu as dit que tu voulais tout. C'est ce que je te propose.

Je me redressai, l'entraînant avec moi.

— Tu ne vois pas d'inconvénient à renoncer à ta place dans la société ?

— Je ne renonce à rien. Je prends ma retraite.

Elle haussa un sourcil tandis que ses lèvres pulpeuses s'incurvaient.

Elle savait très bien que je ne lui parlais pas de Solon. De plus, la probabilité que Devani quitte totalement l'organisation était comparable à celle qu'un cochon se voie pousser des ailes avant de s'envoler.

— Je ne veux pas que tu aies des doutes.

— Pas de doutes. J'avais prévu de partir, de toute façon.

Le sens caché de ses paroles me frappa comme une tonne de briques. Elle avait l'intention de tout laisser derrière elle, pas seulement l'agence... elle prenait sa retraite, dans tous les sens du terme.

— Quand as-tu pris cette décision ?

— Quand j'ai monté cette mission, dit-elle et son expression s'assombrit pendant une brève seconde. Sam, tu avais raison. Je ne t'ai pas demandé ce que tu voulais.

— Non, j'ai eu tort de te dire ces conneries. Tu as vu ce que je faisais contre Shah, et tu l'as pris comme des indices de ce que je voulais.

Elle fronça les sourcils.

— Je ne te suis pas.

Je fermai les yeux, soufflai, puis je mis cartes sur table.

— J'ai passé toute ma vie à planifier la chute de Shah. Je

voulais qu'il souffre pour m'avoir pris ma mère, ainsi que les parents de mes frères. Sa mort ne m'aurait jamais offert la paix que je recherchais. Le voir tout perdre était la plus douce des vengeances.

— En d'autres termes, nous sommes des imbéciles qui doivent arrêter de faire les choses seuls et travailler ensemble.

— Un truc comme ça, confirmai-je en souriant. Encore une chose.

— Je t'écoute.

— Comme je l'ai dit, je ne veux pas un centime de l'héritage d'un milliard de dollars de Shah. D'ailleurs, je n'ai aucune prétention à ce sujet. Je ne suis pas l'aîné des petits-enfants de Shah. Je préfère m'assurer que l'héritier légitime reçoive tout.

— Neil, murmura-t-elle.

J'acquiesçai.

— Je n'aurais jamais pensé dire ça un jour, mais il mérite la tête de Shah sur un plateau plus que n'importe qui d'autre.

— Il n'y a pas de comparaison, Sam. Ce que chacun d'entre vous a vécu a fait de vous les hommes que vous êtes aujourd'hui.

La limousine s'arrêta devant l'immeuble de Devani. Les paparazzis étaient massés à divers endroits le long des trottoirs et sur les côtés du bâtiment, tandis qu'une multitude d'agents de sécurité gardaient le passage menant aux portes.

— Il semblerait que la nouvelle de notre départ de l'hôtel ait fait le tour des médias.

— Tu aurais dit à ton chauffeur de nous emmener chez toi si tu avais vraiment voulu éviter l'attention.

Prenant son visage entre mes mains, je passai mon pouce

sur sa lèvre inférieure.

— Prête à ce que le public sache que tu es à moi ?

— Puisque nous sommes chez moi, n'est-ce pas moi qui te revendique ?

— Tout à fait, Altesse. Cela fait trois ans que j'attends ça.

Je frappai à la vitre, indiquant à l'un de mes agents de sécurité qu'il pouvait ouvrir la portière.

Les dix minutes suivantes s'écoulèrent dans un flou de flashs, de cris et de déplacements à travers une foule de journalistes. En général, je gardais un profil bas en matière d'actualité mondaine, et les spectacles de ce niveau étaient rares.

Avec la reine des diamants à mon bras, j'avais le sentiment que cette époque était révolue.

Dès que nous entrâmes dans l'ascenseur privé de Devani, elle me demanda avec un sourire en coin :

— Vous reconsidérez notre relation, monsieur King ?

— Pas du tout, dis-je en la plaquant contre la paroi de la cabine. De plus, vous devriez savoir qu'une fois qu'un King accepte des conditions, il n'y a plus moyen de s'en défaire.

Elle remonta une main contre mon torse et empoigna le revers de ma veste de smoking.

— C'est bon à savoir.

Nous nous regardâmes dans les yeux lorsque l'ascenseur sonna et s'ouvrit sur le hall d'entrée du penthouse de Devani.

— Eh bien, monsieur King. Voudriez-vous entrer par la porte d'entrée de chez moi ?

Je lui souris.

— Absolument.

La seconde d'après, elle m'attirait vers elle et soudait sa

bouche à la mienne. Je la soulevai dans mes bras pour la faire entrer dans l'appartement.

Sa pochette tomba sur le sol lorsqu'elle glissa les doigts dans mes cheveux et enroula ses jambes autour de ma taille. Nous parvînmes à trébucher jusqu'à sa chambre, semant ses talons en chemin.

Lorsque je la posai, elle leva vers moi des yeux emplis de désir, sans la moindre retenue.

— Cesse de me regarder comme ça et fais quelque chose, m'ordonna-t-elle.

Au lieu de dire quoi que ce soit, je saisis les épaules de sa robe et arrachai le tissu de son corps, ne la laissant vêtue que de son ensemble bustier en dentelle noire et de ses bas à hauteur de cuisse.

Elle pinça les lèvres comme si elle retenait un sourire complice.

— Tu savais ce qui t'attendait en me choisissant.

— C'est vrai, répondit-elle.

Elle se retourna, souleva ses cheveux, et me présenta son dos.

— Tu auras plus de mal à me le retirer. Je te suggère de te servir des crochets et de la fermeture éclair.

Avec des mouvements lents et précis, je lui retirai son corset et effleurai de mes lèvres la peau douce de sa colonne vertébrale et de ses épaules. Lorsque j'eus fini, j'empoignai ses cheveux, fis basculer sa tête en arrière, et je m'emparai à nouveau de sa bouche, dans un baiser brûlant.

Je passai la main sur la légère courbe de son ventre, de sa poitrine et de sa gorge, lui offrant cette légère pression qu'elle désirait tant. Un faible gémissement lui échappa, et sa peau se hérissa de chair de poule.

Je savourai son goût. J'aimais tout d'elle. Elle envahissait mes sens. Ses doigts fléchirent contre mes cuisses, pétrissant le tissu de mon pantalon.

Elle se tourna dans mes bras ; soudain, elle devenait l'agresseur et repoussait mes vêtements.

— Je te veux nu.

— Ça ne me pose aucun problème.

Je retirai ma veste pendant qu'elle dénouait mon nœud papillon, et en quelques instants, je me tenais devant elle totalement dévêtu. Son regard brûlant me parcourut de la tête aux pieds, s'attardant plus longtemps que nécessaire sur mon sexe.

— Devani, l'avertis-je.

Sans détourner le regard, elle se lécha les lèvres et répondit :

— Oui.

Je perdis le contrôle et l'attirai contre moi.

— Bon sang ! Il était temps.

Elle me mordit la lèvre inférieure, un peu trop fort. Je grognai et basculai sa tête en arrière, répondant à sa hargne par la mienne en griffant son cou avec mes dents.

— Tu es toujours en train de me manipuler, affirmai-je, laissant mes mains parcourir son corps, suivant chacune de ses courbes.

— Je... j'ai une réputation pour une bonne raison.

— C'est vrai, répondis-je tout en pinçant ses mamelons, lui arrachant un gémissement. Tu pourrais essayer l'approche directe. Tu obtiendrais peut-être une meilleure réponse.

Elle plissa les yeux et plaqua son corps contre le mien.

— Est-ce assez direct pour toi ? Prenez-moi de manière brute et sale, monsieur King. Si vous l'osez.

Saisissant sa mâchoire, j'approchai mon visage du sien.

— J'ai bien entendu ton défi. Cependant, j'ai une contre-offre.

— Laquelle ?

— Je te mets au défi de te laisser aller. De t'autoriser à ressentir. De t'autoriser à être vulnérable. Il n'y a rien de mal à être doux, tendre et sensible.

Les lèvres de Devani tremblèrent.

— Sam…

— Laisse-moi te chérir, Altesse.

Elle hocha la tête alors qu'une larme glissait sur sa joue.

— D'accord.

Essuyant l'humidité de son visage avec mon pouce, je me penchai en avant et frôlai sa bouche par de lentes caresses, pour l'amadouer, l'aguicher. Elle frissonna, ferma les yeux et laissa échapper un faible soupir.

Je la soulevai dans mes bras, la portai jusqu'au lit et l'étendis sur la couette duveteuse, l'emprisonnant avec mon corps.

— Sais-tu au moins à quel point tu es belle ?

Elle sourit.

— Je suis consciente de mon apparence. Je sais ce que je vois dans le miroir.

— Je ne parle pas de ton visage. Je veux parler de la femme qui est ici, dis-je en posant la main sur son cœur. Tu es la personne la plus attentionnée que j'aie jamais rencontrée, et tu es prête à tout risquer pour protéger les autres, quitte à te sacrifier.

Elle détourna le regard un bref instant, révélant une timidité qu'elle ne montrait que rarement.

— Ne fais pas de moi ce que je ne suis pas. Je suis loin d'être une sainte.

— Oh! Non, tu n'es pas une sainte. Plutôt un ange vengeur.

— Un ange déchu, tu veux dire.

Les traits de son visage s'adoucirent, et elle tendit une main pour la poser sur ma joue, passant ses doigts sur la barbe de mon menton avant de les glisser dans mes cheveux.

— Alors, tu dois accepter que tu n'es pas différent de moi.

Je posai mon front sur le sien.

— Je n'ai aucun problème à admettre la vérité.

— Laquelle?

— Que je pourrais brûler le monde pour ceux que j'aime, lui dis-je en soutenant son regard. Sauras-tu deviner qui, par-dessus tout?

— Je t'aime, Sam, me répondit-elle, approchant ses lèvres des miennes. Je suis un assassin. Je serais capable de n'importe quoi si quelqu'un s'en prend à l'homme que j'aime.

Sa façon de prononcer ces paroles, sans hésitation, si librement, combla une blessure dans mon cœur dont je ne m'étais pas rendu compte qu'elle était encore à vif. Pendant des années j'avais attendu, désiré. Elle avait refusé de le dire et m'avait empêché de dire les mots.

Comme si elle percevait mes pensées, elle murmura :

— Je suis désolée d'avoir attendu si longtemps pour te le dire. J'aurais dû le faire plus tôt.

— Au moins, tu as enfin rattrapé ton retard.

— Que puis-je dire ? Je suis têtue, pas stupide.

Elle colla sa bouche contre la mienne, puis elle s'écarta pour demander :

— Veux-tu me faire l'amour, Sam ?

— Avec plaisir.

Nous ne prononçâmes plus un mot, laissant nos bouches, nos mains et nos corps goûter, toucher et ressentir à un niveau que nous ne nous étions pas autorisés avant.

Lorsque je m'enfouis en elle, il n'y eut pas de sexe brutal, mais une lente exploration intime. Nous prîmes le temps de mémoriser chaque halètement, chaque gémissement et chaque soupir. Alors que nos orgasmes explosaient, nous nous regardâmes dans les yeux, sachant qu'aucune barrière ne s'élèverait plus entre nous.

———

— Demande-le-moi. Je sais que tu en meurs d'envie. Alors, crache le morceau, m'ordonna Devani alors qu'elle se blottissait contre moi.

Nous avions passé la majeure partie de la nuit à nous perdre l'un dans l'autre, et nous avions peut-être dormi trois heures. Le soleil se levait sur les gratte-ciel lointains, illuminant la chambre d'une lumière dorée ; il nous restait encore quelques points à régler.

— Qu'est-il advenu de la volonté de mener cette affaire jusqu'au bout ?

— Je vais quand même aller jusqu'au bout, mais à un autre niveau. Neil dirige maintenant.

— Tu veux développer ?

— Quand je suis partie avec toi hier soir, j'ai changé le cours de cette mission. Soit j'ai tout fait foirer royalement, soit j'ai accéléré la fin.

— Ce qui signifie que tu as fait de toi une cible plus importante, constatai-je, me penchant sur elle, repoussant les cheveux de son front. Tu es la récompense pour le fils bien-aimé, et je t'ai volée.

— Je suis la récompense compromise. Shah ne voudrait jamais de moi pour son fils, pas plus que Joshi.

— Dans quelle mesure es-tu compromise, en dehors du fait que tu es avec moi ?

— J'ai dit à Shah que j'étais enceinte de toi.

Je la regardai fixement, je n'étais pas sûr d'avoir bien entendu.

— Laisse-moi résumer. Hier soir, en plus d'annoncer notre relation à la société new-yorkaise, tu as révélé à Shah que tu portais mon enfant ?

— Ce n'est pas comme si j'avais eu l'intention de dire quoi que ce soit, mais il m'a ordonné d'épouser Neil. Il est parti du principe que le fait que je ne boive ni café ni alcool signifiait que j'étais enceinte de son petit-fils. J'ai dû corriger son erreur.

Il était hors de question que Shah soit le grand-père de mon enfant.

— Tu aurais pu simplement nier.

Une partie de moi aurait voulu qu'elle le fasse, pour son bien, pour sa sécurité. Elle ignorait ce qu'elle avait fait en lui révélant cela. Elle secoua la tête.

— Il n'y aura plus de mensonges en ce qui nous concerne. Je te l'ai dit, je suis totalement engagée.

— Ce n'est pas ça, dis-je, prenant son visage entre mes mains. Tu es plus en danger que tu ne l'as jamais été.

Elle ricana puis me tendit la main.

— J'en doute fortement. Bonjour, je suis Van, directrice de Solon pour l'Amérique du Nord. Quand j'ai atteint l'âge de quinze ans, beaucoup me considéraient comme une arme mortelle. Et lors de ma première mission, je me suis rendue dans une zone de guerre pour assassiner un général.

J'aurais pu passer toute ma vie sans connaître cette information. Mon enfant ne suivrait pas les traces de sa mère.

— Tu ne comprends pas, Devani. Shah a tout perdu à cause des King. Danika, Jayna, la majorité de sa fortune, et maintenant toi. Tu portes la seule chose qu'il désire plus que tout au monde.

Je vis sa prise de conscience dans ses yeux sombres.

— Un héritage. Un héritier.

— Il ne pourra jamais revendiquer Neil comme son fils sans révéler les circonstances de sa naissance. Et même si Arun Joshi méprise Neil, il ne renoncera jamais à ses droits sur lui.

— Je ne suis pas, et je n'ai jamais été quelqu'un qu'on peut garder sous cloche. Alors, ne te fais pas d'idées, me dit-elle, plissant les yeux d'un air presque calculateur. Et ne songe même pas à me faire suivre. Je pourrais les semer même dans mon sommeil.

— Je ne suis pas un idiot. Je ne pourrais pas te mettre en cage même si j'essayais.

— Heureuse que nous ayons réglé ça avant que notre relation ne passe à l'étape suivante.

— Arrête de faire ta Danika, répondis-je avec un soupir, posant mon front contre le sien. Shah me déteste. J'ai passé ma vie à lui prendre des choses. Ne crois-tu pas qu'il trouvera un moyen de te blesser pour m'empêcher d'avoir la seule chose qu'il n'aura jamais ?

La vision de Jayna allongée dans son lit d'hôpital, accablée par le chagrin d'avoir perdu son enfant après son attaque, surgit dans mon esprit. Ensuite, je repensai au corps mutilé de Kir après l'accident, à peine reconnaissable. J'avais failli perdre deux personnes à cause de la haine de Shah.

Devani prit mon visage entre ses deux mains.

— Sam, je ne suis pas comme la plupart des gens. Je suis capable de me protéger.

— Il se peut que cela ne suffise pas. Il n'est pas question de force ou de compétence. Tu as jeté le gant hier.

— J'ai l'impression de passer à côté de quelque chose.

— Ce n'est pas une impression. J'ai accepté de racheter toutes les actions de Neil dans Joshi International, y compris ses droits de vote dans Shah international, l'informai-je, la regardant droit dans les yeux. L'accord a été conclu hier à midi. Ensuite, j'ai tout placé dans un trust pour Mia Joshi, et je t'ai nommée comme exécutrice.

— Eh bien, voilà qui complique les choses.

— Exactement, directrice. Maintenant, tu comprends mon inquiétude ? Que suggères-tu comme prochaines étapes pour assurer la sécurité de toutes les parties importantes ?

— Je crois qu'il est temps de réclamer quelques faveurs. Commençons par le Petit Lapin.

Vingt-et-Un

CHAPITRE VINGT ET UN

Devani

J'inspirai profondément, et j'ajustai la manchette à mon poignet.

D'ici quelques instants, j'arriverai au siège de Maya Ratna Holdings et j'exécuterai un plan élaboré depuis des mois.

Une partie de moi regrettait de ne pas avoir impliqué Danika plus tôt. Et l'autre se demandait si le fait de savoir ce dont j'étais au courant maintenant aurait fait une différence.

Il n'avait jamais été question de moi. Enfin, pas seulement de moi. Mais de mon père. Son argent. Sa richesse. Ses mines.

Ma seule motivation à orchestrer cette mission était d'obtenir justice pour Sam, de lui permettre de se venger d'un père qui lui avait tant pris. Faire tomber le Cercle des dix et détruire mes oncles, même si je les détestais, n'étaient que des avantages secondaires.

Ma sécurité et mon avenir ne figuraient même pas sur la liste des priorités. À présent, il semblait que tout tournait autour de ma survie.

Tous ces mois que Neil et moi avions passés à écouter Joshi et Shah parler sans relâche du fait que nous devions produire la prochaine génération. Du fait que Neil était autant l'enfant de Shah que celui de Joshi. Dans ce cas précis, la vérité était plus que tordue.

J'avais ignoré les constantes allusions aux bébés, me disant que c'était leur façon d'essayer de jouer les familles heureuses aux yeux du public. Alors qu'ils avaient des intentions cachées, et j'aurais dû m'en rendre compte.

Je le savais, pourtant, et il était rare que je ne voie pas des indices. Ils n'étaient pas du genre à dorloter un enfant, surtout vu comme ils avaient élevé les leurs.

Pourquoi n'avais-je pas creusé sur les raisons qui les poussaient à vouloir que nous fassions un bébé?

Il était trop tard pour me reprocher mes erreurs; il fallait que je reste concentrée sur les informations que Danika avait découvertes grâce à ses compétences de hacker du dark web. Elle avait découvert un compte e-mail fermé depuis longtemps, utilisé pour communiquer avec tous les hommes du cercle, ce qui lui avait permis de retracer les échanges avec d'autres comptes et d'aboutir à une gigantesque piste papier.

Maintenant, j'avais des noms, des dates de réunions, des accords, des conditions, des coûts, des garanties et, surtout, des conséquences.

Si Neil et moi ne faisions pas d'enfant, la dette de mes oncles envers Joshi et Shah pour le meurtre de mes parents et de mon frère ne serait jamais effacée.

Tout comme un enfant avait effacé la dette de Shah envers Joshi, le marché que mes oncles avaient conclu prévoyait le même prix, et j'étais la garantie qu'ils avaient utilisée pour le paiement.

Depuis le début, j'étais la monnaie d'échange pour tout. J'avais le pedigree, les relations et l'argent.

Je comprenais enfin pourquoi mes tantes n'avaient cessé de me pousser vers Neil au fil des ans. Et aussi pourquoi elles avaient perdu leur sang-froid quand je leur avais dit qu'il ne m'intéressait pas, sauf en tant qu'ami.

Si elles avaient su qu'avant Sam, je n'avais jamais eu l'intention de me marier ou d'avoir des enfants...

Ce bébé que je portais avait déjoué une méthode de contraception dont le taux d'échec était pratiquement inexistant. Jamais je n'aurais cru être une pièce maîtresse dans un accord de reproduction. Et pourtant, pourquoi cela me surprenait-il? Dix-neuf ans passés au sein de Solon m'avaient appris que ceux qui se donnaient une image de sainteté étaient capables d'accomplir des choses pires que le diable.

Je passai une main sur mon ventre.

Aujourd'hui, je portais l'enfant du mauvais fils Shah, et cela avait chamboulé les plans de tout le monde.

Heureusement que je savais comment me protéger.

— La reine doit apaiser sa colère. Je t'entends grincer des dents d'ici, me dit Sam, qui m'observait depuis sa place de l'autre côté de la banquette. Rien n'est censé te froisser, tu te souviens ? Tu es froide comme les diamants de tes mines, et toutes ces conneries.

— Je sais comment faire mon travail. Tu n'étais pas obligé de m'accompagner. Ce n'est pas mon premier rodéo.

Avec la menace qui pesait sur notre enfant, et donc sur moi, il aurait fallu une force de la nature pour éloigner Sam de moi.

Je comprenais sa peur et son besoin de me protéger. Il s'entraînait régulièrement avec l'équipe de sécurité des King, il n'était donc pas faible. Malgré tout, il ne faisait pas partie de Solon et il n'avait aucune idée de ce que signifiait laisser un peu de répit à une fille.

— J'aime te regarder travailler. Considère-moi comme un renfort.

— J'ai géré d'innombrables missions sans que tu sois là pour m'accompagner. De plus, Neil est parfaitement à même de faire face à tout incident imprévu. Je travaille régulièrement avec lui depuis mes quinze ans. Il me connaît par cœur.

— Peut-être. Cependant, Neil n'a jamais eu affaire à cette version de ma femme auparavant, affirma Sam avec un sourire en coin qui me fit plisser les yeux et me donna envie de le frapper. Le sang dans ses veines n'est plus glacé, il vaut mieux que je sois là pour veiller à ce qu'elle ne tue pas quelqu'un prématurément.

— Comme toi ? demandai-je. Être enceinte ne m'empêche pas d'avoir un cerveau en état de marche, Sam. Je dirigeais des opérations alors que tu étais encore en pleine puberté.

— Oui, je me souviens. Une enfant assassin recrutée à l'âge de treize ans, marmonna-t-il avant de poursuivre. Est-ce que tu te rends compte à quel point cette situation était tordue ?

Ignorant sa question, je lui répondis.

— Entre mon équipe prête à s'activer sur un simple ordre, Neil prêt à intervenir dans la pièce et Dani et Noah qui me transmettent des informations via mon oreillette, nous avons tout ce qu'il faut. De plus, je suis armée jusqu'aux dents. Tu seras une distraction. Cela ne faisait même pas partie du plan.

— Laisse tomber, Devani, me dit Sam d'une voix plus dure. J'y vais avec toi. Nous avons convenu de faire ça ensemble. Ce qui signifie qu'un King doit être présent à la table.

— Il y a déjà un King à la table, à moins que tu l'aies oublié ? répliquai-je, agitant le doigt où se trouvait un anneau de platine.

Le pli entre ses sourcils s'adoucit, et il sourit. Il attrapa ma main gauche, et son propre anneau brilla dans la lumière du soleil.

— C'est exact, reconnut-il, caressant les pierres de ma bague avec son pouce. Le roi a finalement capturé la reine.

Je levai les yeux au ciel.

— Les hommes possessifs sont un repoussoir.

— C'est gonflé venant de la femme qui m'a revendiqué devant une salle remplie de l'élite new-yorkaise.

Il me tira vers lui et rapprocha mon visage du sien. Je me léchai les lèvres et, aussitôt, ses paupières se dilatèrent alors qu'il suivait le mouvement de ma langue.

— Tu as une trop haute opinion de toi-même.

— Cela ne change rien aux faits.

Un instant avant que nos bouches ne se frôlent, la voix de Noah retentit dans mon récepteur dissimulé derrière ma boucle d'oreille.

— Vous avez l'intention de poursuivre vos préliminaires bizarres ou nous pouvons terminer la mission ?

— Finissons-en, monsieur Carter, répondis-je à Noah sans quitter Sam du regard.

Il repoussa un cheveu de mon front puis se recula, posant la main sur la poignée de la portière.

Je me glissai derrière lui. Il était temps d'entrer dans ce bâtiment où tout avait commencé. Là où un groupe de salauds s'était réuni et avait décidé du sort d'une petite fille, là où ils avaient comploté la mort d'un homme, d'une femme et d'un enfant innocents, là où ils s'étaient organisés pour créer une entreprise destinée à détruire la vie d'innombrables femmes afin de créer des héritiers pour des hommes aussi répugnants qu'eux.

Au moment de poser le pied devant le bâtiment d'acier et de verre, je me concentrai sur la tâche qui m'attendait. L'agitation qui régnait en moi disparut lentement de mon esprit, et la formation que j'avais reçue depuis le moment où j'avais accepté mon rôle à Solon reprit le dessus.

Plus de sentiments, plus de soucis. Les seules choses qui comptaient étaient mes objectifs.

Je n'étais plus Devani Patel, héritière orpheline d'une fortune de plusieurs milliards de dollars. À sa place se trouvait la directrice de Solon pour l'Amérique du Nord, l'assassin portant le nom de Van, la femme connue pour utiliser tous les moyens nécessaires à l'accomplissement de sa mission.

Redressant les épaules, je m'approchai des portes du bâtiment.

— Waouh.

Je levai les yeux sur Sam.

— Tu veux clarifier ?

— Je ne pense pas avoir déjà été témoin de cette transformation. C'est tout à fait fascinant.

— J'ignore totalement à quoi vous faites référence, monsieur King.

Je fis un signe de tête au portier qui acquiesça, attendant que nous entrions.

— Bien sûr que non, Altesse. C'est intéressant de voir à quelle vitesse ton sang est passé de brûlant à glacial.

— Je suis ce que je suis, monsieur King. Tu t'es attaché à mes nombreuses bizarreries et à mes talents uniques.

— C'est vrai.

Sa paume effleura la courbe de ma taille, puis s'aplatit lorsqu'il découvrit le secret caché sous mes vêtements.

— Tu aurais pu me le dire. Je n'aurais peut-être pas agi comme un homme des cavernes.

Ses doigts parcoururent la couture de mon équipement de protection, descendant le long de ma colonne vertébrale.

— J'en doute, remarquai-je d'un ton moqueur. Pour information, tous mes agents en portent sur le terrain. Et, avant que tu poses la question, le mien est modifié en fonction de ma situation.

— Ta situation ?

Au lieu de lui répondre, je m'approchai du chef de la sécurité qui attendait pour ouvrir l'ascenseur qui nous mènerait à l'étage de la direction.

— Tout le monde est installé dans la salle de conférence, Tucker ?

— Oui, madame Patel. Ils attendent tous. Quelques participants se montrent irrités par votre demande.

— J'apprécie que vous ayez géré la plus grande partie des problèmes. Et, c'est madame King, maintenant.

Les yeux de Tucker s'écarquillèrent, puis se posèrent sur Sam, qui restait silencieux derrière moi.

— Les rumeurs sont donc vraies.

— Quelles sont exactement les rumeurs ?

— Que vous avez abandonné l'entreprise pour épouser M. King.

Oh, ces rumeurs-là ?

Depuis que Sam et moi avions rendu publique notre relation, toutes sortes de rumeurs avaient circulé à notre sujet. Tout y était passé : il m'avait séduite pour m'éloigner de Neil et récupérer mon argent, ou bien les gens pensaient que je traversais une phase et que je reviendrais auprès de Neil.

L'idée que Sam et moi puissions tomber amoureux leur paraissait incroyable. Ils finiraient par comprendre que ce qu'il y avait entre nous était permanent, comme entre Jayna et Kir et Danika et Nik.

— Je n'ai rien abandonné. Le mariage ne change rien.

— Enfin, à l'exception de son nom de famille, remarqua Sam.

Le sourire de Tucker déclencha le mien.

— C'est bon à savoir.

Il inséra une clé dans un panneau et les portes de l'ascenseur s'ouvrirent.

Sam et moi arrivâmes devant la salle de réunion moins de deux minutes plus tard.

— Prête? s'enquit Sam.

— Absolument, répondis-je en touchant ma boucle d'oreille. Continuez à surveiller et transmettez toutes les informations nécessaires.

— Compris, Van, dit Danika. Ta tablette contient tous les renseignements et chargera les mises à jour quand elles arriveront.

C'est alors que la voix de Noah se fit entendre.

— Silence dans trois, deux, un.

Je tournai la poignée de la porte et, aussitôt, un déferlement de haine s'abattit sur moi.

Mes oncles, Nishant, Naresh et Hiren, étaient assis d'un côté de la grande table ovale. De l'autre côté se trouvait Ashok Shah et, à quelques chaises de lui, Arun Joshi et Neil.

Leonard Gustov et deux autres compatriotes européens du Cercle des dix manquaient à l'appel. Tous étaient en train de passer un agréable séjour méditatif dans les caves souterraines du vignoble Sonnita.

Sans compter, l'insaisissable M. Skylar Anton. À cet instant, il se trouvait au cœur d'un conflit avec le gouvernement des Maldives pour avoir causé des dommages à l'environnement lorsque son yacht avait pénétré dans une réserve naturelle réglementée, puis chaviré après avoir heurté les rochers des eaux peu profondes.

Je n'éprouvais ni remords ni culpabilité pour ce qui était arrivé à ces hommes. Ils méritaient tout ce qui leur était fait, et plus encore. Les méthodes de Solon sauvaient des vies innocentes : la fin justifiait donc les moyens.

Peut-être l'organisation m'avait-elle fait subir un lavage de cerveau.

Je scrutai la pièce, comptant le nombre d'agents de sécurité personnels disséminés tout autour.

Douze. Enfin, huit. Quatre d'entre eux étaient des membres de mon équipe se faisant passer pour des gardes du corps de Neil. Ils observeraient la scène et n'interviendraient qu'en cas d'absolue nécessité.

— De quoi s'agit-il, Devani ? demanda l'oncle Nishant en anglais. Et pourquoi sommes-nous dans cette pièce ?

Parce que c'est ici que vous avez organisé le meurtre de votre frère.

Laissant les portes grandes ouvertes, j'entrai dans la salle, Sam sur les talons. Pourquoi ne pas faciliter la tâche de l'équipe lorsque je donnerais l'ordre d'extraire ces ordures, après tout ?

— Bonjour, mon oncle. C'est un plaisir de te voir aussi. Je répondrai à ta question dans un instant. D'abord, j'aimerais que tout le monde rencontre quelqu'un.

Sam et moi nous rapprochâmes des sièges libres, mais sans nous y asseoir.

— Nous savons qui il est, remarqua Ashok Shah, qui fusillait Sam du regard. Es-tu ici pour jubiler ?

— La jubilation est une affaire d'amateurs. Je ne suis là qu'en tant qu'assistant.

Assistant, mon œil.

Gardant cette pensée pour moi, je pris une respiration et me préparai à l'agression verbale que Shah lancerait sur Sam.

— Ça ne durera pas. Son sang est trop pur par rapport au tien. Elle reprendra ses esprits et choisira quelqu'un digne d'elle.

Sam posa une main sur mon dos.

— Peut-être. Mais, d'un autre côté, ton sang coule dans mes veines, et il est aussi souillé que possible.

D'accord, c'était inattendu. Sam n'avait jamais reconnu publiquement sa paternité. Et, avec les portes ouvertes, n'importe qui aurait pu l'entendre.

Je levai les yeux sur lui. Ses yeux et son visage étaient totalement dépourvus d'émotions.

Cependant, lorsque je reportai mon attention sur Shah, son expression reflétait une haine pure, avec sa peau rougie, ses sourcils froncés et ses yeux emplis de rage.

— Tu n'es pas mon fils.

— C'est vrai. Je suis le fils d'Arin King. En fait, je suis son héritier impitoyable, à moins que tu n'aies pas lu les gros titres ?

— Il n'était rien d'autre qu'un intrus, tout comme toi.

— C'est peut-être vrai, répondit Sam avec un haussement d'épaules. Cela ne change quand même rien au fait que je suis ici.

Avant que Shah n'enchaîne avec un nouveau coup, je pris la parole.

— Je suis sûre que tout le monde veut savoir pourquoi j'ai convoqué cette réunion. Commençons.

— Commence par ma question initiale, exigea l'oncle Nishant. Pourquoi sommes-nous ici plutôt que dans la salle du conseil ?

Je souris.

— Il m'a semblé opportun de nous réunir dans la salle même où un groupe d'hommes a décidé de déterminer l'avenir d'une petite fille, et de faire disparaître ses parents et son frère.

Un silence s'abattit sur la salle, mais ne dura pas longtemps.

— De quoi nous accuses-tu ? demanda mon oncle Hiren, dont la colère enflait. Es-tu en train de dire que nous avons quelque chose à voir avec la mort de Rishaan ?

— C'est toi qui l'as dit, pas moi.

— Tu n'as aucune preuve, et ce regroupement ridicule est une perte de temps.

Mon oncle Nishant tenta de se lever de son siège, mais il se ravisa en remarquant la tablette que je tenais dans la main.

J'affichai tous les documents que Danika avait chargés sur l'appareil, y compris un document portant la signature de mes trois oncles. L'accord de mariage de Devani Maya Patel avec Neil Shuchen Joshi.

— Mon oncle, dis-moi, tu vois les conditions du mariage et de l'enfant que je devrais porter ? Laisse-moi les énumérer. Preuve de la mort, nécessitant des corps physiques. Preuve à cent pour cent de l'exécution du testament de Rishaan Patel et du transfert de ses biens.

— Cela ne prouve rien, intervint finalement l'oncle Naresh, qui se décida enfin à participer à la conversation.

— L'un d'entre vous s'est-il interrogé sur la disparition de quatre de ses frères ?

Je reportai mon attention sur Neil pendant une brève seconde, et vis le coin de ses lèvres se retrousser légèrement, puis je me concentrai sur Arun Joshi.

— Un membre de votre groupe a fait la connaissance d'une personne connue sous le nom d'Extracteur, et après quelques efforts de persuasion, il a accepté de coopérer à notre enquête en échange du maintien de sa position dans votre hiérarchie.

Puis, je me tournai vers Shah et secouai la tête.

— J'ai effectué une visite nocturne chez vous récemment, et j'ai appris que vous étiez un très, très mauvais garçon. Vous devriez savoir qu'il ne faut pas garder de cachette dans votre bureau. Un sous-sol, un placard à balais ou même un garde-manger sont de meilleurs endroits que votre bureau. C'est le premier endroit où les gens iraient chercher des secrets.

Le visage de Shah montrait sa stupeur.

— Nous savons tout. Et vous avez fourni les preuves. Merci d'avoir pris des notes aussi détaillées sur vos activités.

— Cela ne tiendra devant aucun tribunal, et cela ruinera votre famille autant que la mienne.

Une chose était certaine, si Shah avait pu passer la main de l'autre côté de la table et m'étrangler, il l'aurait fait.

— Vous oubliez que je me fiche de la réputation de ma famille. Ils m'ont vendue, vous vous souvenez ? dis-je avec un regard de travers en direction de mes oncles. De plus, je ne suis pas du genre à attendre qu'un tribunal rende la justice. Cette réunion était un coup monté. Préparez-vous à un avenir des plus sombres.

— Es-tu en train de nous menacer? s'exclama l'oncle Nishant en abattant sa main sur la table. Continue, gamine! Ce n'est pas parce que tu as un King à tes côtés que tu as du pouvoir.

Je levai les yeux vers Sam, qui me sourit.

— Je n'ai pas besoin d'un homme pour mener mes combats. Je suis plus que capable de vous botter le cul.

Devant ma menace, les agents de sécurité se déplacèrent.

— D'ici quelques minutes, un groupe de coordinateurs de voyages vous emmènera pour de très longues vacances. Si vous n'avez pas de chance, il se pourrait que vous rencontriez l'Extracteur.

Neil s'éclaircit la gorge et afficha une expression ennuyée, avant de faire un mouvement circulaire avec ses doigts et de les poser sur son cou.

Très bien. Les choses venaient de se simplifier. C'était le signal que l'équipe de reconnaissance venait de nous informer qu'à l'exception de nos hommes, tout le monde autour de nous avait participé à l'activité du Cercle.

— Je pense qu'il est temps de faire avancer les choses.

Écartant mes pieds pour assurer mon équilibre, je dis par-dessus mon épaule :

— Je te suggère de t'écarter de mon chemin.

— Je n'ai pas le droit de participer? murmura Sam d'un air amusé. Je suis un excellent tireur.

Comment avait-il compris ce que je prévoyais de faire? Sachant que Sam était plus qu'un excellent tireur, je cédai.

— D'accord. Tu prends les bleus.

Dans la seconde qui suivit, je sortis de ma veste un pistolet muni d'un silencieux. Je neutralisai trois des huit agents de sécurité le long des fenêtres, tandis que Sam s'occupait des deux qui portaient des costumes bleus, et que Neil gérait les trois près de lui.

La stupeur envahit les traits des hommes autour de la table, et les seuls bruits que l'on percevait étaient ceux des hommes qui souffraient de blessures par balle.

Sur un signe de tête de Neil, trois membres de son équipe attrapèrent mes oncles et les traînèrent hors de la pièce sous leurs hurlements. Au même moment, l'autre agent, qui se faisait passer pour un membre de la sécurité, maintint Joshi sur sa chaise en posant une main lourde sur son épaule.

Presque au ralenti, Neil se déplaça vers Shah, la colère flamboyant dans ses yeux sombres.

— Redémarrons cette conversation. Lequel d'entre vous veut être le prochain ? Toi ?

— Qu-qu'est-ce que tu fais ? balbutia Shah. As-tu perdu la tête ? Je t'ai traité comme si tu étais mon propre fils !

Merde. Ce n'était pas la bonne chose à dire. La poigne de Neil se resserra sur son arme, et il ajusta son doigt, prêt à appuyer sur la détente.

— Pourquoi on ne commencerait pas par obtenir des réponses ? intervint Sam en abaissant l'arme qu'il détourna de Shah pour la faire pointer vers le sol. Ensuite, tu pourras l'achever.

Neil et Sam se toisèrent l'un l'autre, en proie à une guerre d'émotions. Avec les deux frères si proches et Shah en arrière-plan, il ne faisait aucun doute qu'ils partageaient tous trois une certaine forme de relation.

— Il ne mérite pas de vivre. Je le ferai payer, promit Neil.

— C'est normal, répondit Sam qui ne relâchait pas l'arme. Et si tu lui rappelais tout ce qu'il a perdu avant de le ménager et de lui mettre une balle entre les yeux ?

— Dix minutes, pas plus, concéda Neil en faisant un pas de côté. Ma mère mérite qu'on lui rende justice, et qu'on la venge de ces deux-là.

— Qu'est-ce que je t'ai fait ? intervint Shah, continuant de feindre l'innocence.

— Tu peux laisser tomber la comédie, Shah, lui dit Sam qui restait entre Neil et lui. C'est terminé. Tu as perdu. Accepte-le, et assume les conséquences.

— Je ne perdrai jamais face à un King.

Ma mâchoire se crispa et je ne pus m'empêcher de répondre.

— Vous avez déjà perdu. Désormais, Jayna et Danika sont des King. Sam est un King. Je porte l'enfant de Sam. Et, surtout, les King ont aidé le fils que tu voulais sans pouvoir le revendiquer à te détruire.

— L'enfant n'est pas encore arrivé.

Aussitôt, mes sens se mirent en éveil, repérant la menace dans ses paroles.

La fenêtre vola en éclats, et avant que je puisse esquiver, quelque chose me frappa à la poitrine et à l'abdomen, me projetant en arrière. J'entrai en collision avec Sam au moment où le corps de Neil atterrissait sur les nôtres.

Vingt-Deux

CHAPITRE VINGT-DEUX

S^{am}

Mon cœur tambourinait dans ma poitrine tandis que mon esprit bouillonnait en pensant à Devani et au fait que je l'avais rattrapée de justesse avant qu'elle ne s'écrase sur le sol.

La serrant contre moi, je balayai la zone du regard pour m'assurer que les tirs avaient cessé, puis je nous déplaçai jusqu'à un mur proche.

Cet enfoiré avait tout prévu.

Neil roula sur le côté et gémit. La seconde qui suivit, il se leva d'un bond et cria des ordres dans le micro à son poignet.

— Dites-moi que vous avez cette ordure. Emmenez-le dans la salle, je m'occuperai de lui personnellement. Trouvez quel type de fusil il avait. Et, *putain*, pourquoi personne ne surveillait la tour radio?

Les yeux de Devani s'ouvrirent.

— Sam. Je t'avais dit que je gérais.

— Ne me souris pas. Je ne vois rien d'amusant à cette situation, lui dis-je, puis je l'allongeai, et ouvris sa veste et sa chemise. Tu vas avoir de méchantes ecchymoses, ma belle.

— C'est normal, dans ce secteur d'activité.

Je touchai tous les endroits où les plaques de métal portaient des traces d'impact de balle.

Mes mains tremblèrent quand je réalisai que Shah avait organisé son meurtre pour m'empêcher de l'avoir. Il avait orchestré ma pire peur. J'aurais pu la perdre.

— Hé, me dit-elle, agrippant mon bras. Je vais bien. Je suis juste un peu sonnée. Ça ira mieux d'ici quelques minutes.

L'ignorant, je me relevai. La rage m'envahit alors que je me préparais à accomplir ce que j'avais empêché Neil de faire. Faire disparaître Ashok Shah de la surface de la planète.

Soudain, je me figeai, incapable de comprendre le spectacle qui s'offrait à moi.

Les corps d'Ashok Shah et d'Arun Joshi gisaient à terre, les yeux ouverts, le regard vide. Du sang suintait des impacts de balle sur leurs fronts. La localisation des blessures d'entrée était si parfaite, si précise, que soit la personne qui avait tiré s'était longuement entraînée, soit c'était une professionnelle.

Puis je reportai mon attention sur le tireur.

Smita Joshi.

Elle se tenait majestueusement dans l'embrasure de la porte de la salle de réunion. Elle tenait deux pistolets, l'un pointé vers feu son mari, et l'autre vers son violeur.

En d'autres circonstances, l'ancien mannequin, avec son maquillage impeccable, ses vêtements parfaitement taillés et son attitude dénuée d'émotion, aurait eu l'air de poser pour une campagne de vêtements.

— J'ai attendu trente-quatre ans pour faire ça, murmura-t-elle. Je suis libre maintenant.

Un tremblement secoua son corps, et elle vacilla. Sans réfléchir, je courus vers elle. La décharge d'adrénaline qu'elle venait de subir allait se muer en une chute spectaculaire d'un instant à l'autre.

Neil et moi l'atteignîmes une seconde avant que ses jambes ne cèdent sous elle. Je pris ses armes pendant qu'il berçait sa mère contre lui.

Il murmura d'une voix rassurante :

— Je te tiens. C'est fini.

Elle enfouit son visage contre son torse tandis qu'il l'amenait vers une chaise voisine et l'y installait. Devani s'approcha de moi et me tendit une serviette. Sans un mot, je la pris, enveloppai les armes, puis les plaçai dans un sac qu'elle tenait ouvert.

Lorsque je sortis mes mains de la sacoche, nos doigts s'attardèrent ensemble, et nous nous regardâmes. Tout ce qui s'était produit ces derniers mois nous avait conduits à ce point, à une fin à laquelle nous ne nous attendions pas.

J'aurais pu la perdre.

Comment aurais-je pu survivre sans elle ?

— Ta mère, Veda…

La voix de Smita Joshi brisa la transe entre nous, et, à contrecœur, je détournai mon attention de Devani.

— Elle ne devait pas seulement rencontrer tes grands-parents ce jour-là. Elle avait rendez-vous avec moi, dit-elle avant qu'un sanglot ne lui échappe. C'est ma faute si elle est morte.

Un frisson me parcourut l'échine. Lentement, je m'approchai de Smita, et ne m'arrêtai que lorsque j'arrivai dans son champ de vision.

— Avez-vous trafiqué le bus ? lui demandai-je.

Elle secoua la tête.

— Alors, vous n'êtes pas responsable.

L'ordure étalée sur le sol avait trafiqué le bus. Shah avait payé le chauffeur du camion pour qu'il grille le feu rouge. C'était lui le responsable de l'accident.

— C'est moi qui l'ai recherchée.

Je la laissai rassembler ses pensées, sachant qu'elle cachait depuis des décennies ce qu'elle voulait dire.

— J'étais au courant pour elle. Arun et Ashok la surveillaient de près, au cas où elle ferait obstacle au mariage de ce dernier avec Monica. Cela m'a pris des années, mais j'ai attendu. J'ai attendu que mes garçons et toi soyez en âge d'aller à l'école avant de la contacter. Nous sommes devenues amies, et, ensemble, nous allions raconter aux parents d'Ashok ce que leur fils faisait dans leur dos. Les Shah étaient des gens bien, dit-elle, et une larme coula sur son visage. Si seulement j'avais pensé à m'occuper de son transport, elle n'aurait pas pris le bus. J'aurais dû mieux couvrir mes traces. J'ai été tellement stupide.

— Tu ne peux pas penser comme ça, maman, dit Neil en serrant la main de Smita.

— Il a raison. Vous n'êtes pas responsables des actes de monstres. Jamais je ne pourrais vous reprocher d'avoir voulu vous échapper de votre prison. Ma mère ne le ferait pas non plus.

Devani posa une main sur mon épaule.

— Il est temps de construire une nouvelle vie, une vie différente. Celle que vous voulez.

Smita acquiesça, puis elle murmura quelque chose à Neil. Quelques secondes plus tard, il partit avcc sa mère.

— Monsieur, je crois qu'il est temps pour tout le personnel non essentiel et les civils de quitter la zone, me dit Devani, croisant les bras en tapant du pied. Nous avons une équipe de nettoyage prête à entrer en action.

Cela n'aurait servi à rien d'exiger qu'elle s'occupe de ses propres ecchymoses ou de son bien-être. Elle ne cédait jamais d'un pouce lorsqu'elle était en mode directrice.

— Ma femme serait-elle en train de me mettre à la porte ?

J'adorais voir ce pli d'agacement entre ses sourcils lorsque je l'énervais.

— Non, la directrice de Solon Amérique du Nord te dit de dégager.

— Compris.

Au moment où je me retournais, d'une voix que j'étais le seul à pouvoir entendre, elle me dit :

— Nous allons bien tous les deux. Tu peux arrêter de t'en

faire. J'ai déjà subi de graves blessures, et j'ai survécu. Me faire tirer dessus avec un gilet pare-balles, ce n'est rien.

— Tu as besoin de travailler sur ta manière de rassurer les gens.

Elle haussa les épaules.

— Au moins, j'ai essayé.

Alors que je m'avançais vers les portes, j'aperçus les corps sans vie de Shah et de Joshi.

Tout l'humour de l'instant précédent disparut et quelque chose que je ne pouvais décrire que comme un état d'apathie m'envahit. Toute la rage et la haine accumulées dans mon organisme au fil des ans avaient disparu. Et, à leur place, il n'y avait que le néant complet.

Je m'arrêtai et les scrutai. Ces deux hommes avaient causé tant de chaos et de douleur ! Tout ça pour quoi ? Le pouvoir et l'argent.

Surtout Shah.

Il avait détruit d'innombrables vies pour atteindre ses objectifs.

Et, en fin de compte, il n'était pas mort de mes mains, moi le fils qu'il avait rejeté, ni de celles du fils qu'il avait engendré dans la brutalité, mais de celles de sa victime.

Comme le dirait Lilly, le destin avait son propre sens de la justice.

Et si ce n'était pas la justice, j'ignorais de quoi il s'agissait.

Un groupe d'hommes et de femmes vêtus de noir, portant des sacs de sport de la même couleur, entra dans la pièce. Avec un dernier regard, j'enterrai le démon qui avait consumé une grande partie de mon histoire.

———

— Sommes-nous tous d'accord? demandai-je à Jayna et Danika. Ne signez que si vous êtes sûres.

Moins de deux semaines après l'incident survenu à Maya Ratna Holdings, nous étions tous les trois assis dans le salon de mon appartement, devant un ensemble de documents. Nous étions sur le point de décider de ce qu'il fallait faire de tous les actifs de Shah international.

Pour le public, Shah et Joshi avaient trouvé la mort lors d'un voyage au ski, lorsque le premier avait été victime d'une crise cardiaque et avait perdu le contrôle de leur véhicule tout-terrain. Les médias avaient rapporté que les deux hommes souffraient de blessures potentiellement mortelles et qu'ils étaient décédés en route vers l'hôpital.

J'étais réellement stupéfait de voir ce que Solon avait réussi à organiser quelques heures après leur décès.

— Je suis sûre, répondit Danika, caressant son ventre rebondi. Je croyais mériter une part de l'héritage des Shah. Mais, la vérité, c'était que je ne voulais pas que mon oncle l'ait. Entre Nik et moi, ce petit a plus qu'assez.

— J'ai essayé de te le donner il y a des années. Ça devrait t'en dire assez sur mon point de vue, ajouta Jayna. D'ailleurs, selon le testament, cet héritage n'appartient à aucun d'entre nous.

— Alors, nous signons.

Quinze minutes plus tard, tous les actifs de Shah international, y compris ceux que Jayna et Danika avaient acquis pour maintenir Shah dans le droit chemin de son vivant, avaient été transférés à Neil Shuchen Joshi, l'aîné des petits-enfants de Sara Shah.

— Maintenant, nous attendons, dis-je en consultant ma montre. Je lui donne une heure, au maximum.

Il fallut moins d'une demi-heure pour que ma sécurité m'avertisse que Devani et un Neil Joshi très énervé étaient en route pour le penthouse.

Les portes de l'ascenseur étaient à peine ouvertes que ce dernier entrait en trombe.

— Je n'en veux pas.

Devani entra dans mon champ de vision derrière Neil et secoua la tête, me signifiant sans mot dire que j'étais bon pour une dispute.

— Trop tard.

Je portai mon verre de scotch à mes lèvres, sachant exactement quelle rage il devait évacuer.

— Je vais le brûler jusqu'à le réduire en cendres.

— Il t'appartient. Fais-en ce que tu veux. Je te tendrai l'allumette, si ça peut t'aider.

— Pourquoi ? Je t'ai vendu la société de cette ordure de Joshi pour une bonne raison ! s'exclama-t-il avant de passer une main dans ses cheveux, frustré. Shah n'était pas mon père.

— Ni le mien. Mais le testament stipule que c'est à l'aîné que tout revient. Les autres supervisent l'entreprise.

— Tu comprends ce que tu mets entre mes mains ? Je suis un parfait inconnu !

— Ma femme te fait confiance. Je n'ai pas besoin d'en savoir plus.

— Tu ne sais rien du tout ! Je pourrais être aussi horrible

que le monstre dont le sang coule dans nos veines. Si tu savais la moitié des conneries que j'ai faites...

— Et si tu savais ce que j'ai fait quand j'étais gamin avant qu'Arin King ne me trouve, tu penserais la même chose.

— Que diras-tu si je donne tout à Mia ? Elle est la plus innocente dans tout cela. Si quelqu'un mérite une fortune, c'est bien elle.

— Vas-y. C'est ton entreprise, ton empire. Les King ne fonctionnent pas comme les autres familles. Nous n'avons pas besoin d'être du même sang pour être un tout. Il n'est jamais question de savoir qui a le plus. Il s'agit de survivre et de s'assurer que tout le monde s'en sort.

— Ce qui veut dire ?

— Mia fait partie de ce *tout* désormais, dit Jayna qui fit un pas en avant, puis ses yeux se posèrent sur Neil, observant chacun de ses traits. Tu veux le lui donner. C'est ton droit. Tu es de la famille, donc elle est de la famille. C'est aussi simple que cela.

— Rien n'est aussi simple, répliqua Neil, la regardant tout aussi intensément.

— Ça l'était avec nous, intervint Devani. Pourquoi n'en serait-il pas de même avec eux ?

— Tu as essayé de me tuer lors de notre première rencontre. J'ai du mal à considérer ça comme simple.

Je ne pus m'empêcher de sourire devant l'agacement qu'il manifestait à l'égard de Devani.

— Sam voulait aussi te tuer. Tu as donc une longueur d'avance, remarqua Devani, dont le ton se fit plus sérieux. Neil, tu peux rendre les choses aussi compliquées que tu le souhaites.

Que tu le veuilles ou non, tu as une famille, et ce sont tous des King. Autant t'y habituer.

Neil garda le silence, perdu dans ses pensées. Puis, au bout de quelques instants, son regard oscilla entre Jayna et moi, et il souffla profondément avant de hocher la tête.

— J'espère que l'un d'entre vous sera un bon mentor.

— Pourquoi ça? demandai-je.

— Parce qu'une fille de treize ans doit apprendre à diriger une entreprise d'un milliard de dollars et qu'avec les responsabilités liées à ma nouvelle promotion, je n'aurai pas le temps d'aider ma sœur.

Je fis un geste du menton en direction de Devani qui releva une hanche et croisa les bras, me jetant un regard noir.

— Je pense avoir trouvé la personne idéale pour ce poste. Elle a récemment pris sa retraite d'un poste très stressant et pourrait avoir besoin d'opportunités de bénévolat pour occuper son temps.

———

— J'avais le sentiment que je te trouverais ici, dis-je en montant les dernières marches menant à la salle de méditation de Devani.

Cette femme me coupait le souffle. Elle était absolument splendide.

Elle était debout, les bras appuyés contre les fenêtres allant du sol au plafond. Les lumières de la *skyline* de New York illuminaient la pièce sombre, projetant une lueur sur elle.

— J'aime être ici.

— Moi aussi, approuvai-je en m'approchant d'elle. Mais sans doute pour des raisons différentes des tiennes.

Se retournant, elle s'adossa à la vitre.

— Tu en es certain ? J'ai de tendres souvenirs qui apaisent les tensions dans cette pièce.

Un sourire diabolique effleura ses lèvres, me donnant des visions de tout ce que je voulais faire avec cette bouche.

— Voudrais-tu que je te construise une pièce comme celle-ci dans notre nouvelle maison ?

Nous avions décidé de quitter la ville pour nous installer dans la propriété où s'était élevée la maison de ses parents autrefois. Pour l'instant, le terrain n'était pas bâti, mais bientôt elle aurait la maison qu'elle avait toujours voulue, où elle se sentirait en sécurité et pas seule.

— Pourquoi je ne me construirais pas un étage entier comme celui-ci dans notre nouvelle maison ?

Évidemment, il fallait qu'elle réplique.

— Du moment qu'il présente toutes les caractéristiques que je préfère, je n'y vois aucune objection.

Je m'approchai, et l'enfermai avec mon corps. Elle posa les mains à plat sur mon torse.

— Je suis sûre qu'on peut se mettre d'accord.

— En attendant, nous devons décider où nous allons vivre pour... je ne sais combien de temps.

— Y a-t-il un problème avec notre arrangement actuel ?

— Il est hors de question de continuer à se faufiler dans les passages et les couloirs et les ascenseurs privés. J'ai capturé la reine des diamants, et le monde entier va le savoir.

— Croyez-vous vraiment m'avoir capturée, monsieur King ?

— Je sais que c'est le cas. Et si tu essaies de t'échapper, je t'enfermerai dans une tour et je jetterai la clé.

Elle plissa les yeux et releva le menton.

— Essaie donc de m'enfermer dans une tour, tu verras ce qui t'arrivera !

Je posai la main sur sa gorge et je serrai.

Aussitôt, ses pupilles se dilatèrent, et un gémissement lui échappa.

Me penchant jusqu'à ce que nos bouches se frôlent, je lui demandai :

— Cette pièce ne pourrait-elle pas être considérée comme une tour, Altesse ?

Ses doigts s'enroulèrent autour de mon poignet, mais elle n'essaya pas de me faire lâcher prise.

— Cette pièce ne pourra pas me maintenir prisonnière. Toi, plus que tout autre, tu devrais le savoir.

— Exact. D'un autre côté, la dernière chose dont tu as envie, c'est être libre quand je suis là.

— Tu es atrocement prétentieux.

— Pourquoi ne le serais-je pas ? Une reine s'est soumise à moi de nombreuses fois dans cette pièce.

— Une reine ne se soumet à aucun homme.

— Je ne suis pas n'importe quel homme. Je suis un *King*.

Elle se hissa sur la pointe des pieds et posa la main sur ma mâchoire.

— C'est ça. Mon roi.

Vous voulez savoir comment Danika et Nik ont commencé à travailler ? Commencez la série *Rois De La Rue* avec *Le Roi Dangereux*.

Ou...

Démarrez une autre série qui vous emmène dans le monde fascinant de Las Vegas avec *Le Maître du Péché*.

Fin

Le Maître du Péché

Commencez la série Les Dieux de Vegas avec *Le Maître du Péché* :

Le Maître du Péché

Ça a toujours été lui

Celui que je ne devrais pas vouloir, pas désirer, celui qui pourrait détruire cette vie que j'ai soigneusement construite.

Hagen Lykaios était l'essence même du péché, du plaisir, et du danger. Tout ce que je savais devoir éviter.

Il a suffi d'un contact inattendu pour que je me consume, supplie, en manque, et avide de plus encore.

Il m'a dit que si j'entrais dans son monde, il me corromprait, me posséderait et changerait tout ce que j'avais connu... et vous savez quoi ?

J'y suis allée quand même.

Le Roi Dangereux

Démarrez la série *Rois De La Rue* depuis le début avec *Le Roi Dangereux*.

Le Roi Dangereux

C'est de moi qu'elle aurait dû s'éloigner.

Le voleur, l'arnaqueur, le garçon sans passé ni avenir. Un gamin façonné par les règles de la rue.

Elle perçoit mes plus sombres profondeurs et ne bronche pas. Cette femme est mon rêve, mon refuge hors d'un endroit que je ne pourrai jamais fuir.

Et puis un jour, elle disparaît, emportée dans un monde que je refuse de souiller par ma présence.

Quinze ans plus tard, elle est de retour dans ma vie, et elle a besoin d'une faveur que je suis le seul à pouvoir lui offrir.

Le voyou qu'elle connaissait autrefois est aujourd'hui le roi d'un empire où chaque faveur a un prix.

Un prix qu'elle se dit prête à payer. Mais elle devra se donner tout entière... corps, esprit et âme.

À PROPOS DE SIENNA SNOW

Puisant l'inspiration dans ses années passées à travailler dans le monde de l'entreprise aux États-Unis, Sienna aime raconter des histoires de femmes accomplies et sûres d'elles, qui savent ce qu'elles veulent et comment l'obtenir... Que ce soit dans la chambre à coucher, ou en dehors.

Ses héroïnes pleines de vie et bien éduquées trouvent souvent l'amour et la romance dans des conditions atypiques. Sienna offre à ses lectrices et lecteurs des tranches alléchantes de romance torride, empreintes de liberté et de plaisirs gourmands.

La vie de Sienna est pleine de voyages et d'aventures. Elle prévoit de visiter même les coins les plus reculés du monde et se réjouit de découvrir la diversité des cultures en route. Quand elle n'écrit pas ou ne voyage pas, Sienna s'occupe de son conte de fées personnel aux côtés de son mari et de ses enfants.

Inscrivez-vous à sa newsletter pour être informé des sorties, promotions, des événements et de bien d'autres choses encore.
www.SiennaSnow.com

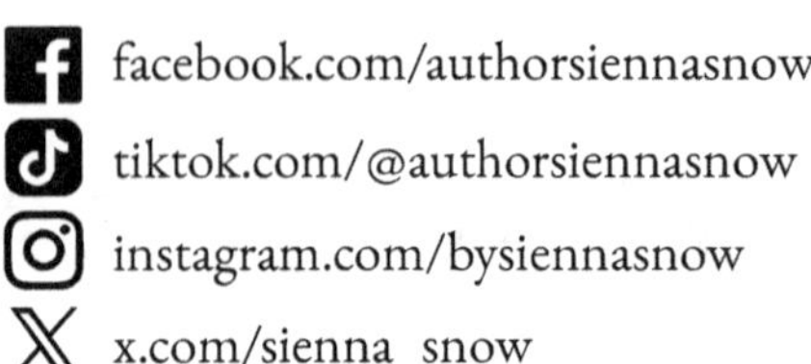

facebook.com/authorsiennasnow
tiktok.com/@authorsiennasnow
instagram.com/bysiennasnow
x.com/sienna_snow